文学书馆
当代中国

荔枝红了

钟伟东 著

中国文联出版社

图书在版编目（CIP）数据

荔枝红了 / 钟伟东著 . -- 北京：中国文联出版社，
2019.5（2023.3 重印）
ISBN 978 - 7 - 5190 - 4175 - 5

Ⅰ.①荔… Ⅱ.①钟… Ⅲ.①纪实文学—中国—当代
Ⅳ.①I25

中国版本图书馆 CIP 数据核字（2019）第 101920 号

著　　者　钟伟东
责任编辑　刘　旭
责任校对　李海慧
装帧设计　中联华文

出版发行　中国文联出版社有限公司
地　　址　北京市朝阳区农展馆南里 10 号　　邮编　100125
电　　话　010 - 85923025（发行部）　　85923091（总编室）
经　　销　全国新华书店等
印　　刷　三河市华东印刷有限公司

开　　本　880 毫米×1230 毫米　　1/32
印　　张　10
字　　数　192 千字
版　　次　2023 年 3 月第 1 版第 2 次印刷
定　　价　75.00 元

岁月如歌　文如其人
（代序）

　　《荔枝红了》，钟伟东先生这部长篇乡村青年励志小说就要出版了。之前，他笔耕不辍，创写的散文、诗歌、短篇小说、报告文学、故事、通讯等达一百多篇（首），分别发表在多家报纸杂志上，散文及诗歌多次获湛江市和廉江市的各类征文比赛奖。

　　伟东是湛江市作家协会会员、廉江市作家协会副主席，也是一位诗人。和他相识缘于二十多年前，我们俩当时都是中学语文教师，有着共同的兴趣爱好，课余间隙，坚持读书写作，互研诗词，共谈理想，其乐融融。1998 年 7 月，他调到机关工作后，在做好本职工作的同时，仍一直维持着创作的热情。即使担任了领导职务，但无论工作多么忙碌，他每天都会挤时间来创作，一首诗的开篇，乃至一句话、一个段子，有时在下乡的路上，有时在喝茶的空隙，甚至假日和朋友叙旧时，也会把脑子里想到的东西录入手机里

保存，然后带着满身的创作劲儿回家伏案挥笔，常常一写便写到三更半夜。伟东勤奋努力，一边脚踏实地地工作，一边孜孜以求地在书山里苦苦耕耘，以高洁纯粹的心志去追寻文学的梦想，虽然个中艰辛寂寞、清苦无比，但他从没有退缩，更没有放弃，至今依然坚守着文学这一片纯洁的高地。

伟东多才多艺，散文、诗歌、报告文学、小说等都有创作。他的作品充满着泥土的芳香和汗水的味道，朴实醇厚、接地气，普通农民、工人、流浪者、打工妹，都曾出现在他的文学作品里。他的诗歌《献给廉江一中建设者之歌》获得廉江市"我为重点项目做贡献"征文比赛一等奖；他的报告文学《蕉乡之光》获得湛江市"光辉四十年"征文比赛三等奖。从这些作品中，我们可以看出他对老百姓的热爱，对劳动者的崇敬，对美好未来的向往。

诗歌、散文写多了，他就尝试着写小说。他最初的短篇小说在《银河》杂志上发表，从此兴趣大发，一直执着地创作小说。短篇小说写多了，他就有了写长篇小说的打算。他认为，几十万字的长篇小说更能完整地把整个故事讲述出来，更能完整地把家乡的风土人情和特色文化融合起来，更能把家乡人民不甘人后、艰苦创业的形象展示出来。在确定了自己的奋斗目标后，他从2016年下半年开始，义无反顾地一头扎入长篇小说《荔枝红了》的创作里。从诗歌、散文到小说，一路走来的创作岁月，见证了他创作的艰辛与汗水。

伟东出生于荔枝之乡，呼吸着荔枝的花香玩耍，饱尝着荔枝的甘甜长大，对家乡百姓种植荔枝的艰辛与喜悦有深切的体会，因而对荔枝有着特殊而深厚的感情。从学校走向社会之后，他有很长一段时间在荔枝园边的学校教书；进入机关工作后，仍眷恋着那满山遍野的荔枝林，笔端常常流淌出那荔枝的甘香。人在情感激烈的时候，不能不想到故土家园、亲人乡邻，在人生处于低谷、情绪较为沮丧的时候，也常常会以童年时代的乡土回忆来抚平创伤，有时候会一头扎进乡土的记忆中而暂时忘却生活的苦恼和郁闷。正是在这种充满对乡土的眷恋的心境下，伟东历时两年多，完成了19万多字的长篇乡土小说《荔枝红了》。

　　《荔枝红了》以散文纪实小说的笔调，讲述了粤西大地上一群年轻人励志创业的故事，展示了他们面对人生各种困境所表现出的坚韧、执着、智慧而丰富的精神世界。这部长篇乡土小说在由中国文联出版社出版之前，我先睹为快，沉浸在书中所塑造的故事情节里，深深为主人公的故事所感动。小说以浓重的笔墨描写了21世纪初的粤西农村生活，故事主人公钟阳春原在北京一所大学读书，毕业后先在京城工作，但对故土的深沉眷恋使他放弃了繁华的都市生活，抛开世俗的眼光，回到了农村，将青春年华奉献给自己的家乡。作品生动地讲述了和钟阳春一样的几位年轻人敢于面对现实困难、艰苦创业并赢得爱情的故事，叙述钟阳春和他的乡亲们通过辛勤劳动，把落后的山村建设成山清水秀、环境整洁、村风文明的社会主义新农村的过程，谱写了粤西农村的改革开放之歌，歌颂了党的扶贫政策和乡村振兴战略给农村带来的变化，真切地反映了绿水青山就是金山银山的理念。

从全书的主旨来看，《荔枝红了》不局限于描述粤西农村社会生活图景，而是从一个侧面反映整个中国农民的生活现状、农村风貌以及他们对美好生活的追求和向往。作者多次运用倒叙的写作手法，通过对一个个故事的叙述，真实地反映了改革开放前后中国农村社会生活的状况。四十多年的改革开放，使数亿中国人甩掉了贫困的帽子，但中国的扶贫任务仍然艰巨。建设社会主义新农村是党领导亿万农民建设美好家园、创造幸福生活的伟大实践。建设新农村没有固定的模式，桔水村是红土地上建设社会主义新农村的一个榜样，那里的经济尚不发达，地理位置不算优越，交通也不方便，但广大农民通过自己的艰辛努力，彻底改变了家乡的面貌。本书在叙述桔水村新农村建设时，深情讲述了扶贫领导干部鼓励外出青年回乡创业、带动村民发家致富的事迹，也就是书中所写的九洲江故事。结合书中人物故事和情节，作者深情地写下了三首诗歌，然后又巧妙地穿插 20 世纪五六十年代，雷州半岛人民齐心协力修筑鹤地水库和青年运河的故事，那是一个热火朝天的年代，那一个激情燃烧的故事，如今读起来仍令人热血沸腾。可以说，这部作品既表现出一种波澜壮阔的奋斗历程，又把粤西的民俗风情与人物故事融合起来，歌咏了粤西人民敢立潮头、艰苦创业的精神，以及豪迈奔放、善良热情的品格，表达了作者对家乡自然风光的赞美和对家乡人民的深情热爱。作品写作风格内敛、温和、自信，充满对未来的美好愿望和对生活的向往；文字简练明快，语言优美细腻，透露出作者闪光的思维与独特的人格。这是作者对美与爱的追求，是作者饱含乡土情怀对生命的体验与探索。

　　读完《荔枝红了》，为伟东的作品点赞，但愿读者能够喜爱这部作品。

　　是为序。

关维荣
2019 年 3 月

　　（作者系中华诗词学会会员、廉江市诗词楹联学会会长，中共廉江市委常委、宣传部部长）

岁月如歌　文如其人（代序）

目　录

荔枝红了

第一章　北漂该何去何从

钟阳春在去北京上学之前，并不知道自己有多爱自己的家乡。他看惯了家乡的一草一木，也习惯了父辈对大城市生活的羡慕，而他的父亲也习惯了乡亲们对他家出了大学生的羡慕。父亲想把这种光荣延续下去，所以他希望钟阳春留在北京，但他从未想过儿子是怎么想的。

在北京的那几年，钟阳春几乎没有吃过荔枝，每每看到宿舍的同学买了荔枝，他就开始想家，在他看来，只有他家的荔枝才是最好吃的，不知为什么这种产自南方的水果一到北京就变了味儿。在他的心中，最美味的荔枝一定出在桔乡。

桔乡是个好地方，桔水村是桔乡的好地方。如今钟阳春站在桔水村的土地上，越发感觉自己的选择是对的，他用实际行动回答了"北漂该何去何从"这个问题。这里养育了他，他爱这里，他向父亲和乡亲们证明了这里才是他应该待的地方。

东边天际，九洲江之畔，一道道闪烁的亮光缓缓出现，霎时间打破了黑夜的安静，划破了半个黑色的天空。升起来的太阳，随着金色的阳光一层层掠过荔枝树、龙眼树、红橙树的梢头，徐徐地从半山腰落下，映照在整座桔水村。红白相间的云像一位温柔的仙女，顺着一条条炊烟开辟出来的小路，姗姗地从村庄的上空飘过。楼房的上空，浓郁的炊烟里，弥漫着一缕缕喷香的米饭味儿。

在桔乡至廉城的公路上，戴着草帽、一身休闲服打扮的钟阳春款款走在前头，在他的带领下，一行人神采奕奕地一路向前行走。他们有的撑着雨伞，有的戴着草帽，年轻的小伙子背着布包，肩上扛着摄像机乐此不疲地跟随着一行人拍照。走了一段路后，走在前头的几个人停了下来，后面跟着的人也停住了脚步。钟阳春指着新建设的门楼说："桔水村到了。"

大家顺着钟阳春手指的方向望去，只见一个新建设的门楼，非常壮观。走在桔水村的主干道路上，宽阔的水泥路向前延伸，灰白的路面干净整洁，偶尔有些垃圾掉在路面上，也被路过的人随手拾走了。南来北往的车辆，有秩序地保持着车速。路的旁边有一大片茂密的黄泥竹，条条黄泥竹遍插地面，黄色的竹竿，青青的竹叶在阳光照射下妖媚动人。微风吹过，竹林发出悦耳动听的沙沙声。他们一行人站在黄泥竹旁边拍照留念，一群身着连衣裙的美女摆弄着花伞、手帕，摆出各种姿势在呼唤朋友帮着拍照呢，愉快的笑声在乡间荡漾开来。

钟阳春说:"万物都在变化着,原来那条用泥土踩成的狭窄马路找不到踪影了。从前的泥土路到处是水潭子,如果不小心踩到水潭子,整个脚就会陷下去,好不容易把脚抽出来,可鞋子却留在泥潭里了。"

话音刚落,有人哈哈大笑起来,众人回头一看,是个留着胡子的中年男子正笑得前仰后合,他好不容易压住笑声,急急地说:"我小时候亲身经历过,那个年代乡村条件很艰苦。"

有个小伙子赶紧给中年男子递上矿泉水,中年男子喝完水,情绪慢慢安稳下来。随行的有个穿着碎花格子连衣裙、烫染着黄色卷发的女孩子,带着遗憾的语气说:"我长大后读书、工作都在城市里,现在听了林春悭大叔说的,真想找个机会体验一下乡下的生活。"众人拍手称道:"好主意。"

大家边说边沿着一条干净的村路走去,路的两旁种着香蕉树,有些香蕉树茎顶长着淡黄色穗状花序,有些香蕉树果序弯垂,结出长长的果实。浅绿色的呈长椭圆形的叶子在风里掀起一波一波的柔浪,空气中飘荡着清香的味道。村子里到处种着香蕉树,大家对此百思不得其解。钟阳春面带笑容解释道:"桔水村曾是廉城市最大的香蕉生产基地,也是全国屈指可数的蕉乡。香蕉树浑身都长着大伞,可以室内盆栽,也可种在家门前,既可食用,又可供观赏,东南亚很多国家在房间挂香蕉装饰画。"大家恍然大悟,仿佛看到桔乡人在香蕉园里摘香蕉,一堆堆香蕉似一座座

小山，等待着人们运送到全国各地。

一幢幢具有乡村风情的精致楼房在翠绿的香蕉树和荔枝树的掩映之中，小路旁边一幢楼房映入眼帘，仔细观察，这幢楼房是用红砖砌成的，外墙贴着洁白间黄的瓷砖，尖尖的屋顶，绛红色的屋顶瓦在阳光的照射下格外醒目。众人发出啧啧的称赞，眼里流露出兴奋、喜悦。有个小伙连忙跑到一对男女面前把这一美景进行了即时传播，引起了"哇——"声一片；而在钟阳春旁边的几位游客跟着赞赏，点头附和；后面的人自动停下了脚步，有的环视着周边，有的指点着楼房的建设，有的一脸和风细雨、随意自然地聊着。有位老伯向一行人炫耀说："在大城市里看到的别墅，现在乡村里随处都是。村民们都住进了宽敞明亮、舒适豪华的楼房。"众人围着老伯问东问西，在老伯的话语里，人们可以感受得到，这村子使人远离了都市的尘嚣，令人神驰。现在，乡村的每一个角落都变了。干净的村路通向每幢楼房门前，一幢楼房靠着另一幢楼房。有些人家还在楼房门前建起红砖铁栏围墙，院落里种上阳桃树，还喂养了一些家养动物。这时，戴着眼镜、文质彬彬的张申有节奏地吟着元曲《天净沙·秋思》："枯藤老树昏鸦，小桥流水人家……"

在张申浑厚有力的吟诵声中，大家缓慢行走，不觉间来到村子西边一角，一栋独特的琉璃瓦房耸立在宽阔的广场前面。钟阳春和众人穿过打扫干净的泥土路广场，来到祠堂前，站在走廊里抬头望着，琉璃瓦房下的白色墙壁上画着古老传说中的人物，皇帝昭顺、哪吒出世等。横梁圆柱子上涂了满满的一层蓝绿相间的颜色，牌坊上供列着始祖。祠堂里面摆放着各种手推车，十几对大醒狮头和数不清的担旗，还有大鼓、扣十锣、小锣、大钹、唢呐、牛角号、木鱼、鸭嘴笛、洞箫、横箫、二胡等各种乐器。钟阳春告诉大家："这是桔水村的祠堂。逢年过节，村民们会在祠堂里献饭、烧纸、燃香。按世代流传的传统风俗，村族会选出健壮的中青年，组成一支醒狮舞龙队伍。每年元宵节，醒狮舞龙队穿上彩色服装，手拿各种工具，戴上面具，鸣锣击鼓依次出发，去桔水村的五个自然村。每家每户把煮好的白切鸡用盘子装好，集中摆放在村中的广场上，村道里人来人往，车水马龙，场面分外热闹。"

人们还未从钟阳春描述的元宵节的浓郁氛围里走出来，突然从村子娱乐广场那边传来阵阵喝彩声，老人们神采奕奕地进行着难分胜负的精彩棋牌比赛，围在他们身边的旁观者在加油助威；穿着夏季运动服的少年们正在广场打篮球，拼搏的劲儿像是在球场上展开一场别开生面的篮球比赛；在大人扶助下，学走路的小孩子在广场走来走去，从这边走到那边，像极了天真烂漫的小鸟。摄影者端着摄像机，对着香蕉树、楼房、广场和老人、妇女、小孩子一番"咔嚓"声，他们要把乡村最美的样子记录下来。

山里的清风很凉爽。他们一行人来到一户农家，只见门前栽着香蕉树和一棵高大古老的阳桃树，热情好客的杨培元阿嬷笑呵呵地迎出门来，不待介绍，已是耄耋之年的

她主动招呼客人："来、来、来，快喝口茶水，你们从哪儿来啊？"钟阳春拉起阿嬷的双手，说："阿嬷辛苦了。"阿嬷清瘦但不显老，她步履稳健，声音洪亮，不时发出爽朗的笑声。

阿嬷施座、泡茶，就像接待自家的来客。他们喝了茶水，坐在荔枝树下，透过香蕉树，可以看到远处有一条江。他们和阿嬷拍照留念道别，转过弯，来到村子东边，走在一片长满花草的草地上，一丛丛的野草野花交错地生长着，有些花草生长得格外迅速，也格外漂亮。大家迫不及待地蹲在草地上，闻着花草的气味，淡淡的香气中夹杂着泥土的味道。

穿过草地是一条江，他们环顾着江周围的地形，一些人在感叹好大一块花园草地，一些人正在豪情满怀地欣赏平平坦坦、舒心养眼的江坝。钟阳春指着缓缓向北流的江水说："这是流经村子的九洲江，从北边数百千米之外的广西陆川山里发源，最终流入北部湾，因枯水期江中露出九个沙洲而得名。九洲江从北到南贯穿两岸，水源充足，其周边土地肥沃松软。据说九洲江水草丰茂的岁月里，经常会有鱼成群结队爬上浅滩。很多年前，桔水村边的九洲湾湾河迎来了第一次断流干涸，不到膝盖深的水里，大人、小孩就像疯了一样，用渔网或者双手捉着水里的鱼儿。"

钟阳春刚说完，有人就叫起来："天天在九洲江捉鱼多好啊。"钟阳春回答："生活条件富裕的今天，两岸的人们仍然会在九洲湾湾河捕鱼、钓鱼。"人群里发出"啊"

的一声。大家继续沿九洲江堤岸走去，只见江边局部地方安上了护栏，有些堤坝还装上了一些圆柱形的小路灯，路边放上了垃圾桶，路旁生长着高大翠绿的木棉树。抬着摄像机拍照的小伙子被九洲江两岸的美景陶醉了，他情不自禁地说："距此十多里的九洲江上游正是全国闻名的鹤地水库，有'人造海'之誉，董必武、邓小平、陈毅、郭沫若等重要人物曾莅临考察并予题词。"

20个人里数抬着摄像机的小伙子最年轻，热情又活跃。这时，梳着三七分头发、红光满面的陈锡走到小伙子身边，对他说："小周，一路上你扛着摄像机又是拍照又是给大家讲故事，辛苦你了。"众人附和着夸奖小周。小周默默地抬着他的摄像机给随行的人拍照，他往人群里看了看说："陈锡园长和钟阳春老师一起拍张照吧！"听了小周的建议，陈锡园长爽快地走到钟阳春身边，两人背靠九洲江，拍了张精彩的合照。之后有人建议拍一张集体照。

他们排成几行，小周架好摄像机对着大家说："做好准备，拍照。"说完迅速走进队伍，随着大伙的一声欢叫，摄像机自动拍下了集体照。大家聚在一起欣赏九洲江迷人的景色。陈锡对大家说："我和钟阳春先生在桔水村出生，饮着九洲江水长大，后来外出求学，几年前又先后回乡创业，多年来见证了九洲江两岸的繁荣昌盛。"钟阳春看着陈锡点点头说："陈锡园长说得对，九洲江畔的桔水村是我们的家乡，下河抓鱼摸螺，上山爬树摘果，那是我们儿时的快乐时光。"众人呵呵地笑着。笑声过后，陈锡园长掩饰

不住内心的欢喜，说道："钟阳春是老师，也是诗人，大伙听听钟诗人的诗歌《家乡》，好不好？"大伙齐声回答"好"。钟阳春脸微微发红，在众人面前他都有点不好意思了，稍微平复情绪后，开始吟诵诗歌《家乡》：

> 九洲江畔那座小山村
>
> 是我出生的家乡
>
> 番薯芋头山稔子
>
> 是儿时的食粮
>
> 父老乡亲辛勤的汗水洒在田里
>
> 种出充饥饱腹的庄稼
>
> 下河抓鱼摸螺，上山爬树摘果
>
> 那是我们儿时的快乐时光
>
> 饮着九洲江水，我们长大
>
> 在某个城市努力打拼
>
> 岁月流逝，小山村珍藏在心里无数次呼唤
>
> 家乡啊，我愿化作一条纱巾
>
> 尽情衬托你鹤地水库般俊秀的脸庞
>
> 我多想用我的拙笔
>
> 蘸着母亲河九洲江悠悠的清水
>
> 在你身上写出似尖峰岭般奔放的诗行

听着钟阳春的诗歌朗诵，大家似乎忘记了行程的疲劳，意犹未尽地沿着九洲湾湾河走去，来到围着一米高的石墙

的学校前。走在花草掩映的泥土小道上，大家有一种亲切的感觉。走进学校大门，映入眼帘的是宽阔的操场，有绿茵茵的足球场、整洁的篮球场，操场东边的一排树木下还摆放着几张乒乓球台。穿过操场，大家沿着两边长满花草的花圃来到校园，一股清香迎面扑来，香味来自校园东边的一棵高大的桂花树。桂花小小的、嫩黄黄的，微风吹过，翩翩起舞。走进一间教室，大家环顾四周，教室里干净明亮，墙面洁白如玉，单人单桌整齐有序。黑板边装上了智能电视。有人走到讲台旁边，抚摸着智能电视，发现它是触屏的，情不自禁地赞叹这是新时代新科技。大家坐在椅子上，两手端放在桌面，表情严肃，似乎又回到了小学时代，仿佛又听到了当年读小学课文的声音。钟阳春陷入沉思，人生几何，曾将儿时的梦想扎根在心里，带着努力上进的动力，一步一个脚印地朝前走去。

太阳升上头顶，天气炎热。大家走出教室后，钟阳春带着众人穿过学校门前的道路，朝道路东边走去。学校门前 500 米处是一个三岔路口，往西是桔水村，往南是通往廉城的廉桔公路。大家走在东边的道路上，远远地看见几十辆大货车停靠在路边，工人们正将一箱箱荔枝抬上大货车。果农在来回忙碌，他们光着上身，头戴草帽，肩膀上搭着毛巾，不时地擦着汗水。道路旁边有几间屋子，果农们正忙得不可开交，经过泡水、裹薄膜、装箱子一系列烦琐的工序，才完整地打包好一箱荔枝。

六月正是荔枝上市的季节。在钟阳春的带领下，他们沿着山岭中一条开辟出来的小路行走，路的两边都是茂盛的荔枝树。荔枝树上结满了一串串鲜红的荔枝，风吹叶动，像穿着红色连衣裙的姑娘在绿叶里翩翩起舞。荔枝看上去个大、饱满，颜色红红的，很是诱人。钟阳春摘了几颗，剥了皮递给大腹便便的黄老板，他尝了一口，啧啧地说："果实肉厚，质爽脆，多汁，味清甜。"听了黄老板的描述，大家动手摘起垂挂在面前的荔枝，品尝起荔枝的美味来。他们脚下的草地上插着一块牌子，上面写着荔枝的品种：妃子笑。

众人恍然大悟，原来这就是"妃子笑"荔枝。文艺女青年钟欣怡当即吟起了晚唐诗人杜牧的《过华清宫》："一骑红尘妃子笑，无人知是荔枝来。"有个刚好挑着荔枝路过的果农，听了钟欣怡吟诵的诗后，停住了脚步，笑容满面地对大家说："美女读的这首诗，我们果园里的人天天在唱呢。"说完她急忙往前赶去，待大伙缓过神来，看见的是她瘦弱的背影渐行渐远。钟欣怡伸长脖子往小路的尽头看了看，然后跑到一棵荔枝树旁边，踮起脚跟伸长脖子摘了好几串"妃子笑"，小周抬着摄像机，动作快速地拍下了她的一举一动。

众人看着总是围着钟欣怡忙碌的小周，笑着打趣，追求心仪的对象就像抬着摄像机拍照的小周，随时服务周到。小周随即把摄像机转向了他们，"咔咔"地拍了无数张照片。钟欣怡听了大伙的调侃，把荔枝一个个塞到他们的手里，大伙儿就光顾着吃荔枝了。钟欣怡盯着手里的荔枝，思绪像是回到了唐朝时光里，她笑着对大家说道："'妃子笑'作为荔枝的一个品种，得名于唐玄宗和其贵妃杨玉环。杨贵妃是中国古代四大美女之一，喜欢吃荔枝，到了荔枝成熟的季节，要求每天都能吃到新鲜荔枝。但荔枝产于南方，唐朝的都城却在西安，离最近的荔枝产地尚有千里之遥。加上鲜荔枝一离本枝，一日而变色，二日而变香，三日而变味，四五日外色香味尽去。唐玄宗为了让杨贵妃吃上美味的荔枝，便用快马日夜不停地将荔枝运送到京师。"

听着古老的传说，感受着今天的变化，大家的心情像夏日的阳光一样明朗。山谷里偶尔传来小鸟清脆的叫声，美女们在荔枝树下追逐，男士们站在路边观望着山上的风景。在他们身旁，小轿车、三轮车、自行车陆陆续续进出果园，他们中有从四面八方云集桔水果园设点收购水果的商客，有休闲旅游观光采摘的游客，还有不分昼夜忙忙碌碌的果农。稍作歇息，一行人沿着小路继续往前走。走到一处山坡，大家发现这座山坡上种的是龙眼树，一串串青黄未熟的龙眼垂挂在树枝上。钟阳春告诉大家，桔水村山地多，依不同土壤质地种上荔枝树、龙眼树和红橙树，五六月荔枝成熟，七月摘龙眼，十月摘红橙。说到红橙，钟阳春带着大家走过山坡，来到山脚下，远远就闻到了沁人肺腑的橙香。踏着泥土阶梯拾级而上，两旁的山地里种着一排排红橙树。每棵红橙树上都开满了洁白的花朵，微风拂来，香气越来越浓，让人神清气爽。钟阳春脸上洋溢着喜悦的神情，说道："大家从央视新闻、报纸、网络平台均可得知，廉城被称

为'中国红橙之乡'。红橙果大形好、皮薄光滑、果肉橙红、肉质柔嫩、多汁少渣、甜酸适中，在国内被誉为'人间仙桃'，在国外则被冠为'中国橙王'。"

大家沉浸在红橙的独特风味里，回过神来发现已走到了山顶。站在峰顶俯瞰，依山环绕的山脚下，一座座楼房威严挺拔，端坐在深邃的天空下，星罗棋布般装点着整座桔水村。江边的龙健高科技产业园厂房传来悠扬的钢琴声。而九洲江，像一条银光闪闪的长龙，在群山之间蜿蜒爬行，最终消失在西北方向的天际。远处有座山峰隐隐约约出现在人们的视线里，钟阳春告诉大家，那是素有野生荔枝林之称的谢鞋山，廉城举办荔枝文化节就在谢鞋山风景区。

太阳渐渐往西边移去，阳光明朗地照射着山间、果林。大家走到山脚下，山脚的小路上停放着七八辆小轿车，是来接载宾客的。一行人分别向钟阳春和陈锡握手道谢，领队的许玉老板说："桔水村是个美丽的村庄，钟阳春老师等北漂回家创业是走对路了，我们今日有幸在果园中观赏荔枝树、龙眼树、红橙树、香蕉树，倾听动人的鸟声和传说，品尝香甜味美的荔枝，体验采摘，游览乡村田园风光的新型果园，都和北漂回归创业有关啊！"

第二章　大学生回乡，丢了谁的脸

　　北京的六月酷暑难耐，钟阳春拖着行李箱走在人流如潮的街头，他有着壮实的身体，俊朗的脸孔，眼睛黑而有神。他神色匆匆地向前走去，正午的太阳火辣辣的，空气里夹杂着烧饼烤热的味道，一滴滴汗水从他的脸上流淌下来，落在被烘热的柏油路面上瞬间蒸发掉了。钟阳春忍住暑热，眼睛扫过街道上来来往往的车辆，在瞄准了一辆醒目地标着空车的蓝色出租车后，他挥了挥手。出租车司机看到钟阳春挥手后绕着花坛转了一圈，来到他的面前，钟阳春一身疲惫，带着行李箱钻进车里。

　　出租车飞快地在马路上行驶，钟阳春缓过气来安静地坐在车里。出租车司机边握着方向盘边用浓重的东北口音问钟阳春是不是赶去坐火车。钟阳春在京城待了五年，他听得出中国大部分地区的方言，同学们都说他是超级方言专家。钟阳春不赞同同学们的说法，他只是对中国有些地方的方言感兴趣，和自己家乡又有那么一点点沾上边的口音，

灵活运用舌头的发音，跟着有模有样地学着平时常说的话，练习时间一长，慢慢就能说上几句了。钟阳春点点头说是的。年近五旬的出租车司机满脸疑惑地打量了钟阳春后又说："一线城市有更多机遇给你们年轻人挑战命运呢！"钟阳春微微笑着，认真地说："南方家乡雷州半岛更适合年轻人打拼未来。""热爱家乡的年轻人"，出租车司机冷不丁地从嘴里说出这样一句话，有称赞也有轻蔑。也许在出租车司机看来，这年头，年轻人的眼光应望向遥远的天空，扎根在繁华的城市施展才华。钟阳春毫不在意，仍面带笑容。在和出租车司机有一句没一句的谈话中，很快到了北京火车站广场。下了出租车的钟阳春急急忙忙赶奔售票窗口，拿了昨天在网上订购的火车票后径直向进站口走去，好不容易挤上了火车，放好行李箱后，钟阳春坐在卧铺座位上长长地舒了一口气。

"你确定回家乡找工作吗？"父亲不止一次在电话里问他。钟阳春态度坚定地说："我想过了，没有比在家乡工作更好的出路了。"父亲犹豫了一下，半晌才说："好吧，自己选择的路自己去走。"

随后，钟阳春在微信朋友圈里发了条信息："雷州半岛，我回来了。"他放下手机，望着窗外一晃而过的风景，心情顿时愉悦起来。五年前，他以优异的文科总成绩考入北京一所大学，他是村子里的第一个大学生，很多家长都拿钟阳春教育自家的孩子，平日里蹦蹦跳跳的捣蛋鬼在那些日子里听话懂事了很多。乡亲们平日里有什么好吃的都会拿去孝敬钟阳春的老奶奶，毕竟小山村走出一个京城大学生不容易呀。那时，钟阳春父母为了供他读书，早出晚归种几十亩山地，但收入有限，常常入不敷出，为此钟阳春的姐姐提前结束学业，去了外地打工。后来钟阳春在京城靠打工攒学费完成学业，未曾向家里要过一分钱。他在京城生活了五年，算上这次，也只是回过两次家。

钟阳春下了乡里的班车，从国道公路左边进去，踏上了一条新修的宽阔的通村公路，路上堆放着沙石，路边有人正在修建新房。这群陌生的面孔好奇地迎着他，钟阳春面带笑容慢慢行走。现在各乡各村都在兴修道路，有些甚至田间地头都修上了水泥公路。公路左边有片刚插上秧苗的田地，微风掠过，秧苗纷纷舞动，像满天飞舞的蝴蝶。钟阳春走进村口，来到村文化广场，广场的农家书屋里聚集了很多村民，平日里村民们都会聚集在广场拉家常，这里相当于村子的新闻广播站，哪家发生的事情在这里都会被无限扩大。钟阳春边挥手边大声地叫起来："叔伯叔婶们，春仔回来了。"春仔是钟阳春的乳名，乡亲们都是这样叫他的。听到熟悉的乡音，乡亲们簇拥着向前走去，一下子围住了钟阳春。钟阳春拿出准备好的糖果、饼干分发给大家。大家围着俊朗的钟阳春，双手捧着糖果、饼干，呵呵地笑着："春仔，你讲讲北京的天安门、万里长城呀。"一群小孩则像走马灯似的围住钟阳春转个不停，叫啊跳啊。小村庄响起了阵阵欢声笑语，笑声在山谷中回荡。

"春仔，你回来了？"

　　听到这亲切的声音，钟阳春转过身来，原来父亲一直在看着被村民们围住的他，直到村民们在热闹声中渐渐散去，父亲才说话。

　　看到父亲的一刹那，钟阳春怔住了，白发爬上父亲的额前，脸上堆满皱纹，消瘦的脸庞使得额骨明显凸出，要知道父亲才五十多岁。这几年里，无数次通过网络和父亲视频对话，每次看到网络那头的父亲总是容光焕发，受到父亲影响，钟阳春每天精神饱满，原来是父亲瞒着他独自承受生活的苦累。钟阳春赶紧走到父亲身边，压住心里的酸楚，愉快地说道："爸，春仔回家了。"父亲钟伟源拍拍他的肩膀，喃喃地说："回来就好，回来就好。"

　　父子俩并肩走在村路上，一路上钟伟源不停地问着钟阳春在京城的情况，钟阳春低着头保持和父亲一致的高度回答父亲的话，有个头发零乱的妇人急急忙忙向父子俩的方向跑来，由于父子俩专心聊天，并没有注意到她。倒是有个眼尖的孩子叫出来了"五伯婆。"只顾着和父亲说话的钟阳春听了"五伯婆"后，像是有什么东西在他脑海里迅速扩散，他抬起头来叫喊："妈，妈。"话说母亲莫春平正在家里准备午饭，听说儿子回来了，丢下锅跑出家门，刚走出院子就遇上了钟阳春父子俩。钟阳春急急向母亲走去，母亲放慢了脚步，钟阳春来到母亲身边，拉着母亲的双手说："妈，你辛苦了。"母亲上下仔细打量钟阳春，连他的衣袖都用手去翻了下，母亲是怕他在外面受苦，他在家里可是好好的。钟阳春体会到了母亲的苦心，抖了抖身体，耸耸双肩，笑着说："妈，你儿子好好的。"母亲开心地笑了。孩子们也跟着笑起来。这时，钟伟源提醒道："到家了。"

钟阳春穿过两旁是香蕉树的小路，欢喜地走进院子，映入眼帘的是一幢二层楼房。楼房外墙粉刷着雪白的石灰粉，墙脚是一米高的淡黄色瓷砖，铝合金的窗栏。院子东边是一口水井，水井旁边有块用红砖围砌起来的沙池，沙池中间生长着一棵高大茂密的阳桃树。原来的老屋子不见了，古老的阳桃树可以看出岁月的痕迹。钟伟源看看莫春平，夫妻俩对视一笑，离家多年的儿子回家了，夫妻俩心里的石头落了地。这时，一位白发苍苍的老奶奶拄着拐杖从屋里走了出来，钟伟源和莫春平还没反应过来，钟阳春马上迎了上去，边扶着奶奶边说："阿嬷，你的孙子天天想着你呢。"奶奶杨培元将钟阳春全身上下仔细看了个遍，收起满意的眼神后，喃喃地说："想念阿嬷也不回家，只知道让家人从年头等到年底。"钟阳春像个犯了错误的孩子等着阿嬷教训。阿嬷是心疼孙子的，只是故意这么说，看到孙子的表情，阿嬷赶紧转换了话题说："难为你了，坐了几天的火车。"然后她在钟阳春的帮扶下走到孩子们面前介绍起来，说："这个孩子是你三叔的儿子，那个孩子是你四妹的女儿，这些孩子的父母和你年纪不相上下，你看看，人家孩子都三四岁了。"钟伟源和莫春平难为情地看着老太太，一群孩子冲着钟阳春咯咯大笑。钟阳春涨红了脸，却很乐意听着阿嬷叨叨，阿嬷也没完没了地说着。

春仔回家种田了！村民们想不明白，大学生有知识、有特长应在大城市打拼，过上富裕的生活之后回家乡才有脸面，在穷乡僻壤的山村能有什么出头之日？现在的年轻大学生为什么放着好好的工作不干，非要挖地、种田，吃苦受累呢？在村民们刺耳的闲话和异样的目光里，钟阳春骑着那辆沾满尘土的女式摩托车，村里村外出出入入，忙得不亦乐乎。每次经过村头，他总会放慢车速，和村头的人们打招呼，尽管没人愿意搭理他，他仍然热情地问候大家。

这天天气晴朗，炽热的太阳放射万丈光芒，山谷里偶尔吹来阵阵微风。钟阳春像往常一样骑着摩托车出门，父亲戴了顶草帽扛着锄头叫住了他，让他一起去插秧。钟阳春想了一下，然后骑着摩托车停在父亲身边，父亲大惑不解地问："你这是干吗？"钟阳春爽快地回了句："插秧呗。"钟伟源嘀咕着上了摩托车。钟阳春开着摩托车经过村子时，村民看到父子俩，大笑起来，其实他们笑的是钟阳春好好的京城工作不干，偏要回家种田，或许在村民心里，大城市才是他们向往的好地方。父子俩心宽地和村民们打招呼。一路上，钟阳春发现大部分田地里都插上了秧苗。在位于雷州半岛北部的这个农村里，在四年前的政府下乡扶贫政策的带动下，有十五家贫困户选择了种十几二十多亩的水稻，每年的收入主要来自田里的庄稼。也有很多年轻人选择了去外地打工，留守村子的老人没太多精力去打理农田，有些离村子较远的田地便荒芜了。钟伟源不忍心田地就这样荒芜，于是选择耕种九洲江河道边的部分水田，有部分水田也是别人家不耕种的。每年在秋季种上水稻，一年下来收获的粮食吃不完，就将部分粮食拿去卖掉换取生活费。他出生在农村，在这里长大，一直在农村生活。钟伟源到了这把年纪，没坐过飞机，也没坐过高铁，去过的最远的地方是市区，钟阳春在廉城读中学的六年里，钟伟源肩挑着粮食到桔乡镇上卖了换钱，隔三岔五步行到廉城中学给钟阳春送伙食费。那年头，从桔水村到廉城的班车十块钱，但他舍不得花那十块钱，六年时间里都是步行到廉城的。那个时代，从桔水村到廉城要走四十多千米的泥土路，遇上下雨天便满地泥泞，他深一脚浅一脚地走到廉城找到钟阳春时已是满身泥巴。好在钟阳春体谅父亲的辛苦，每每看到满身是泥的父亲来送伙食费，他先是让父亲在宿舍洗个热水澡，然后从食堂打来饭菜让父亲吃，吃完后，才安心让父亲回家。现在生活条件好了，钟伟源依然保持节俭，除了坚持种些稻田，还承包了部分山岭种荔枝，可以说是常年在稻田和山岭间劳作，一年四季都没有闲下来的时候。

到了田地，是一大片的水田，水面晃着亮光。钟阳春望着远处的水田，又看了看脚下，说："没有田埂了。"钟伟源已经挽起裤管走下水田，他拿起秧苗抛向水田，说："现在没人种田了，都把水田集中在一起耕种，方便灌溉、施肥、收割。"钟伟源说得对，以前家家户户种田，每块田地的界线都分得清清楚楚，少一寸都争得不可开交。钟阳春挽起衣袖，又把裤管挽得高高的，露出雪白的大腿，下了水田。钟伟源看着儿子一介文弱书生的模样，心里咯

噔了一下，说：“你可以种田吗？”钟阳春拿起秧苗，手脚麻利地抛在田里，笑着说：“爸，你儿子抛秧的速度不输小时候。”钟伟源嘿嘿地冲着钟阳春笑了两下，想当年这小子穿条裤衩顶着烈日暴晒抛着大捆秧苗，父母回家去吃午饭还未赶来时，他就已经把村前那几块一亩多的水田抛满了秧。为此全村人都夸钟伟源有个好儿子，在学校学习成绩好，在家里种田也了不得。父子俩拿着秧苗站在水田一前一后地抛秧，有一句没一句地说话。

“你真的打算在家里种田了？”

“我是有打算的，想在咱们桔水小学谋个教师的工作。”

“这比得上在京城工作风光吗？”

“爸，啥年代了，风光？现在生活条件好了，人人都可以满京城跑，出国旅游了。”

“你爸没去过京城，听村民们说京城是老百姓向往的地方，人人都争着去京城生活。你倒好，跑回桔水村，你爸在桔水村种了大半辈子田地，就是希望你不走老爸的老路。”

钟阳春想说点什么，这时，手机铃声响了，父子俩同时往腰间看去，是钟伟源的手机。他伸手往水田抖了抖，拿出手机就说：“今天抛秧苗了，你过两天拉些肥料来。什么？微信、支付宝付钱？”钟伟源开始不耐烦了，大声说，“我不懂得什么微信，我当面给你钱就是了。”钟伟源生气地挂断电话后，钟阳春对他说：“爸，回家我教你使用微信和支付宝收付款。”钟伟源这才回过神来，意识到自己刚才在手机里和别人讲话就像是吵架一样,钟阳春听得一清二楚。钟阳春说教他用微信、支付宝收付款,他就蒙了,不过,心里想着那究竟是什么玩意儿。

夕阳西下,晚霞染红了村庄的楼房树木,水田披上了朦胧的夜色,银色的九洲江若隐若现。父子俩回到家里,母亲做好了晚饭,和阿嬷在厅里等着他们父子俩。酒足饭饱后,钟阳春掏出手机对父亲说:"爸,你也注册微信吧,或者在手机上下载支付宝,方便买东西时付钱,你卖稻谷和荔枝时也可以用手机收钱呀。"父亲半信半疑地说:"这是什么玩意儿呀?"母亲也疑惑地说:"买东西手机付钱,卖东西手机收钱,行得通吗?"阿嬷安静地坐在一旁,没有插话。

钟阳春边说边开始手把手地教父亲怎样操作,先是在手机上下载微信软件和支付宝软件,母亲在旁边看着父子俩操作,因为下载速度慢,需要时间较长,钟伟源忍不住嚷嚷:"这鬼东西,太不好用了。"

钟阳春安慰他再等等就好了,母亲附和着说向儿子学习学习也好嘛,钟伟源不出声了。

下载好微信和支付宝后,钟阳春用父亲的手机号码注册微信号,网名是"大洋",然后又扫描添加了父亲的微信号。一切妥当后,钟阳春通过微信给父亲发了红包,父亲说:"这是谁的红包?"母亲看不下去了,白了一眼钟伟源说:"这是你儿子头像,当然是你儿子给你发的红包,还以为天上掉下来的啊!"

阿嬷忍不住笑了，皱纹堆在脸上，显得更加苍老了。钟伟源在钟阳春的指导下，点击微信红包，是100元。钟伟源摸摸头发笑着说："这钱来得容易。"钟阳春建了一个微信群，名字是"我们一家人"。他把微信名"钟家大小姐"拉进群里，对着微信发出语音："姐，爸爸有微信了，微信名是大洋。"母亲指着钟阳春手里的手机说："这是你姐姐炼春，我看到外孙了。"原来钟炼春用儿子的照片做微信头像。

　　钟伟源对着微信发语音："喂喂。"点击听到自己的声音后，他哈哈大笑起来。

　　母亲也拿过手机学着使用。钟阳春说："以后买东西给别人付钱，扫一下微信的二维码，填上多少钱，要看清楚多少元钱，点击确定支付，就付款过去了。"钟阳春走到阿嬷身边，和阿嬷合照了张照片，接着对父亲说，"微信还可以发照片、图片。"钟伟源说："学不会那么多，头晕眼花，见面'视频'、说话'语音'、发红包，你们发红包给我领就得了。"

　　话是这么说，钟伟源学会使用微信后心里乐着呢。打这以后，钟伟源逢人就说这智能手机好玩，可以视频说话，可以语音说话，还可以付钱收款。村民们听了也赞口不绝。有个年长的老人说："你手机再好，也比不上儿子有出息好。你看看你家春仔，放着京城工作不做，跑回家种田，让人笑掉大牙。"说者无心，听者有意，钟伟源坐不下去了，赶着回家。

这天，钟伟源特意交代妻子做几个好菜，备了好酒。父子俩坐在一起吃饭，钟伟源喝过一碗白酒，趁着酒兴，意味深长地对钟阳春说："春仔，你可以回家，但爸爸不希望你在家乡找工作。"钟阳春不明白父亲为何不支持他的选择，于是对父亲说："爸，你儿子长大了，知道怎么做。"阿嬷当即说："春仔有权利选择自己的路。"莫春平看着钟伟源，沉思了一下，半晌才吞吞吐吐地说："因为村民们说春仔读了那么多书，留在京城工作才有出路。"钟伟源和莫春平想想也是，虽然夫妻俩没有读过很多书，但前程似锦对于一个人漫长的生命来说是最重要的。

是时候告诉家人真相了。近年来家乡雷州半岛新农村新建设新变化，土生土长热爱乡村的钟阳春，一年前在京城工作期间报名参加 2014 年中小学教师招聘考试。随后经过竞争激烈的笔试和面试，顺利通过了小学教师招聘考试。

钟阳春看着家人担忧的眼神，一本正经地说："阿嬷，爸，妈，春仔在一年前报考中小学教师招聘考试了，很快聘任书就会下达桔水小学。"

屋子里突然安静下来。大家无法想象那个从前听父母的话做个乖乖孩子的春仔，现在变得自作主张，懂得按照心中的意愿选择自己的路去走，仿佛一夜之间，他们的春仔已经长大成人，成了顶天立地的男子汉。

想到连日来家人的担忧，钟阳春突然觉得好笑，忍不住笑出声来。阿嬷虽然不知道钟阳春笑什么，但她也跟着笑起来。钟伟源和莫春平疑惑地看着他们。

第二章 大学生回乡，丢了谁的脸

　　每每听到人们对春仔不理解的议论声，钟伟源还是无法放下心来，他的心里仿佛有一股火气在慢慢升腾着，这种火气将他燃烧得遍体鳞伤。

　　这天，钟伟源心事重重地走在路上，一方面支持儿子回乡村教书，另一方面又无法确定这种做法是对是错。在犹豫不决中，钟伟源走向一户人家。钟伟源定定地站在一幢两层楼房前，他沉浸在忧伤中，以至于一位老者来到他身边时还浑然未觉。老者好奇地问他："伟源，今天什么风把你吹过来了？"突如其来的问声吓了钟伟源一跳，他赶紧转过头来，见老书记钟源祥平静地看着他。老书记钟源祥只是看了一下钟伟源，便明白了什么似的说："发生什么事了吗？"钟伟源稍微安顿一下慌乱的情绪，忧心忡忡地说："老书记，你有所不知，春仔从京城辞职回家了。"老书记是桔水村的老长辈了，平时村子里有什么事，经过村民不断传播，他都有所耳闻，这不，他面色温和，心中有数地说："现在的后生已不是我们那个年代人的想法了。"钟伟源无助地说："是呀，我们辛辛苦苦供他们读书，是希望将来他们走出村子，自力更生，立足社会。"老书记思忖一下，用手摸了摸自己那长长的白胡子，说："明天我到你家去看看。"钟伟源连忙点头说："有劳老书记了。"

　　翌日中午，老书记钟源祥拿着他那个总随身携带的旱烟筒，边吸着烟草边慢悠悠地走在村路上。钟伟源早早在自家门前等着老书记的到来。远远地看到老书记，他脸上堆满笑容迎了上去，客气地把老书记请进屋里坐。莫春平特意做了几个好菜，备了好酒。阿嬷也忙着和老书记寒暄起来。大家看到老书记来钟伟源家里串门，都跟着过来凑热闹。在村子里，只要有老书记在的地方就会聚集很多人。一百平方米的屋子里一下子坐了七八位六七十岁的老人。莫春平忙着端茶倒水招呼大家。

在父亲接二连三的电话催促声中，钟阳春结束了在廉城要办的事情，赶回村子。走进村子，钟阳春并没觉得有什么异常，于是和往常一样问候村民，不过和以往不同的是，今天村民们看到他似乎很高兴。钟阳春没有多想，继续往家的方向走去。在距家里还有五十多米时，钟阳春突然发觉今天的气氛有些不同寻常，这感觉是他以前从未有过的。钟阳春加快了脚步，就在一脚踏进院子时，他听到了从屋子里传来的说话声，有人在唉声怨气，也有人在温柔劝说。

"春仔终于回来了。"

母亲第一个发现院子里的钟阳春，她兴奋地叫起来。屋子里一阵沸腾，大家似乎都在盼望着钟阳春出现，一齐兴奋起来。

钟阳春大感不解地走进屋子，看到屋子里的长辈，还有桌子上摆满的丰盛的菜，他一下子没有反应过来怎么回事。钟伟源迫不及待地说："春仔，你回来得正好，老书记、村子里的长辈们都在这里。"钟阳春也没想太多，先是问候一番长辈们，然后握着老书记的手说："老书记，您怎么来了，有什么事，我过去就得了。"老书记把钟阳春拉到桌子旁边，关心地说："春仔，听说你把京城那份高薪

的工作辞掉了，要回村子里发展？"钟阳春顿时明白过来，原来村民们都来关心他的工作了。他缓过劲儿来，很是平静地说："是的，离开村子去外地求学，学有所成回到村子发展，这是我们年轻人的愿望和理想。"钟阳春刚把话说完，屋内便一阵骚动，大家交头接耳。钟伟源看了下大家惊奇的表情，意味深长地对钟阳春说："春仔，爸爸还是不希望你回家乡工作。"钟阳春明白父亲不支持他的决定，是因为看不到他美好的未来。这时，老书记也语重心长对他说："春仔，你知道不？自古以来，读书人讲究的是衣锦还乡。你们年轻人读了那么多书，留在大城市发展才有出路，才有出息。"

老书记一番至情至理的话让村民们沉默了，屋子里安静下来。自从回到村子，一个多月来，钟阳春见识了村民们的关心，也明白了家里人的不理解。他已经为这天的到来做好了思想准备。钟阳春做了一个深呼吸，慢慢诉说着："在京城谋生的日子里，我深深地体会到，受家乡大地生养之恩，受山水哺育之情，家乡的兴旺发展、家乡的和美安乐，需要我们共同去建设、去创造、去发展。"

钟阳春刚说完，这时，屋外传来一声"春仔在家吗？"话音刚落，村长钟伟标稳步健态地走了进来。看到亲自来到自家的村长，钟阳春连忙迎上前，先是递给村长一杯冲好的茶水，然后站在他的身边说："村长，您来了。"钟伟标先是和大家打招呼，又客气地问候老书记，然后接过钟阳春手里的热茶喝了一口，把杯子放在桌上，握着钟阳春的手，一板一眼地说："现在全村人都关心你们后生将来的前程，你读了十多年书，在外面发展得好好的，为什么想到回家乡工作呢？"钟阳春沉默了一下，然后慢慢地说："经常看到电视新闻报道乡村留守老人、儿童，心里很不是滋味，我也是在乡村出生长大的，好多读书的孩子需要大人的关爱，可是我们村子里的大人呢，为了下一代生活条件好些，出远门打工，一年就春节回来一次，有些大人几年回不了一次家，也包括我，有三年没回家了。"

听到这里，钟伟标的身子晃了一下。他的小孙子就是这样，每年春节之后，父母远离家门，小孙子都会哭好几天。钟阳春继续说下去："咱们村里需要老师，需要关爱留守老人、小孩的老师呀。现在教育小孩子要从小学抓起，我一个人虽势单力薄，但会尽心尽力地教导学生。"钟伟标边听着钟阳春说话边点头，突然露出一副恍然大悟的神情来，说："你是人民教师？"

钟阳春点了点头。村长钟伟标把钟阳春的手握得更紧了，喃喃说道："那真是太好了，从繁华的大城市回到小山村发展，得需要多大的勇气和决心呀。咱们的春仔做到了。"

阿嬷和莫春平平静地看着钟阳春。大家从纷乱的思绪中恢复过来，纷纷称赞钟阳春做得好。看到大家脸上的笑容，钟阳春终于放下沉重的包袱。

这个时候，屋外传来一声："钟阳春在家吗？"大家循声一看，原来是桔水小学校长韩凤章，只见他扬着一张纸，

在空中抖了一下，对钟阳春说："这是桔水小学聘请钟阳春同志任教的通知书，今后钟阳春就是咱们桔水小学的一名老师了。"

钟伟源和莫春平很是惊奇地看着韩凤章校长。阿嬷笑得合不拢嘴，她似乎早已算到会有这一天。钟伟源急急地从韩凤章手里拿过通知书，翻过来翻过去地看着，看到"钟阳春"的名字，他兴奋地对大家说："是真的，咱们的春仔是一名老师了。"

第三章　渴望知识的眼睛

在一座石墙前，墙脚下是一条干净的小道，顺着小道走去，来到一座大门前，门牌上写着：桔水小学。这是扶贫政策落实后以全新的面貌设计建造的新校园，设计理念超前，建造构思新颖。一块十多米长、一米多宽的天然巨石横卧在学校大门中央。石头上雕刻着云彩图案，气势磅礴。走进校门，映入眼帘的是宽阔的操场。足球场里，穿着校服的小孩子在你追我赶，让人仿佛看到了祖国美好的未来。几棵高大的松树下是排列整齐的四张乒乓球台，下课时，乒乓球台前一下子聚满了学生。篮球场和羽毛球场在操场西面，在旁边的龙眼树映衬下，显得无比美丽。穿过操场，沿着两边长满花草的花圃来到校园，校园东边生长着一棵高大的桂花树，每到开花的季节，桂花的芬芳便飘荡在空气中。草坪里的草碧绿碧绿的，又嫩又小，密密麻麻的像漂亮的绿地毯，将整个校园镶嵌在如梦如幻的花园之中。校园东边耸立着一座三层的用黄白相间的瓷砖装

饰的教学楼，教学楼的左边是一幢宿舍楼，沿着楼梯上去，走道左右两边分别是老师宿舍和学生宿舍。宿舍楼一楼是食堂，十几排长椅子摆放在大厅里。

九月的秋风微微吹拂，阳光温柔地照在地上，钟阳春心情愉快地走过溢满桂花花香的校园，朝教学楼走去。沿着干净整洁的楼梯拾级而上，来到第二层左边第一间教室，门牌上标着工整的"五(1)班"。钟阳春是新聘用的语文老师，刚开始接触教师这份工作。开学前夕，校长韩凤章意味深长地问他教哪门学科时，钟阳春经过深思熟虑，选择语文科兼任班主任。

钟阳春曾是文科尖子生，又以优秀的成绩考取京城一所大学，他对担任语文教师很有信心。因为看到很多报道乡村留守儿童的新闻，他选择担任班主任，以便更好地教导学生。韩凤章对钟阳春的选择持赞同态度。钟阳春也是当年在桔水小学读书的学生，韩凤章是钟阳春五年级时的语文老师兼班主任，没有人比他更了解钟阳春了。

钟阳春做了一个深呼吸，带着轻松的笑容走进教室。有个学生先是叫了一声"起立"，同学们跟着站起身来叫"老师好"。钟阳春来到讲台上，开心地说："好，同学们请坐下。"

钟阳春看着讲台下一双双充满期望的眼睛，先是拿起粉笔在黑板上写了三个字：钟阳春。写完这几个字后，钟阳春谦虚地说："同学们，本人姓钟，名字是阳春，即钟阳春。"也许是因为钟阳春幽默风趣，教室里笑声一片。

钟阳春又说："非常荣幸成为五（1）班的班主任，请同学们多多支持，如果钟老师有做得不对的地方，请同学们批评指正。谢谢同学们。"

有趣，太有趣了。同学们显然没有听过这么精彩的演讲，几个胆子大点的同学使劲儿地鼓掌，很快在教室里引起一阵骚动。

这虽是乡村小学，但老师是用普通话讲课的，钟阳春对自己的普通话还是有把握的。不过，他是第一次走上讲台，初次面对学生，又是新上任的班主任，心里难免有点儿紧张。讲课时，他精神高度集中，尽力读准每个字的发音，记下学生的特征。点名进展得很顺利，学生们的回应也很积极。钟阳春心里暗自感叹，乡里的孩子看起来更加懂事安分、谦虚谨慎。他调整心态，声音也一点点大了起来。如果老师能准确无误地喊出学生的名字，还能记下学生的特征，那是很令学生刮目相看的。如果记错了学生的名字，很容易招来学生的笑话。钟阳春第一步要做的是尽快记住每个学生的名字，给孩子们一个好印象。

当点到"梁琼珍"这个名字时，钟阳春不由得心里一沉，前几天这学生的家长打电话给梁雪贞老师，告诉老师开学第二天梁琼珍才能来上课。那时钟阳春刚来学校报到，梁老师还特地找他讲了这件事。钟阳春面露微笑，话锋一转，说："梁琼珍同学请假了，她明天来上课。"

这时，有个学生举起手似乎有什么话要对他说，钟阳春已经在心里记下了这个学生的名字，他说："张秀荣同学，

请讲。"

张秀荣站起身来，声音洪亮地说："钟老师，梁琼珍同学让我给新老师带来一盆百合花。"说完，张秀荣用手指了指窗台上一盆飘着香味的百合花。难怪刚走进教室时就闻到花的香味了，钟阳春走下讲台，轻轻捧起百合叶片，闻了闻，说："嗯，好香！"同学们你看看我，我看看你，议论纷纷。钟阳春回到讲台，他的心情很沉重，不过没有表现出来。他稳定情绪后，平静地说："鉴于梁琼珍同学家庭的特殊情况，请同学们多多包容。"尽管同学们知道梁琼珍家里的事，但听了钟阳春谐趣的讲话，同学们欢笑起来，教室里又一阵小小的骚动。

钟阳春打开课本，讲起课来。学生们认真地听着，遇到不明白的就举手问问题，钟阳春就会认真、耐心地解释给学生们听。有些学生不停地问这问那，其中甚至有些完全与课本不相关的话题。虽然是新上任的班主任，但钟阳春对班里的情况还是早有耳闻、略知一二的。这些孩子可不是省油的灯，不是那么好糊弄的。面对学生们的提问，钟阳春微微一笑，耐心地解答他们的问题。学生们对钟阳春的回答还是很满意的，一下子老实了很多。

下了课，钟阳春匆匆走向办公室，他此时要做的是深入了解梁琼珍的情况。现在是五年级了，不能让她因为家里的事情耽误功课。他找出学生们的家庭通讯录，看到梁琼珍填了两个手机号码，钟阳春选了其中一个电话号码拨通了。接电话的是一个年轻女子，钟阳春屏住气，轻声说明自己是梁琼珍的班主任后，对方沉默了一下，说自己是梁琼珍的姑姑梁桂梅，梁琼珍的日常生活费用都由她承担，等家里事情妥当后梁琼珍就回学校上课，同时请钟阳春适当关心一下她。

挂完电话，钟阳春在学生家庭通讯录上填上梁桂梅的名字，他对梁桂梅做了备注：梁琼珍姑姑。他脑海里寻找着梁桂梅在桔水小学读书的影子，希望能找到一些相关的信息，记忆里依稀是那个文静内向的邻村姑娘，仅此而已。自从他到了廉城读中学后，儿时的伙伴便渐行渐远，等到去了京城读书，村子里的一些人和事就只能从父亲那里略知一二了。

钟阳春把手机返回到屏幕界面放在桌子上。梁雪贞走进办公室，钟阳春友好地打了招呼。梁雪贞刚坐在对面的椅子上就迫不及待地说："你们班学生梁琼珍请假了，还未来上课。"

梁琼珍请假的事是她读四年级时的班主任梁雪贞老师转告给钟阳春的，现在梁老师又重复说，莫非又出什么事了？不过，钟阳春暂时没有收到梁琼珍另外请假的消息，他想了一下说："是的，今天是最后一天。对了，梁老师，有事呀？"

梁雪贞摇了摇头，脸色有些凝重，他从衣袋里拿出香烟，抽出一支，递给钟阳春。钟阳春示意这是教室，梁雪贞了然地收回烟，沉重地说："教了十几年的书，现在留守学生一年比一年多，有个别学生甚至小学毕业后就跟随

父母外出打工。有些学生成绩很好，升到镇初中却不愿继续读书了。"钟阳春听了心情也很沉重，说："社会在发展，城乡在飞速前进，乡村的学生跟着在跑步呀。"原本面无表情的梁雪贞听了钟阳春的话后，面露笑容地点了点头。

钟阳春知道，本校学生大部分是留守学生，其实其他农村小学也大部分是留守学生，这是不能逃避的现实。随着城乡规划建设，农村的劳动者都去了城里打工，父母有条件的会把子女带在身边，毕竟城里学习条件更优越，可以满足学生的学习需求，使学生接受良好的教育。没能跟随父母进城的孩子就只能在农村读书，这些孩子面对的不仅是学习，还有农村的家务活，他们的爷爷奶奶上了年纪，年幼的他们要负责做饭、洗衣，还要种菜、砍柴，可以说，对这些农活孩子们几乎无所不能。于是问题来了，这些成了留守儿童的孩子，在农村时间长了，一方面渴望得到父母的爱，另一方面又因自身家庭情况不能改变而承受心理压力。

"梁琼珍"，钟阳春在作业本上写着这个学生的名字，他关心的不是一个班的学生，而是整个村庄小学学生的命运。

第二天早读时，钟阳春在五（1）班的学生只来了一部分时，就早早地到了教室，和学生们一起朗读课文。在朗读课文的同时，钟阳春特别留意了梁琼珍的座位，他是担心这个学生今天早上不来学校，可能又因家里有什么事情而耽搁了。

早读时间过了大半还没看到梁琼珍的身影，全班同学快要到齐了。学生们朗朗的读书声传遍教室，钟阳春环顾教室，发现 32 个学生，32 套课椅，现在剩下 3 个同学没来，梁琼珍的座位还是空的。这时，又有学生走进教室，现在还剩下两个学生没来。钟阳春继续和学生们朗读课文，他站在一个同学的座位旁边，是张秀荣的座位，他还没来学校，听说在其他年级读书时他经常迟到或是早退。对于班上每个学生的家庭情况和在学校的表现，钟阳春都做了些了解。就在这时，有学生走进教室，是张秀荣，他满头大汗，看得出是跑步来学校的。钟阳春移了下位置，张秀荣向他点了下头坐在座位上，急急从书包里找出语文课本。钟阳春对张秀荣小声说："下次可要早一点到学校啊。"张秀荣摸摸后脑勺，眼睛在转动，看了一下教室后，指着他面前的空座位说："梁琼珍还没来。"钟阳春真是又气又笑，张秀荣同学可不是一般的调皮，他突然不出声地笑起来。张秀荣放开喉咙大声地朗读。学生们朗朗的读书声一阵比一阵高涨，钟阳春很满意学生们早读的表现。

　　上课的时间快到了，还是没看见梁琼珍，站在教室走廊的钟阳春掏出手机准备拨打电话，这时，有个女生气喘吁吁地走上楼梯，向钟阳春这边的走廊走过来。钟阳春还没怎么仔细看这个女生就猜出来她是谁了，立即叫了声："梁琼珍。"

　　梁琼珍一下子怔住了，定定地看着钟阳春。虽然没有见过钟阳春，但她还是知道眼前的这个男子就是阳春，她

有点紧张起来,结巴地说:"老师,我迟到了。"钟老师面容慈善,轻声地说了句:"没事了,你安心进教室读书吧。"梁琼珍激动地点了点头,低着头慢慢走进教室。

上课铃声响过,钟阳春站在讲台上,拿出作文本,对学生们说:"今天布置作文,题目自拟,下课时交上来,未能完成作文的同学,下课继续写,写完为止。"

学生们坐不住了,纷纷小声地嘀咕起来,张秀荣第一个举起手,站起身来说:"老师,作文太难了。"张秀荣的话似乎说出了大家的心声,教室里顿时热闹起来。

钟阳春稳定情绪,用温和的语气说:"作文就是叙述,就是写话。很早的语文教学,就没有作文这一说,都叫写话,作文课又叫写话课。从今天开始,你们不要叫它作文了,就叫写话。把你们想说的话写下来,自己想说什么写什么,写自己熟悉的事、熟悉的话。写日常生活中的小事,用日常生活中的语言来写。"

张秀荣坐在座位上眨着眼睛,脑子很乱,估计是被作文难倒了。钟阳春看着学生们,继续说:"每位同学都要写,现在就动笔写,200字的作文,你们想到什么就写什么,写完后重新读一遍,觉得句子通顺了交上来,读起来很别扭的就修改一下,相信每位同学都会做得到的。"

学生们恍然大悟,原来作文是这样子写的啊。然后大家拿起笔来,教室里只听见学生们沙沙的写字声。张秀荣咬着笔,看着作文本,不知道写什么好。钟阳春严肃地看着他说:"张秀荣,写你平时做的事,想到什么就写什么,将它们连成一串通顺的句子就可以了。"

钟阳春围着教室慢慢地转来转去，从第一组走到第四组。有些学生很自觉，伏在课桌上写着作文；有些学生到处翻书本，看到钟阳春过来又缩回手去。张秀荣趁钟阳春不注意，偷偷站起身来看前桌梁琼珍的作文，梁琼珍也不遮掩，故意拿过来给他看："新学期开始了，我不能按时来学校上课，因为我爷爷住院一个多月了，后来治不好了……"张秀荣看不下去了，双手捂住脸，突然灵机一闪，脑子就听使唤了。他静下心来，还真的写下半张纸，第一次在纸上写这么多字，这是他想也不敢想的。他抬起头看看周围，见大部分同学都写好了作文，钟老师在讲台上翻看着同学们的作文；有些同学还伏在桌上写。张秀荣有些小欢喜，又继续写下去。

时间不早了，西边有一抹彩霞映照在玻璃上，教室里只剩下张秀荣和陈家应还伏在桌上写着。陈家应心里正气着，小声说："老师，我写好了。"钟阳春抬起头，说："好，拿来我看看。"接着张秀荣也把作文本送到钟阳春面前。钟阳春接过张秀荣的作文本看了几行，点头说："写得不错嘛。你有这么好的文字表达能力，至于在课堂上吵闹吗？你把自己的那点小聪明用到构思作文上，不也早就回家了吗？"张秀荣不说话，站着一动不动。陈家应估计张秀荣心里什么滋味都有，但一定是欣慰胜过挖苦。之前调走的那个语文老师曾经当着全班同学的面儿给张秀荣下了定论："哪一天，张秀荣能写出100字的文章来，我给他奖金。"然而，

前任语文老师的伟大预言很快破灭了。仅仅过了一个夏季，张秀荣竟然能写出四五百字的作文，也不知道她还敢不敢来兑现她的奖金承诺。连张秀荣自己都感到意外，自己也能一次写满两张作文纸？不过，他心里究竟还是没底，作文写好了，接下来，这个钟老师还会有啥招？钟阳春看看张秀荣，又看看陈家应，说："你俩今天表现还是不错的，以后把平时的点子写进作文里就更好了。好了，回家吧。"张秀荣和陈家应互相看了看，不约而同做了个胜利的手势，蹦跳着跑出教室。

钟阳春反复看着梁琼珍的作文："新学期开始了，我不能按时来学校上课，因为我爷爷住院一个多月了，后来治不好了……"这是个懵懂年纪里带着沉重家庭负担的孩子。

钟阳春拨通了梁琼珍家的电话，接电话的是梁琼珍的爸爸梁桂海。钟阳春告知梁琼珍的爸爸自己是梁琼珍的班主任，梁琼珍的学习有基础功底。梁桂海说他多数时间在果园里种植红橙，家里有梁琼珍母亲，梁琼珍母亲腿脚不灵便，家务事全落在女儿身上。钟阳春把梁琼珍家里的情况记录在本子上，他给这个本子起了个名字：五(1)班学生家庭状况。

第四章　第一次家访

　　秋风微微地吹着，荔枝树的叶子纷纷落了下来，蟠桃在树丛中露出了笑脸，黄澄澄的阳桃挂满了枝头，像姐妹一样手挽手在枝头荡起秋千。果园里传来孩子的嬉闹声，欢声笑语连成一片。钟阳春骑着摩托车在家家户户种着香蕉树的门前驶过，经过几户人家的楼房，在纯朴村民的指引下，他来到一幢门前种满花草的楼房前。从摩托车上下来，钟阳春闻到了阵阵花香，有位妇女一瘸一拐地从屋子里走出来，她好奇地看着钟阳春。眼前的妇女身体消瘦，面容清爽，眼睛有神而充满活力，看得出她对生活的热情。钟阳春向她说明自己是梁琼珍的班主任，那位妇女喜出望外地叫了声："钟老师。"然后忙着搬凳子、倒茶水。钟阳春坐在凳子上，通过和妇女的交谈得知，她是梁琼珍的妈妈叶丽琴，小时候生过一场大病，导致现在右脚不灵便，走路时需要拄着拐杖。

　　钟阳春把话题放在梁琼珍身上，他告诉梁琼珍的母亲，

梁琼珍在学校表现好，学习成绩在班上属于中上水平，照这个水平学习下去，有希望读重点中学。听到钟阳春如此夸奖女儿，叶丽琴心中很是欣慰。然后钟阳春又询问梁琼珍在家里的一些情况，叶丽琴自豪地说："她在家里说话大大咧咧的，经常帮着做家务活，她能做的都不让我这个妈妈动手，有时还照顾小弟弟呢。"发现梁琼珍在家里和学校的表现截然不同，钟阳春吃了一惊，一个在家里自信满满的孩子，怎么到学校就变成另一个人了？钟阳春说了一句，"如果她在学校和在家里一样大大方方，会是很优秀的孩子。"叶丽琴嘀咕着："她在学校表现不好吗？"钟阳春觉察到叶丽琴内心复杂的变化，赶紧转换了话题，说："你是个好母亲，她能在帮着做家务的同时，把功课也做好，已经很棒了。"叶丽琴轻松地笑了一下，然后又说："前些年我们种植的红橙树还未到收成时节，家里的经济来源大部分是她姑姑梁桂梅的支持和帮助。"

钟阳春听到"梁桂梅"三个字，想起他们曾经通过电话，便问道："孩子的姑姑梁桂梅一直在外地上班吗？"叶丽琴点了点头说："是的。她十多年来只回过五次家，有时过年都不回来。但每个月都会按时寄钱给我们。"然后她用手指了指院子东边角落的几盆花草，兴奋地说："钟老师，你看，那是她姑姑种的百合花，这花很香，我们天天都能闻到花香。"钟阳春顺着她手指的方向看过去，围墙下是一盆盆盛开的百合花，阵阵香气飘满院落。

这时，院子外传来孩子的笑声，两个孩子一前一后抬着一竹篮子青菜走进院子，原来是梁琼珍和一个小男孩。两个孩子看到家里来了客人，停了下来。原本脸上挂着笑容的梁琼珍看到钟阳春，一下子收住了笑容，看向旁边的母亲。叶丽琴赶紧吩咐他们说："琼珍、广彬，你们快跟钟老师问好。"弟弟梁广彬大声地问钟老师好，梁琼珍也低声地向钟老师问好。钟阳春此刻又看到了在学校的那个梁琼珍，胆小怕事、不爱说话。钟阳春当面夸奖梁琼珍和梁广彬，说姐弟俩在家里帮着母亲分担家务，是懂事的好孩子。弟弟扬了扬脸，脸上洋溢着得意的神情。叶丽琴接过俩孩子手中的竹篮子放好。钟阳春看了看不远处的百合花，对梁琼珍说："梁琼珍，你把百合花打理得真好。"说到百合花，梁琼珍突然来了兴趣，她向钟阳春说了种百合花的来龙去脉，原来百合花是桂梅姑姑从珠海带回来的，一下子长出了好多。梁琼珍是个好奇心很强的孩子，她对身边的一切都充满了好奇。满脑子装的都是一些稀奇古怪的想法。她从小就对花花草草十分着迷，尤其喜爱养花。

梁琼珍说，桂梅姑姑是个养花能手，很会侍弄花草。每次桂梅姑姑侍弄花草的时候，梁琼珍都会十分专注地守在一旁观察。就这样，在耳濡目染中，梁琼珍也积累了不少养花的经验，还学到了好多书本上没有的知识。每当聊起养花的话题，梁琼珍就会滔滔不绝，简直就像开启的泄洪闸，几乎没有别人插嘴的空儿。

其实，不知从什么时候开始，新学期在教室摆放盆花已经成为一种习惯。新学期开始的第一天，孩子们会不约而同地从自己家里搬来一盆最好看的花，摆放在教室的阳台上，装扮他们的小天地。这样一来，教室的阳台上就热闹起来。各式各样的盆花错落有致地摆放在一起，成了一道亮丽的风景。

开学那天，因为不能去学校，梁琼珍特意挑选了一盆枝繁叶茂的百合花交给张秀荣，让他将盆花带到学校。

这时，梁琼珍走到一盆百合花旁边，指着那盆百合花说："这盆百合花是我最喜欢的。它不仅造型独特、叶片浓密，而且枝杈间已经开出了许多白色的小花。"梁广彬听了姐姐的话，凑上前去，感觉一股清新淡雅的香气扑鼻而来，真是沁人心脾，惹人喜爱。

家访工作结束后，钟阳春告别梁琼珍一家，骑着摩托车往回返。山风很大，从耳边穿过，洁白的云朵自天外涌来，弥漫在山谷间。每天来回行走在山路上，钟阳春对这条路熟悉得闭上眼睛都能走。走过一段陡峭的路，到了山坡路，钟阳春的手机响起，他把车子停在路边下来接听电话，原来是他姐姐打来的，说和姐夫、孩子回家里了，问钟阳春什么时候到家。钟阳春回答很快就到家了。他挂了电话，打开微信，点开通讯录中一个备注为"钟家大小姐"的图标，发了个腾讯地图显示的定位，桔水村。很快，"钟家大小姐"回了个"OK"的表情。

钟炼春站在一棵阳桃树下，这棵两米多高的阳桃树粗糙的树干要两个大人才能抱得住，茂密的阳桃叶子遮掩了太阳的光线，树干上长着巴掌大的阳桃，一个个橙黄色的阳桃看起来很诱人。阳桃的花很小很碎，谈不上娇艳，似乎也没有香味，一小簇一小簇的，在枝丛中若隐若现。阳桃的花没有长茎可供依托，所以它似乎生来就是为了挂果，没有争奇斗艳的奢望，年年岁岁都会依时节悄然开满枝丫，使整棵树缀满红果。

王玉珍牵着可可向钟炼春走来，钟炼春抬头望着树上的阳桃树，像是想吃阳桃又因为太高摘不到，一副不知如何是好的表情。王玉珍挽起衣袖，摆出一副爬树的姿势，可可蹦跳着叫起来："爸爸爬树了，爸爸爬树了。"正在喂鸡的莫春平回头看看，张了张嘴正准备说些什么，就见钟伟源从屋子里走出来，二话不说拿起竹篙就往阳桃树上敲了几下，阳桃蹦跳着落在地上。莫春平又转头喂鸡去了。王玉珍和钟炼春不好意思地互相看了看，然后心照不宣地笑起来。

钟伟源拾起地上的阳桃，用衣角兜着走进了厨房，将它们洗干净削成细片，放在盆里，撒上少许盐，就是美味的阳桃片了。钟伟源拿了牙签递到可可面前说："你妈和舅舅小时候常用阳桃充饥，现在你可不能把阳桃当饭吃了。"可可似懂非懂地点了点头。王玉珍吃了一口阳桃片，称赞说："味道不错。"可可拿着一片阳桃来到坐在藤椅上打发时间的阿嬷面前，将手中的阳桃片递给阿嬷。阿嬷接过阳桃片，慈祥地看着可可喃喃自语，可可听不懂阿嬷说的话。莫春平走过来，牵着可可的手说："阿嬷是想说个故事给你听，有关阳桃树的故事。你们不知道呀，我们村子几乎

每家每户都种阳桃，但是大多数人家的阳桃都是酸涩的，唯独咱家这棵阳桃树结的果实又香又甜，为什么呢？据说有个讨饭的老伯经过公爹门前，当年公爹家穷得揭不开锅，但好心的阿嬷还是给了他一碗稀粥。第二年春天，那个老伯带来了一株阳桃苗，说是从河唇鹤地带过来的。公爹那些年在河唇鹤地水库筑堤坝，听了老伯的话，万分感激，然后种下了阳桃树苗。"说到这里，莫春平用手指了指眼前的阳桃树，又说，"就是现在这棵阳桃树，这棵阳桃树历经沧桑，都好几年不结果实了，今年知道你们要回家，又长出了满树的果实。"莫春平说完，钟伟源接着说："十多年前，阳桃树木枯叶萎，我打算砍掉它，但又不忍心，所以继续种植。"王玉珍笑呵呵地说："我们是有口福了。阳桃树经历几代人，可以说是古树了。"阿嬷咀嚼着阳桃片，重重地点头，露出笑容，皱纹堆在脸上。她是幸福的，四世同堂。

有人骑着摩托车驶进院子，大家停住说话，钟炼春喜出望外地说，阳春弟回来了。钟阳春应着姐姐的话，接着和姐夫王玉珍打招呼。可可两岁时见过钟阳春，这一晃又过了好几年，对舅舅一点儿印象都没有了，见到钟阳春，赶紧躲藏在妈妈身后。钟炼春把可可拉到钟阳春面前说："这是阳春舅舅呀。"钟阳春抱起可可说："可可，你还认识舅舅吗？"可可在钟阳春怀里挣扎，钟炼春给可可鼓劲："阳春舅舅给你买过好多玩具的。"听了妈妈的话，看着有胡子的钟阳春，可可放松了警惕，眨着眼睛奶声奶气地喊道：

"阳春舅舅。"

　　大家进了屋子，刚坐在桌旁，钟炼春就像是有一肚子的委屈，急不可耐地诉说。她和王玉珍在深圳上班，原本是奶奶在这里照顾孙子，但爷爷在老家生病了，奶奶只好回家照顾爷爷。如果让可可跟着奶奶回湖北老家，奶奶是顾不上他的。这次带可可回到雷州半岛，是想让可可在桔水村读幼儿园。钟炼春说完后，满脸愁郁。钟伟源直接就说："小孩子经常换学校也不好，干脆以后就在桔水小学读书，以后读中学再做打算。"王玉珍沉思着，一副闷闷不乐的样子。他说老家在湖北北部山区，回一次老家要爬几十座大山。粤西离深圳一百多千米，来回方便，有在廉城买商品房的打算。王玉珍的这个想法得到了全家人的支持，大家都说为了下一代的健康成长，在廉城安居乐业也挺好的。钟阳春进一步解释说，在廉城买套学区房后，可可在桔水小学毕业后，可以到廉城读中学，然后考大学。大家一致赞同钟阳春的建议。

　　一切商量妥当后，大家各自忙去了。坐在客厅一角的钟炼春问钟阳春："你在京城不是谈了个对象吗？你和那个女孩怎么样了，我还没有见过她呢？"钟阳春专心地泡着茶水，被姐姐突如其来的话问蒙住了，反应过来之后认真地向姐姐说明原委，因为对方接受不了他回农村，只好分开了。"我给不了她幸福，分手是正确的。"

　　钟炼春为两人没能修成正果感叹，又说："不过，没关系，真正有缘分的人是逃不掉、跑不开的。"钟阳春大笑起来，

然后就说了刚回到家时，阿嬷对他说这个孩子是哪个后生的，那个孩子又是哪个妹子的。钟炼春听后说了句："同年纪的同村妹子就我结婚早了，现在我儿子都四岁了，有些妹子还没结婚呢。"突然想起什么来似的，她又补充了一句，"我有个低角村的同学叫梁桂梅，她从小便没了母亲，因为一直挣钱支持哥哥一家人，听说现在还没结婚。"

听到"梁桂梅"的名字，钟阳春怔了一下，但很快反应过来，端起茶水慢慢喝起来。他眼前幻化出娇艳欲滴的百合花，数不清的蝴蝶在百合花上翩翩起舞，像一道道彩虹不断地划破天际，笼罩在无边无际的世界里，留下无尽的自由与憧憬……

第五章　毕业季原来也叫分手季

　　在首都北京，钟阳春在一所师范学院读书。钟阳春来自雷州半岛，父母是农民，靠种几亩荔枝的收入供他读书，而他的姐姐每个月都会定时把伙食费打在他的银行账户里。在这样的家庭环境中，钟阳春深知肩上的重担，学习特别刻苦，把时间都花在功课上，因而他的学习成绩特别好，常常拿到奖学金。暑假来临前会联系好临时工作，辛苦工作两个月，挣下下学期的学费。

　　时间转到了 2011 年，这是大学二年级秋季学期，钟阳春正在教室埋头苦读。他每天的时间都花在上课、上自习和学校图书馆上，基本没有什么课外活动，也就没去留意同学们。这天晚上，别的同学都出去了，钟阳春正在聚精会神地做题，突然传来一声温柔的声音："阳春同学，还在读书啊！"钟阳春抬起头来，庞辉艳正笑意盈盈地看着他，从她的目光里可以看得出来，她已经关注钟阳春很长时间了。庞辉艳来自江南水乡浙江，都说江南女子安静恬

淡、柔媚可人，这一点用在她身上一点儿都不为过。她白皙的肤色，玲珑的身姿，温婉的话语，让人顿然感受到典雅的美丽。钟阳春感觉她很亲切，拼命地点头说："是的。"从那以后，钟阳春开始关注庞辉艳了，两人有事没事总是在一起，在学校饭堂一起吃饭，在教室一起做作业，在学校图书馆一起看书。

这天傍晚，钟阳春早早来到庞辉艳宿舍楼下等她。庞辉艳从楼上下来，走到钟阳春面前。她穿了件白色长裙，钟阳春第一次看她穿这件白裙子，感觉她像个美丽的仙女。两人行走在校园里，树影婆娑下，一对对情侣在小路上，有些手牵手，有些紧紧相拥。两人沿着池塘边上走，都没有说话，说不清是谁表白的谁。或许，大家都很有意，彼此都喜欢对方。走到半路的时候，钟阳春很自然地拉起了庞辉艳的手，庞辉艳不由得抽了一下手，但很快又任钟阳春牵着。钟阳春注意到她的羞涩，心里甜如蜜。在校外的小树林里，钟阳春第一次吻了庞辉艳。由于是初吻，钟阳春笨拙地凑近了庞辉艳的脸，庞辉艳闭上眼睛，回应着他的热情。在那一刻，钟阳春就觉得这辈子自己要娶她。和庞辉艳分开后，钟阳春一夜未眠，他是那么的兴奋，他爱的女生正好也爱他。

钟阳春咬着牙，节衣缩食省了些钱买了部手机，这部手机就承载了他跟庞辉艳的大学爱恋。钟阳春的宿舍是六人间，他跟庞辉艳通常会在晚上十二点开始打电话，有时候说起话来，总是忘记时间，很多时候两人能从夜里十二点一直打到凌晨两点左右，以至于他的五个室友不断地以玩笑的形式警告他。现在的钟阳春很不明白，当时为什么有那么多话要讲。节假日的时候或者课不多的时候，两人一起在天安门广场看来来往往的车辆，看从世界各地过来游玩的男男女女，看夜空下的首都如何纸醉金迷、灯红酒绿。两人兜里揣着 50 元就能在商场里逛上一整天，两人吃十块钱一碗的桂林汤米粉，没有蛋没有肉，辣椒酱盛满了碗。就是在那些日子里，两人彼此交付了身体。在钟阳春心里，她是他要用一辈子来呵护的女人，他这辈子都会爱着她。现在想来，那些日子真的比蜜都甜，那时候他们那么年轻，那么爱对方。

甜蜜的时光总是很快，毕业离校前夕，钟阳春和庞辉艳走在校园的小路上。钟阳春还是那样，一双坚毅的眼睛，率真淡定地望着庞辉艳。庞辉艳特意化了浓妆，她的脸显得更为圆滑，眼睛显得更黑，睫毛显得更浓，嘴唇显得更为妩媚。那件流线型的白色长裙紧紧地裹在她苗条的身上。

夏季的校园绿树成荫，绿色的草坪视野开阔，池塘边上杨柳依依，微风习习。凉爽的夏风吹过耳边，吹进庞辉艳快乐的心。庞辉艳恣情纵意地大笑起来，一把拉住了钟阳春，沿着池塘边走。在微风吹过的池塘边，两人的笑声不断。顺着池塘，两人手牵着手来到一片花草地上，看到鲜花在阳光下迎风起舞，庞辉艳笑起来，洁白的细牙闪烁着快乐。

"好看吧，百合花。"庞辉艳说着，看了一眼钟阳春，

然后弯下腰去，伸手捧起一朵百合花，凑近闻了闻，像是沐浴着清晨的露珠。钟阳春看着清香的百合花，陶醉地说："辉艳，百合花因为你才如此美丽。"

为了摘百合花，庞辉艳跑遍了草地。看着庞辉艳孩子气的兴奋，钟阳春不甘落后，专挑她喜爱的百合花采摘。两人一起采摘，很快一大束百合花就到手了。庞辉艳用一根灯芯草把百合花扎成一束，看着钟阳春笑了。庞辉艳穿着那件白色长裙，手持花束，像是新娘子般娇艳可爱。钟阳春看得入了迷。

庞辉艳微笑着向钟阳春走去，慢慢走到钟阳春面前。钟阳春情意绵绵地捧住她的脸，轻轻地吻住她的嘴。他们亲吻了很久很久，好像要把体内的热情释放干净，好像要紧紧相拥在一起不分开。温暖的阳光无遮无拦地照在他们身上，甜蜜而忧虑。

过了好久，他们分别躺在草地上。钟阳春遥望着天空中行踪不定的白云，庞辉艳则细细地注视着他俊朗的脸。他的侧影真美，从额头至嘴角的曲线可以入画。他在想什么呢？为着即将分别的两人而心生凄意，还是忆起了花前月下的卿卿我我？爱情真让人疯狂呀！庞辉艳的心突然跳得很快，像要从胸口蹦出来。她看了一眼身边的钟阳春，他微闭双眼，舒展四肢，享受着阳光的抚育。微风很清爽，有一种浸透肌肤的凉度。庞辉艳紧挨着钟阳春躺下，她很想说点什么，但什么都没说，就这样看着灰蓝的天空，思绪好像沉醉到遥远的地方。忽然钟阳春转过来，在她的耳边低语："让爱的人成为最幸福的新娘。"庞辉艳听到了。

北京至深圳的航班是上午八点。在去机场的路上，坐在出租车里，庞辉艳紧紧地抱着钟阳春，两人什么话都没有说。庞辉艳向往南部海滨城市深圳，她凭着六级的英语水平和良好的社交口才，通过在网上投递简历成功被深圳一家外贸出口公司录用。庞辉艳说她最想去游玩的地方是云南丽江古城，能够让人紧跟着时代节奏工作的是大都市深圳。深圳是中国改革开放的窗口，是中国经济中心城市，已发展为有一定影响力的国际化城市。

在机场候机室里，两人如胶似漆，庞辉艳哭着说："我要你天天思念着我。"钟阳春眼里泛着泪水，不停地擦着她脸上的泪水，一遍又一遍地告诉她："我会努力工作，不忘初心，将来我们也会有幸福的生活。"庞辉艳拼命点头，她走向检票口，一步一回头地向钟阳春挥手。钟阳春挥着手大声说："我会天天想你的。"庞辉艳慢慢地走进检票口，她纤弱的背影慢慢消失在钟阳春眼前。钟阳春突然感觉心里有什么东西"咚"的一声掉下去了，他赶紧向庞辉艳消失的地方跑去，检票口已关上，他被挡在卡外。过了好久，他才缓过劲儿来，他们分别了，从此远隔千山万水，但是他们的爱情还在。钟阳春安抚自己纷乱的情绪，走向车水马龙的大马路。

大三春季学期刚开始，同学们就已经为择业就业做好了准备，有些同学甚至来不及等到毕业就提前去单位报到。毕业前的一个月，酷暑的盛夏，钟阳春走进人才市场。人

才市场里前来应聘的人很多，显得十分热闹。大厅里拥挤着许多戴着眼镜的、穿着时髦的甚至还经过专门设计"包装"的年轻人。钟阳春信心十足地去了许多招聘点，尽情地表现自己。

是金子，即使被埋在地下，也总有一天会发光，遇到一个淘金人，被他发现。钟阳春尽管不是金子，但至少也是一块玻璃，放在太阳下也会发出光芒。钟阳春是这样想的，他转完后，在希望快变成失望，而有些失落地准备走出人才市场时，看到有个招聘顶级销售员的牌子，台前坐着一个十分高傲而气质不凡的女人。钟阳春乍一看很是吃惊，那个人看上去有点像他的女友庞辉艳。钟阳春向她走过去，然后递交了自己的简历。她接过钟阳春递过来的简历，粗略地看了一下，又看了看钟阳春，与旁边的一个男人对视了一下，说："你被我们公司录用为销售员了。"

钟阳春原本是来应聘销售科长或营销总监的，实在没办法的情况下，先从底层做起也好，积累经验以后再往上发展。大丈夫能屈能伸，曲线能钓大鱼。钟阳春客气地说："谢谢，我一定好好干。"

找工作如此顺利，钟阳春并不意外。在此之前，他已在多家公司短期实习过，有一定的工作经验。梦比天高，心比天大，在北京发展的空间相比家乡还是大得多。因为北京是大都市，是很多人向往的地方。

进了公司后，钟阳春很快进入工作状态。他先对公司生产的产品做了详细了解，公司产品包括配电、工控、终端、新能源等系列，广泛应用于电力、工业、建筑、新能源等领域。然后对目前的情况进行了分析，正当他对销售工作有所思考时，公司李总把他叫到办公室，说："想必这几天你对公司的销售情况有了一些了解，你要好好思考一下，现在是旺季，公司正加快产品生产，销售业务也要跟上去，要尽快想办法把产品销售出去。"

钟阳春听李总这样说，既高兴又担忧，要想办法销售公司产品，责任重大，但同时证明这里还是有他施展才华的空间。可是令他担忧的是初来乍到，什么关系也没有，一切都要从头开始。

李总看出钟阳春的担忧，意味深长地说："小钟，你曾在多家公司短期实习过，对销售应该很熟悉吧。你知道，现在很多公司的营销总监是没上过大学的，他们认认真真地工作，从干销售起步，一步一步才升任总监。可别小看销售员，一般人吃不了苦头，是坚持不下去的。"钟阳春明白李总说这话的意思，是要他从销售员干起，一步步地走，脚踏实地工作。

做销售容易，可要把公司的产品销售出去并不容易。当你一次次联系客户，一次次被拒绝的时候；当你一次次登门拜访推销自己的公司、品牌，又一次次被拒之门外的时候……放心，以后这样的经历还多着呢。钟阳春虽然不是学心理学的，但也懂得要面临的这些问题。认识到这点后，钟阳春每次出去推销公司产品时，都会提前写好一份销售计划书。在这份计划书里，他把客户有可能提问的问题，客户面对产品时的不确定因素，写得清清楚楚。也许是钟阳春的销售计划制订得好，准确分析了市场营销情况，把握住了每次向客户推销的时机，还有他坚持不懈的努力，半年下来，公司生产的产品，他销售出去了大部分，也算是有点业绩的销售员了。

夜里，钟阳春的寝室里静静的，桌上的台灯发出柔和的亮光，将小屋映照得格外温馨而透亮。钟阳春起身站到窗前，抬头看去，整幢大楼里虽然灯火通明，但也略显冷清，工人们早已下班走了，那些楼层里仿佛变得空荡荡的。一缕清风吹来，在这诗意的夜里，他总是想起远在千里之外的庞辉艳。

庞辉艳用微信发来的问候每天都会有，有时出现在早晨，有时出现在钟阳春去上班的路上，有时出现在钟阳春忙碌的工作中。有时钟阳春会错过庞辉艳发过来的信息好几个小时，但庞辉艳总是耐心地等待着钟阳春的回复。庞辉艳心疼钟阳春在农村吃的苦头，心疼他连碗牛肉面都舍不得买，总是在网上购买牛肉面邮过来给钟阳春。钟阳春吃着香辣的牛肉面，感觉那就是庞辉艳亲手给他做的香喷喷的饭菜。

拥挤的北京街头，钟阳春正在推销公司的电器产品，突然在琳琅满目的商品里看到一个熟悉的名字——廉城。廉城是雷州半岛的一个县级市，是他的家乡，他顺着名字看过去，原来是铺位上摆着黄澄澄的红橙，产地标着"廉城"。从电视、报纸、网络报道中，钟阳春知道了关于廉城的信息：廉城发生了翻天覆地的变化，北部湾新规划建设，新农村精准扶贫下乡。他又激动又高兴，买了一些红橙，把鲜嫩的红橙肉放进嘴里，一边品尝着香甜的味道，一边想着家乡的新变化……

第二年的3月，钟阳春在网上报名参加中小学教师招聘考试，他已经错过了毕业就回乡工作的时间，幸好现在还有机会选择回家乡工作。在报名的时候，钟阳春兴奋地告诉庞辉艳："亲爱的，咱们一起回雷州半岛工作吧，我已经报名参加中小学教师招聘考试了。"庞辉艳怔了好久，然后一次又一次地在电话里问他："阳春，你真的要回粤西的小山村吗？忘记我们走出校园时的雄心壮志了吗？你说过，你要努力打拼，你说过，要给我一生的幸福。"

钟阳春给庞辉艳鼓劲，说："誓言、诺言、梦想、理想一直都铭记在心里，我们还年轻，可以有很多选择，选择回家乡工作是最重要的一条路，辉艳，我们回去吧。"钟阳春一直以为庞辉艳即便不和他回雷州半岛，也会支持他的选择。但此后庞辉艳没再理会钟阳春，电话不接，微信不回，信息犹如石沉大海。雨若游丝的春天到来时，钟阳春收到庞辉艳的信息："阳春，雷州半岛很美，海边也很美，我梦想过踩在沙滩上一蹦一跳的样子，可是当海水不断涌上来时，我选择了退缩。阳春，我们结束吧。"钟阳春只觉得头脑一片空白，心乱如麻。他告诉自己，这一切的一切都是误会，一切的一切都会过去的，要重新来过，好好生活。

2014年的春天，钟阳春踏上去深圳的高铁。在深圳，钟阳春和庞辉艳见面后，两人抱头痛哭，之后，他们选择放手。庞辉艳三次送钟阳春去车站，又三次从候车室里含泪将钟阳春接回。钟阳春第四次前往车站的时候，庞辉艳在床上瑟缩着，号啕大哭。钟阳春说："深圳的海风很大，要照顾好身体。"庞辉艳说："自己这辈子心里都有个人住在雷州半岛。"钟阳春说："我要你擦干眼泪，笑着祝福我。"

第六章　谁来守护留守儿童

山村静静，人也静静，虫鸣也静了下来。远处的村庄，或在山影里，或被月光化去。钟阳春睡在床上，迷迷糊糊听到小孩子的哭叫声，仔细听听，声音是从自家楼下传出的，时而高亢，时而低沉，还有老人不停地哄劝着。还以为是哪家孩子，再屏息一听，分明是外甥在哭闹。傍晚时，钟炼春和王玉珍到廉城汽车站坐长途卧铺大巴去深圳，眼望着爸爸妈妈离开，可可还好好的，如今分别不到五个小时的时间，可可就哭叫着找爸爸妈妈。钟阳春赶紧起床，找了件衣服披在身上，走下楼去。

一楼的灯都亮起来了，可可哭叫着从这个房间走到那个房间，钟伟源和莫春平紧跟在可可身后。在楼梯口，钟阳春刚好走下来，钟伟源和莫春平都无可奈何地看着他，莫春平看到钟阳春，急不可耐地诉说，可可醒来就找妈妈，发现是外公、外婆后就马上变脸哭叫了。钟伟源无奈地摇了摇头说："他以为爸爸妈妈躲藏起来了，到处找。"钟

阳春忍不住笑了一下。莫春平说："你还笑得出来，半夜三更的，可可的哭闹把全村人都吵醒了。"可可听了几个人说话，哭叫得更厉害了，莫春平连忙把他搂进怀里。钟阳春蹲下身看着可可，可可偏过头去不理他。钟阳春轻轻地拉着可可的手，小声说："可可，你答应过爸爸妈妈，在家里要听外公、外婆、舅舅的话，你不记得了？"可可满脸泪水，一副可怜巴巴的样子，让人心生怜惜，他只是看了舅舅一眼，嘴里却叫着："我要爸爸妈妈。"

钟阳春还未成家，没照顾过孩子，他一时想不出办法来，只好陪着可可说话。父母虽抚养过两个孩子，可一直在身边长大，印象中没在半夜折腾过，可可半夜起来找爸爸妈妈，钟伟源和莫春平也是手足无措。

钟伟源一连打了几个呵欠，因为守着哭叫的可可，他未睡好，莫春平也是勉强打起精神。钟阳春说："爸，你先去睡觉，可可要是整个晚上都不睡觉，我们得轮流守着他。"钟伟源犹豫了一下，说："我去做点夜宵吧。"说完朝厨房走去。可可跟在外公身后走进厨房，钟伟源拿起锅对可可说："外公做夜宵，你喜欢吃什么？"可可没理会外公的问话，又走出厨房，走进一个房间，这是他刚才睡觉的卧室，里面有一张儿童床，靠近窗户摆放着一个皮沙发，但是他不记得了。钟阳春寸步不离地跟着可可。厨房里，莫春平对钟伟源说："可可喜欢鸡蛋粥，你煮粥吧。"

可可又走到另一个房间，这个房间堆放着农耕工具，叠满一层层的塑料凳子，一辆女式摩托车。宽敞的房间空荡荡的，没有看到爸爸妈妈，可可不甘心地又走进另一个房间，这是外公外婆的卧室，有一张大床和床垫，白色蚊帐挂在床边，看起来很漂亮。房门左边有个组合推拉衣柜。可可从床尾走到床头，又走到衣柜旁，打开满是叠放整齐的衣服的衣柜，还是没有看到爸爸妈妈的身影。可可突然坐在地上哇哇哭起来。钟阳春一看可可满地打滚的模样，头都大了。他抱起可可，急忙打开手机微信视频，响了好一阵子才接通，是钟炼春，她看到带着泪水的可可，马上着急地叫起来："可可，你怎么了？"可可看到视频中的妈妈，大声地叫："妈妈，妈妈。"王玉珍知道是怎么回事后，接过钟炼春的手机和可可说话："可可，我是爸爸，白天不是说好，你在家里读书，爸爸妈妈过年回去给你买好多玩具吗？"可可听着爸爸说话，却什么也说不出来，就知道一个劲儿地哭。钟炼春和王玉珍对着视频说了好多话，可可哭了一阵子才勉强停止哭闹。和爸爸妈妈说再见后，可可在钟阳春怀里安定了很多，但还是哭闹着，只是没那么大声了。莫春平拿着保温瓶，一会儿给可可喝水，一会儿又给可可擦汗。钟阳春说："第一次把孩子交给亲人，没经过长时间接触，小孩子没有安全感。"莫春平点头说："这下好了，舅舅把外甥带在身边，可以体会做爸爸的辛苦。"钟阳春面无表情地看着母亲，母亲的意思是未婚男孩带孩子带出经验，当了爸爸后就知道如何照顾孩子了。一会儿，钟阳春像是想起什么似的说："怎么不找阿嬷帮忙，阿嬷哄小孩子很有一手的。"

莫春平说："阿嬷年纪大了，大半夜吵醒她老人家影响她身体。"阿嬷在楼梯下的一间小房间里睡觉，那是屋子角落，很安静的，显然阿嬷没有听到可可的哭声。

可可喝过外婆给他的开水后，像是想起什么来，独自跑到楼道，看着阶梯，想要走上去，但只是踏出一只脚就又缩回来了。他顺着楼梯墙道走去，里面有一个小房间，他像发现新大陆一样脸上闪着光亮，朝小房间走去。钟阳春大叫一声不好，就想要阻止可可推开房门。莫春平说："让他去吧，他不推开那扇门会哭得更厉害，我怕了他的哭声了。"钟阳春看着可可用手去敲门，这个时候，里面的灯突然亮了，门一下子打开了，阿嬷出现在门口。钟阳春赶紧说："阿嬷，你也起床了？"

阿嬷望着可可，可可睁大了眼睛，哇的一声边哭叫着边转过身来。钟阳春把可可搂进怀里，可可在钟阳春怀里哭叫着、挣扎着。这时，莫春平走过来抱住可可朝客厅走去。阿嬷拿着一串红色风铃，在可可旁边摇来摇去。钟阳春默默地看着阿嬷忙这忙那，阿嬷对着依然哭叫的可可关心地说："可可，尽情地哭个痛快，没人伤害你，也没人敢来伤害你，阿嬷已经托红色风铃保护你了，你会没事的。"

也不知道是哭累了，还是阿嬷的红色风铃起了护身符的作用，可可终于停止了哭声，安静地扑在外婆怀里，一会儿睁着眼睛，一会儿闭着眼睛，看起来十分疲惫。看着因为哭叫而身体虚弱的可可，阿嬷的眼里眨着泪水。阿嬷懂得些医学常识，给村民看过病，但她最重要的工作是给妇人接生。那些年里，阿嬷风里来雨里去，是十里八乡出了名的接生婆，当年桔水村的小伙子和女孩子都是阿嬷亲手接生的，现在那些小伙子和女孩子分别成家了，也成了有孩子的男人和女人。

钟伟源从厨房走出来，两手往围裙上抹了抹，说："消夜做好了。"大家看着在莫春平怀里睡着的可可，终于松了一口气坐在沙发上。

安顿好可可后，莫春平从房间里走出来，听到阿嬷喃喃自语："现在的年轻人真是好命，抚养孩子的事都交给老一辈的人，只过两个人的日子。"

莫春平叹了一口气，说："是啊，今非昔比，我们那时候生孩子坐月子既得自己动手做家务活，又得照顾幼小的孩子。而今这些年轻人只管生孩子，连喂奶抚养孩子都省了，没有办法，为了几代人的幸福生活，我们这些长辈就得继续辛苦下去。"

父子俩听了，脸上红一阵白一阵的，钟伟源看着儿子一本正经地说："阳春，你听见了，等你娶媳妇了，夫妻俩一起照顾孩子。"

钟阳春一个劲儿地点头应着，赶紧去厨房端来一碗粥，递到阿嬷面前说："阿嬷辛苦了，喝碗热粥暖暖身体。"阿嬷眼里闪着泪花，说："孙儿长大了。"

早上，明媚的阳光照进屋子，莫春平把碗里的稀粥小心地送进可可的嘴里。钟阳春走过来，逗着夜里那个到处乱跑的小孩。可可似乎忘记夜里发生的事了，冲着钟阳春

吐了吐舌头，外婆笑了。钟阳春正在打电话，莫春平听着他说："陈锡，几年不见了。我外甥四岁了，准备在家里上幼儿园……真是谢谢你了。我等会儿过去。"

钟阳春挂掉电话后，莫春平问他："给可可联系好幼儿园了？真快。"

钟阳春说："是的，是陈锡家的幼儿园。"

院墙外，父亲和猪肉佬王叔说话，王叔指着一袋称好的猪肉对钟伟源说："你的上等龙骨已弄好，你只管炖汤补身体。"钟伟源手里正捏着些零钱，边数着一张张皱巴巴的零钱边说："我可没有那么多钱给你。"王叔嘿嘿地笑着说："微信支付也可以啊。"说完他拿出他的微信二维码放在猪肉板上。钟伟源呵呵地笑起来，说："科技发达就是好，我儿子前几天才教我使用微信的，现在用得上了。"说完，他用手机扫着二维码，输入数字，点击确认。王叔听到挂在腰里的手机传来嘀嘀的声音，便说："交易成功了。"

十里八乡人人皆知的猪肉佬王叔，他从踩着自行车到骑着摩托车卖猪肉，历经二十几年时间。他对乡亲们的事无所不知，无所不晓，是个百事通。打响器他会，搞饭呷他也会，队上的红白喜事都少不得他，有人说他是药铺里的甘草——味味不离。他宰杀一头猪，从来不用别人帮忙，成为当地一绝。畜牧场那头大肥猪在王叔手里蹦跳了几下，就被他按上了竹床，接着，他在猪的喉咙上戳了一刀，流了一桶的血。小孩子围在他身边，争着想要那个猪尾巴和猪尿泡。王叔在猪的后脚上割开了一块皮，然后将一根铁棍子从皮里伸进去。不一会儿，王叔用嘴咬住猪的后腿，向里边吹气。眼看着猪越来越胖，越来越胖。几乎把猪吹炸，小孩子们在旁边喊："快炸了，快炸了。"但王叔还在一个劲儿地吹，沾满血水的嘴把猪吹成灌满气的猪尿泡似的，然后拿一根棍子在猪身上打得嘣嘣作响。打过了，用滚烫的开水在猪身上淋三遍，然后拿出两个铁耳朵，在猪身上乱刮。不一会儿，猪毛被刮得干干净净，像一个坐在盆里洗澡的胖娃娃。只见王叔又拿出一把尖刀，在猪的背上划一根线，然后将猪倒吊起来，挂在活动楼梯上接着开膛破肚，只见猪尿泡一下子滚了出来，几个孩子哄叫着去抢。王叔并没有让孩子们将猪尿泡抢走，而是收了起来。

像王叔这样在村庄做些小本买卖的乡里人，今天送猪肉到这家，明天送猪肉到那家，村民有钱时会给，没钱时欠着。有些老人从正月家人外出谋生开始赊账，直到家人年底回家，王叔会在春节前夕捧着一本厚厚的账本，带上微信二维码挨家挨户去收款。那些日子，王叔风光得意，第二年便更加卖力地卖猪肉。

钟伟源看着王叔边吆喝着卖猪肉边骑着摩托车远去的背影，摆弄着手机自言自语："这玩意儿的用途真广！"转过身，发现站在不远处把一切都看在眼里的钟阳春，怔了一下，指了指袋子里的猪肉说："上等的龙骨，炖汤。"钟阳春笑着点了点头。

第七章　农村孩子的起跑线

凉凉的晨风吹在脸上，格外清爽。风在歌唱，村路干干净净，路边的香蕉树葱葱郁郁。如今新农村新建设发展进程太快，现在往乡村走一走，网络、电力均通到每个乡镇，每个自然村落；每一年村子里都会有新的楼房拔地而起，村路总会随着村民的楼房建设而延伸。原本只有几十户人家的小村子慢慢扩展：村前村后，竹林果园。

钟阳春站在一幢四层半的楼房前，房子的墙上挂着红字的竖匾：桔水幼儿园。铁栅栏围起了独立院子，围墙里有花有草有树，花草相映的水泥路面设有儿童游乐场所，有的铁柱间还挂了秋千。

钟阳春打了电话，电话只是响了一下，陈锡就拿着手机从屋子里走出来，两人一见面，异口同声地说："老同学好，好多年不见了。"接着握手问好。他们的容颜没有多大变化，谈吐气质尽显读书人的特征。两人走进客厅，陈锡动作娴熟地泡茶，这是茉莉花茶，茶里飘着阵阵香味。他开门见山地说："俗话说，无事不登三宝殿，老同学有事儿请讲。"
钟阳春接过陈锡递过来的茶，喝了一口，说："老同学果
然爽快，做事干净利索。"钟阳春毫不含糊地说了他外甥
四岁了，刚被姐姐、姐夫从深圳送回桔水村。

　　陈锡哈哈地笑了两下，掏出香烟递给钟阳春。钟阳春
接过香烟，顺手从桌面上拿起打火机，先给陈锡点上，又
给自己点上。陈锡吸了一口香烟，看着戴一副透明眼镜的
钟阳春，和钟阳春一起从桔水小学读到廉城初中的同学都
知道，钟阳春是个安分守己、埋头苦读的学生，想不到多
年后，他依然是当年的那个样子，都说人的本性是难以改
变的，这在钟阳春身上可以看得出来。

　　陈锡明白钟阳春的话，他一语道尽："你的意思是让
你外甥在这里读幼儿园？"钟阳春率真直性，对桔水幼儿
园评价很高："桔水幼儿园是孩子们学习的摇篮。"陈锡
直言哪有老同学说得那么好，一边谦虚地说着一边邀请钟
阳春参观桔水幼儿园。

　　这是一幢四层半的独栋别墅，设计新颖，布局错落有致。
琉璃瓦的大屋顶，淡咖啡色的贴面墙砖，四层顶是一个露
天晒台，四周围着雕砌的栏杆。穿过一楼大厅，登上十几
级台阶到了二楼。二楼共有五个房间，走廊里挂着各种彩
色绸带，每个房间里都配有黑板、桌椅、书台，墙壁上挂
着五颜六色的图片。再登上十几级台阶，就到了三楼。三
楼是孩子们休息的场所，空旷的房间里摆放着干净的木板，
木板上铺着整洁的席子、被子、枕头。从三楼再登上十几

级台阶，就到了四楼，这是陈锡家人的住宿场所、楼梯口两边是对称的套房，房门敞开着。左边的套房是陈锡的婚房，右边的套房陈锡父母住着。四楼上面还有半层房子，是依山而造的。因此，房子和山坡之间就成了一个后花园，花园里种满了各种花木。陈锡和钟阳春倚着栏杆远望，在楼房上空，几只白鹤在空中飞翔盘旋，几分钟后栖息在九洲湾湾河岸的树丛里。九洲江被绿树环抱着，林木茂密却并不高大。忽然这几只白鹤奋力向水面扑去，却又像临水照镜般收住了身子，它们千姿百态的倒影任激滟的水波抚揉，树木仿佛变成了江水绿色的华盖。

看着乡村美丽的景色，陈锡讲述了桔水幼儿园的"前世今生"：陈锡在汉中一所大学读书，在古都西安工作。想起前几年回家过春节，最首要的问题肯定是火车票、飞机票。节日期间，飞机票的价格使陈锡这样的工薪阶层的人望"票"兴叹。陈锡每次回家都选择坐火车。有一年春节前，陈锡赶到火车站，看到售票窗口站满了人，排起了长龙般的队伍。陈锡从售票窗口取出火车票，刚要离开，售票窗口便乱成一团，一群人面容疲倦却强打精神，不停地敲打着售票窗口。通过询问，陈锡得知了事情的原委。自从火车票实行电话订票和网上订票以后，每天订票的人就像是在进行百米赛跑。有上网条件的人早就把票抢购一空，而大部分农民工没有条件在网上购买火车票，在火车站排了两天两夜的队，好不容易轮到自己了，却被售票员无情地告知没票了，但又看到后面来的人买到了火车票，大家认为售票员在作弊。

原来这部分人是在网上购买了火车票。陈锡看到有对农民工夫妇，身边是一堆杂乱的行李，两个年幼的孩子在他们怀里睡着了。陈锡感到好心酸，这两个孩子原本该享受幸福的童年，但因为跟随父母在外地谋生，不得不漂泊他乡，过着寄人篱下的生活。

这件事后，陈锡放弃了原来的工作，做出了回家乡就业的决定。在父母的支持下，他在进入上旺村口的路边建了四层半楼房，创办了桔水村第一家幼儿园。幼儿园最初建立时，村民们不理解，他们认为孩子们两三岁时是喜欢玩耍的，不应该过早送孩子到幼儿园接受教育。因此，报读幼儿园的孩子不多。陈锡并不气馁，他先是招聘了一批具备幼师资格的幼儿园教师，又聘请了桔水小学的退休女老师——马红。马红是从外地嫁到桔水村后在桔水小学任教的女老师。她原本计划退休后到城里的儿子家里帮忙带孙子。陈锡亲自上门请她出任幼儿园老师时，她当即同意了。因为她做了三十多年的教师，知道孩子要从小接受教育，知识对于乡村的孩子来说是最重要的。村民们看到马红老师在桔水幼儿园上班，开始有了新的看法和想法，陆续送孩子到桔水幼儿园上学。随着人们经济情况的好转，农村的孩子也像城里的孩子一样，从两三岁开始接受教育。村子里有了专人专车接送的幼儿园，很多家长就很放心地在外地打工，把孩子交给家里的老人看管。马红老师曾是陈锡和钟阳春小学一至三年级的语文教师兼班主任。她在桔水幼儿园上了两年班，今年的六月正式退出了教师的工作。

　　钟阳春感叹着家乡翻天覆地的变化，仅仅几年时间，新农村新建设就使农村面貌焕然一新，再也找不到原来的旧泥屋、泥土路。办妥可可的入园手续后，钟阳春紧紧地握着陈锡的双手一再感谢陈锡提供这个幼儿园，给乡村孩子提供了便利的上学机会。陈锡也很敬佩钟阳春辞去工作、回家乡教书的勇气。两个老同学彼此客气地说着话。

　　宣彩银骑着红色电动车慢慢驶进幼儿园的院子，把电动车放好，走过来和陈锡打招呼。陈锡向钟阳春介绍："她叫宣彩银，是幼儿园园长。这位是桔水小学老师，钟阳春。"宣彩银向钟阳春问好后，走进了幼儿园，开始忙她的工作。宣彩银高挑的个儿，齐肩的披发，显示出她的不凡；她走路时一摇一摆的，显示出她平时多少有点闲情逸致。宣彩银23岁，年纪轻轻的，中师毕业，做幼师工作已有五年时间。

　　钟阳春在微信上给"钟家大小姐"发了桔水幼儿园的定位和桔水幼儿园的一些图片，又发了一句"已办妥可可入园手续"后，接着给母亲打了电话，说星期一早上桔水幼儿园专人专车到家里接可可入园，还说不用等他回家吃晚饭。母亲再三吩咐他早点回家。钟阳春结束和母亲的通话后，微信提示收到了语音，钟阳春点击语音，传来姐姐的声音："谢谢阳春小弟。"

　　两人来到院子，钟阳春用手轻推了一下秋千，秋千摆动起来。陈锡站在秋千前，眼望着钟阳春说："你知道九洲湾农家乐吗？董事长是桔水村人。"

　　钟阳春想也没想便说："听说过，九洲湾农家乐初建时不是很顺利。"

"我们去九洲湾农家乐看看。"陈锡提议。钟阳春附和着说好。两人走到一辆大众帕萨特小轿车前，陈锡开了车门坐在驾驶室的位置，随后钟阳春坐在副驾驶座上，车子便向九洲湾的方向驶去。

此时，正是秋末冬初，空气中已经有了寒意。

桔水村村前是九洲江码头，因为前有村庄人家，后有群山果林，九洲江环境幽雅，而且气候不冷不热，四季温暖如春，吸引了很多前来旅游度假的人。

几年前，陈锡回到桔水村创办幼儿园，便喜欢在工作不顺利的时候来到九洲江码头吹吹风，散散心。这里有一种特殊的气息，这种气息是家乡的环境和纯朴的村民传递出来的。家乡的每一条村路都很干净，空气也是清爽的。每天早晨，当他睁开眼，呼吸到第一口空气时，身上都会有种奋发图强的力量。

陈锡在九洲江码头的树林里停好车，和钟阳春一起走向码头。码头里站着三四个渔民，他们互相讨论着生活条件好了，人们喜欢上了吃海鲜。廉城市政府强力推进九洲江的流域水环境综合整治措施，九洲江恢复了中华人民共和国成立初期水草丰茂的样子，河里有数不清的大鱼小鱼。看到有人过来租船只，几个渔民停止讨论，向钟阳春他们热情推销。钟伯蹲在边上，一个人默默地抽烟卷，他跟所有渔民一样，有着古铜色的皮肤，穿着一件薄毛衫和粗布长裤。陈锡只看了他一眼，便朝他走去。钟伯说，他是桔

乡人，打了半辈子鱼，一直到现在也没有成家。陈锡一眼就看出钟伯的忠厚，决定租用他的船。

钟阳春和陈锡坐在小船上，当小船发动马达，"突突突"地驶离码头，钟阳春望着熟悉的家乡，竟有一种说不出的依恋和热爱。碧蓝的江水在阳光照射下闪闪发亮，两岸的树木、竹林倒映在河里，衬托出美丽的影子。两人边望着河边的风景边聊天，聊到小学和中学的时光，又谈到各自读大学的城市，谈到炒老板鱿鱼回乡工作，两人开怀大笑。钟伯手握舵盘，原本一动不动地望着远处，听到他们风趣的话，忍不住笑起来。

他们一直往西，大约行了1000米，来到一个椭圆形的孤岛前。这是个小岛，周围也就十几里长，是九洲江中游的一个岛屿，与桔水村相望。高大的楼房耸立在茂密的树林里，林丛中隐约可见木头搭的房子，铁栅栏的护栏边是长长的九洲江堤岸水泥路，这条堤岸一直通向1000米外的合江大桥。

钟伯说，这就是九洲湾，他说这个地方是最安静的，有房子、有凉亭、有花园，是个与世隔绝的地方。他告诉两人，说他二十来岁时有一次出河捕鱼，遇到河难，被一个女孩救起，在岛上住过一夜，后来不知何故，当他再来找她时，那个女孩已经不见了。

陈锡和钟阳春发出一阵笑声，钟阳春想，冥冥之中上天就注定了的，让你遇到了又得不到，这段雾里看花的相遇，让人留下遗憾，也是钟伯不婚娶的缘故吧。

这时，江面上出现了一艘大船，那艘船从距他们不到一海里的地方缓缓驶过，船舷上插着迎风飘扬的五星红旗，船头站着很多人。正朝他们这边张望，他们甚至能够听到船上人们的笑声。

"瞧，他们多快活。"钟伯脸上泛起愉快的笑容，边握着舵盘边说，"他们从九洲湾农家乐租的大船，从别的地方过来游览九洲江，听说九洲湾每年都会发生桃色新闻事件。"

钟伯的话让陈锡和钟阳春哈哈大笑。小船还没靠稳，两人就跳上了岸。

陈锡经常来这里，已是轻车熟路，他沿着一条鹅卵石的小路走去，钟阳春跟在他身后。钟阳春看了一下这里的环境，目测了一下面积和地形，与他想象中的样子还算比较接近。

九洲湾并不大，方圆只有3000米，四周的地势比较平坦。东边有一片林子，生长着很多高大的椰子树，树下的杂草已经枯黄，像铺了一层金色的地毯。西边的树相对少了很多，一眼看过去，都是一簇一簇的茂密的灌木丛，灌木丛里散落着很多美丽的花岗岩。穿过林荫小路，走在宽阔的广场上，广场喷泉飞扬，音乐缭绕，天圆地方。一盏盏大红、喜庆、吉祥的孔明灯，在广场上冉冉升起。广场侧畔，曲径水榭，芳草萋萋。广场东面是一幢幢富丽堂皇、气势恢宏的高楼大厦。

两人走进一幢楼的大厅，落地窗前是巨大的朱红色家具，脚下铺着奢侈的地毯和织锦，墙上挂着尊贵的圣母头像，头顶悬挂的那盏璀璨的大吊灯把其彩色的光线扩散到雕砌精美的天花板上，然后折射下来，洒在客厅中间的沙发和茶几上，给客厅带来畅快、柔和的光芒。钟阳春环顾四周，发现这里静悄悄的，一个人也没有。他正在纳闷，客厅的一角突然走来几位女子，她们身着青瓷色的旗袍，有的端着茶水，有的端着水果拼盘，身材妖娆，笑容温和。

为首的女子把茶水轻轻放在茶几上，示意两人在沙发上坐下，其他几位把水果拼盘放到两人面前后，安静地退到一旁。钟阳春定定地坐着，因是第一次来到这里，显得有些不安。陈锡背靠在沙发上，一副轻松自在的神情，像是在自己家里一样。

坐了一会儿，钟阳春开始打量这些女子，发现她们长得出奇的相像，而且都很漂亮，那种漂亮与他以前所见过的女子不同，她们的漂亮有一种完美的精致，无论是脸型还是身段，几乎找不出一点瑕疵。

说起来，钟阳春在北京见过世界各国的形形色色的人，各种各样的女子林林点点也见过不少，但这么标致的还是第一次遇见。

钟阳春仔细打量眼前女子的一举一动，被陈锡看在眼里，他问："怎么，这些女子和你见过的女子有什么不同？"钟阳春回过神来，想了想，说："她们如此相似，相似得以为是前女友。"钟阳春刚说完话，陈锡喝进嘴里的茶水差点喷了出来，他赶紧稳定情绪，大惑不解地看着钟阳春。

钟阳春打开手机，从相册里找出前女友的照片递给陈锡看，陈锡看着照片里的女孩子，再看看眼前的女子，确实如钟阳春所说，有几分相似。

虽然那段美好的爱情故事有时想起来心还是隐隐作痛，但事到如今，很多不能放下的、说好不能忘记的都已经成为过去，现在所有美好的时光只能留在记忆里了。钟阳春淡淡地说："她叫庞辉艳，江南水乡的女子。"陈锡边听着钟阳春说话边看着钟阳春的微信相册。在钟阳春的微信相册里，陈锡还注意到了钟阳春发表在杂志上的文章，禁不住说道："钟同学还是个文艺人啊。"钟阳春微微一笑，说："文学爱好者。"

过了一会儿，陈锡收起手机，看着钟阳春，认真地说："我已经约了咱们的几个同学，他们一会儿会过来一起聚餐，想起来也有好多年没见过面了。"钟阳春很是平静地说："你都准备好了？"两人谈话间，有两辆小轿车驶进广场，随后从车里走下来三女五男。陈锡隔着厚重的玻璃门笑着，说："你看，同学们来了。"

一行人走进客厅，钟阳春和陈锡迎上去，十个人热情地拥抱。虽然中学毕业多年，同学们各奔东西，多年后再相聚，钟阳春对他们还是有印象的。同学们寒暄几句后，在服务员的带领下走进一间幽雅的小屋子，大家聚在一起谈天说地。这时，有位打扮时髦的中年女士走进来，陈锡兴奋地向同学们介绍："这是从广州回乡创业的周菊俏女士，因为看到家乡的美丽山水，便回到廉城，在九洲湾上

建造了九洲湾农家乐，把桔水村变成了文明、生态、环保、休闲的郊游度假村。周菊俏神采四溢，精神焕发，英姿飒爽。她的声音很好听，如百灵鸟般悦耳，却含蓄婉转，大家都听着她说话。服务生陆续端上来各种菜，每端上来一道菜，周菊俏就给大家介绍："安铺白切鸡、塘蓬生猪肉、卤水烧鸭、香焖虾仁、生蚝肉丝炒粉丝、芥菜、药膳牛肉汤。"钟阳春尝了一口安铺白切鸡，忍不住赞叹："家乡特色菜，原汁原味。"大家一边尝着家乡特色菜，一边高谈阔论，兴趣盎然……

第八章　没钱是个大问题

清晨，村子里已有人在村路上走动。钟阳春起床后，和父亲扛着锄头一起出门。父子俩一前一后，钟阳春感觉又回到小时候——那时的钟阳春总是跟在父亲身后，问父亲田里的稻谷什么时候可以收割，因为收割之后全家就能吃上白白的米饭。父亲每次都笑呵呵地说："快了，你再长高一点，就会闻到饭香了。"

到了水稻田边，钟伟源坐在田埂上，面对着远处的九洲江用力地吸烟，他的两根手指紧紧地夹着一根自己卷成的草烟。

钟阳春坐在父亲身旁，钟伟源吸了一口又一口烟后，心情沉重地说："这是最后一次收割稻谷了，爸爸种了一辈子的水稻就在今年结束了。"钟阳春理解父亲的心情，这片九洲江边的土地已被廉城市政府规划入乡村乐园旅游发展项目，村委会将村民集体使用地出租给外地承包商。在新城镇规划建设的蓝图里，乡村的土地也越来越受到约

束，城镇郊外的土地一点点被高楼大厦填满。钟阳春望着远处的山岭，眼睛亮了起来，说："爸，我们不种水稻，我们还有山岭，我们的荔枝收成也不错。"

钟伟源突然站起身来，伸了伸腰，目光落在远处的山岭上，兴奋地说："对，把精力用在荔枝树上，把桔乡的荔枝产量提高。"

蓝色的天空，流动的空气，还有自己的脚步，清晰而且贴近。两人沿着另一座山岭走去。不论身前还是身后，山的那一边是山，再一边还是山。走在山岭的一条小路上，钟伟源带钟阳春去了一个地方，这里有两间木头搭建的简陋屋子，梁桂海从屋里走出来，大家互相问好。钟伟源看着山岭种满红橙树、荔枝树，喜形于色，说："你们兄妹二人种植红橙树、荔枝树，可是选择对了。"

钟阳春心里一动，父亲很是了解他们种植红橙树、荔枝树的情况，忍不住问："梁桂梅？"

钟伟源摘了一片红橙叶子，用鼻子闻了闻橙叶的清香味，说："桂海种植红橙树、荔枝树，桂梅为他投了部分资金，你在北京几年不回家，很多事都不知谊。"

梁桂海笑着说："钟老师回来了，现在还来得及了解家乡的荔枝树园。"他看着眼前的红橙树，又自豪地说，"四年前，妹妹桂梅回家时，看到自己村子的很多村民都种上了荔枝树、龙眼树，唯独没有红橙树。而廉城市又是红橙之乡，其他乡镇已经大规模种植红橙树了，她便建议我也种红橙树。"

听着梁桂海的话，钟阳春脑海里浮现出梁桂梅模糊的身影，一个从未见过，却多次听说过的女子。钟阳春感觉与她很近，都在同一个村庄里，却又很遥远，似乎她在另一个陌生的地方。

在他们不远处，有群女孩子站在红橙树下，摆弄着花伞，摆着各种姿势，摄影师抬着摄像机对着她们拍照。梁桂海边望着那群女孩子边告诉钟阳春："那是市政府举办的'乡村水果文化宣传'活动。"钟阳春朝穿着粉红衣衫的女孩子们望去，细数了一下，有20位年纪在20岁左右的美貌女孩。在这些女孩子旁边，是三个抬着摄像机给她们拍照的男子。红橙和美女交织在一起，构成了一幅幅美丽的图画。

梁桂海说："她们是市里有关部门请来的模特，过来宣传红橙文化形象。村长、支书特地点名到这里的红橙果园，能为村子做点贡献是好事。"梁桂海说完便忙着招呼他们去了。

抬头是山，低头也是山。父子俩沿着山岭的山路走去，站在半山腰，看着山岭上满是半人高的荔枝树，钟伟源感叹："用不了多久，这些荔枝树就会开花结果，那时候真的是硕果累累啊！"

钟阳春想起在北京大街上看到的廉城红橙和荔枝，意气风发地对父亲说了他因为看到家乡的变化，看到家乡的水果销往全国各地，才下了决心回家乡工作。钟伟源明白了，他竖起大拇指称赞钟阳春说："新一代的年轻人要肩负起

父辈的责任，做时代的主力军。"

　　每座山岭都有一条新开辟的平坦山路，这条山路沿着山岭直通向山脚下的水泥公路。钟伟源站在山路边，看着脚下连绵起伏的山岭和山岭上各种各样的荔枝树，大部分荔枝树青黄未接，还没到挂果时节；有些山头却是杂乱地种着些荔枝树，荔枝树旁边还空着一些地方。钟伟源告诉钟阳春："咱们村是省革命老区贫困村，五年前，市扶贫办到桔水村考察。村子里大部分村民都有种植指标，有些村民由于没有劳动力、资金也不到位，放弃了荔枝树种植。现在有些村民看到原先那部分村民种荔枝树挣了钱，又想着种荔枝树，村子哪里还有荒山？山岭全部都被当初那部分村民耕种了。这说明还是要放眼长远利益，选择了一条路，就要坚持不懈走下去。

　　"想当年我们家领了扶贫荔枝树种植指标，我和你妈天天带着早饭和午饭往山上走。这片山头的每一棵树苗，都是我俩亲手栽培的。"

　　钟伟源回忆起那些年的事，说他开始选荔枝树苗时，钟伟标村长说"妃子笑"荔枝是当家品种，他就毫不犹豫地选了"妃子笑"荔枝树苗。他负责把荔枝树苗种在树坑里，钟阳春母亲浇上水，太阳落山时，夫妻俩还在山岭上忙着，直到天黑了，才摸着黑回家。第二天凌晨四点又出发来到山岭。等这片山头都种上了荔枝树苗，钟伟源和莫春平两人都瘦了一圈。

　　钟伟源说完话，用手指着邻边的一座稀落地种着荔枝树的山岭，说："这片山岭是咱们家承包下来的，当年没有资金，一直留置着，现在你看看哪里能筹到资金，继续在那些空隙种上荔枝树苗。"

钟阳春看着父亲，胸有成竹地说："爸，你儿子长大了，可以独当一面了，我想办法解决资金的事，咱们家的荔枝园要扩大种植范围。"

钟伟源"嗯嗯"地应着。他知道钟阳春刚参加工作，没有什么收入。女儿炼春成家有了儿子，小家伙上幼儿园，也是一笔开支。尽管这样，小两口还是会在经济上帮助家人。三年了，钟伟源种的荔枝树慢慢长大，今年秋冬和明年初春护理好，若赶上好的气候，明年夏季就会有一笔可观的收入。

这时，有几位村民走过来，有位上了年纪的老伯看着钟阳春，笑着说："阳春呀，你真够折腾的。你在北京那份工作已经做到销售经理的位置了，不好好干，非要回村子，这不是自找苦吃吗？"

其他几位村民也笑了，那笑声直率朗烈，让人听了很是刺耳，钟伟源脸色变得难看起来。钟阳春已经经历过当初回村当教师时的那份煎熬心情，现在听了乡亲们的话已是自然随和了，他不慌不忙地说："三阿公，每个人对未来的看法不一样，选择的路也不一样，我是做了自己喜欢的事。"另一个村民指责钟阳春说："大学生读了那么多书，还是回来耕田种地，白读了十几年书。"这个村民刚说完，有个村民接着埋怨说："你们读了大学，要做个好榜样，

在城市里好好工作，开着小车回村子多风光，后生们也会努力读书了。"钟伟源越听心里越难受，像是有什么东西在心里翻滚着，他是不应该让读了大学、原本在城市有一份好工作的儿子回到村子里发展，这下子可好，村民们总是怨声不断，现在还当面教训自己的儿子，让他这个做父亲的老脸往哪儿搁？他突然生气起来，怒吼道："得了，我的儿子我来说他。"几个人面面相觑，没趣地走开了，有个村民离开时很是不明白地说："唉，这年代的年轻人已经不像我们那个时代了。"

钟阳春一直平静地听着乡亲们说话，父亲突如其来的怒吼，让钟阳春瞬间感到父亲的伟大。乡亲们走远了，钟阳春安慰父亲，说："爸，你儿子能挺住，你要站在儿子这边呀。"钟伟源叹了口气，说："时至今日，你也找了份教师工作，村民们还是不能理解。"钟伟源说完摇了摇头，一脸的愁容。钟阳春看着父亲难过的表情，心里突然难受起来，他劝道："爸，你儿子能扛住，别操心。"钟伟源盯着钟阳春，生气地说："你是我儿子，我能不操心吗？"说完朝山下走去了。钟阳春看着父亲瘦弱的背影，伤感涌上心头。"你是我儿子，我能不操心吗？"这句话像一把锋利的刀刺入钟阳春的心脏，令他痛苦不堪。他有时会想，若是继续留在大城市工作会是怎样一番景象？荣华富贵、前程似锦并不代表快乐，只有回到故土才有安居乐业的踏实感，这才是他最想要的生活。

钟阳春回家后把几个人的名字写在本子上，开始试着挨个问他们的资金运作情况。第一个无疑是陈锡，两人从小一起玩耍长大，如今又同是读完大学后回到村子工作、创业，是亲密无间的伙伴。钟阳春拨了陈锡的电话，陈锡第一句话便是："老伙计，是不是有什么事？"这一问让钟阳春整个人都轻松下来，他说："家里的荔枝树种植遇上点经济困难，需要找你借点钱。"陈锡在电话里犹豫半天，才说："阳春，说实话，幼儿园每天的支出很大。万把元还是能给得了你，多的话你得再想想办法。"钟阳春对陈锡家的情况还是有所了解的，他家里也种了十亩荔枝树。陈锡的父亲早些年做建筑工头，挣了些钱。他是独生子，过去那些年他家的经济条件在村子里是数一数二的。随着新农村建设，村里有思想、有头脑、有胆识的勇敢创业的人越来越多，很多人过上了富裕的生活。钟阳春家和一部分村民，远远落后于经济条件比较好的村民。钟阳春想了一下，说："没事，我再找别人问问。"

　　钟阳春骑着摩托车去了村委会，办公室里坐着村长钟伟标和村支书钟杰春。由于在扶贫工作方面做出了贡献，钟伟标继续任桔水村村长，同时还保留着扶贫工作组组长的职务。一年前，钟杰春已调到桔乡镇政府任党委副书记。钟阳春敲门进来后先是向两位领导问好，钟伟标请钟阳春坐下，问他有什么事。钟阳春也不含糊，直说现在有部分山头需要种荔枝，资金紧张，村委会能否借点钱拿来运转。钟伟标先是鼓励一番钟阳春回家乡创业的行为，说村子里需要有乡贤回村做贡献，然后一本正经地说："阳春，我

能理解你现在的心情，村委会正在解决收入问题，资金也是各方面都有开支，暂时没有足够的资金流动，过段时间再看看。"钟杰春打量着钟阳春，想着这是桔水小学的老师，他是识得的。他说："钟老师，你也读过大学，有困难提出来是好的，我们想办法解决。"钟阳春听出钟杰春话里有话，作为村干部他们已经在尽力帮村民做实事了。钟阳春大度地说："没事，我到别处问问。"钟阳春走到办公室门口，钟杰春叫了一声："阳春。"钟阳春站住脚步，回过头来问："钟支书有什么吩咐？"钟杰春说："有个小额贷款，不知道你是否申请使用？"钟阳春走回来，站在钟杰春面前，钟杰春说："有两种贷款，第一种是民间借贷，高额利息；第二种是银行借款，需要担保人。"钟阳春知道民间借贷，不受法律保护的高额利息，一旦超过借贷期限，利滚利，这辈子也无法偿还债务。银行借款，他可以考虑。钟阳春调整情绪，说："谢谢钟村长，谢谢钟支书，我先不打扰了。"

钟阳春面色凝重地回到家里，看到父亲时极力表现从容的一面，但细心的父亲还是觉察到一定是资金不顺，他没有问，装着没有看见，低头抽他的水烟筒。钟阳春回到房里想着心事，他没有想过创业如此困难，再加上村民的讥讽，让他身心煎熬，焦头烂额。

阿嬷过来敲门，门没有上锁，轻轻便推开了，窗户旁边的钟阳春埋头在书桌前，阿嬷敲门走进来也毫无知觉。阿嬷来到钟阳春身边，觉察到身后有人，钟阳春本能地回头，阿嬷说："你在房间好半天了，你爸对我说了，这些天你在筹备种植荔枝资金的事，实在没有办法就先停下来。荔枝树不是你的重心，你最重要的任务是做好现在这份工作，这份工作做好了，才有本事去做其他事情。"阿嬷的话让钟阳春突然意识到自己还有份最重要的工作，他要重新调整好情绪面对生活。

父亲不再过问荔枝资金的事，也许对他来说，现在女儿成家，儿子也到了成家的年纪，虽不是大富大贵的人家，却也生活无忧。想开后他每天依然种他的荔枝，有时望着那片稀落的山头失望一阵子，又转身忙碌了。钟阳春把所有精力用在教学上，几乎忘记了荔枝资金的事。直到有一天陈锡给钟阳春打电话，说有时间就陪钟阳春去见一个人，或许这个人能帮得上钟阳春的忙。钟阳春没有问陈锡是什么人，他相信陈锡，于是爽快地答应了。

陈锡开着刚从御龙名车行购买的本田杰德车载着钟阳春驶进九洲湾农家乐，这次钟阳春很是熟悉九洲湾农家乐了，他和陈锡并肩走进庄园大厅，在服务员的指引下，两人进了一间小雅间，刚坐下，周菊俏就走了进来。钟阳春看到周菊俏，明白了陈锡的好意。

钟阳春彬彬有礼地和周菊俏打招呼，周菊俏看出钟阳春的拘束，说："我也是桔水村人，同村人不必拘礼。"钟阳春放松下来。席间，周菊俏说："听陈锡园长说，阳春遇到困难了，说说看是什么事？"钟阳春回答说："早些年老爸承包了一些山头，原计划全部种植荔枝，开始因

为资金不足，有座山岭只是稀落地种上些荔枝树。都几年了，这样下去也不是办法，还是想全部种上，一起护理。"

陈锡不失时机地说："周菊俏老总是女中豪杰，她是企业家，也是慈善家。"

周菊俏沉思着，一会儿才说："有新思想，有创新意识，这是新时代创业的思维方式，我欣赏年轻人的这种思想，需要多少资金？"

钟阳春喜上眉梢，说："20万元。感谢周总的恩德。"

周菊俏说："我们都是桔水村人，走的是志同道合的道路。"

周菊俏面露微笑，她挥了一下手，很快女秘书送来了借款合同。陈锡把脸凑到周菊俏面前，周菊俏附和着和他说话，从两人亲密的动作来看，他们关系甚好。

钟阳春坐在位子上，周菊俏的女秘书对他说："钟先生，周总拟好了借款合同，你签名后即打款到你账户里。"

钟阳春签了名，又在名字上按了印章，这些日子的辛苦奔波，终于有了结果。

钟阳春和陈锡离开九洲湾农家乐后，去了桔乡镇银行，把一部分钱取出来。陈锡又送钟阳春回到家里。下车后，钟伟源一看到陈锡，便说："陈锡，今天得谢谢你了。"陈锡轻松地笑了笑，说："伯父，这是我应该做的。"阿嬷问陈锡："我家可可在幼儿园可好？"陈锡来到阿嬷面前，热情地说："阿嬷请放心，可可聪明好学。"阿嬷忍不住笑了。莫春平在厨房做饭，听闻有人来的声音，走出来看到陈锡,大声说:"是陈园长,在我家吃完饭再回去。"陈锡抬头看着西边快要落山的太阳,说:"下次吧,还有点事。"

目送陈锡驾驶着小轿车离去,钟阳春转过身来对父亲说:"九洲湾农家乐的周菊俏答应借给我们荔枝周转资金20万元。"钟伟源激动地说:"周菊俏?我认识,好事,真是太好了。"

钟阳春把装着一叠钱的袋子交给父亲,又说:"爸,这是十万元钱,你先拿去用。不够再取剩下的那部分资金。"钟伟源抚摸着一叠叠崭新的钞票,说:"资金到位了,果园里的事交给你爸去做,你安心做你的工作。"

钟伟源说干就干,他购买了荔枝树苗,请了工人在山岭上劳作。莫春平负责给工人做饭,一天两顿饭——早饭和午饭。十个工人和钟伟源夫妇用了一个月时间,在山岭空置的地方种上了荔枝树苗。一天下午,钟伟源走在荔枝树旁边,看到一些荔枝叶尖出现黄褐色小斑,他曾看过种植荔枝树的书籍,知道这是一种病害,立即打电话向村长钟伟标说明情况。钟伟标当即表态,明天请专家过来。给钟伟标打完电话后,钟伟源又给钟阳春打电话,说了荔枝出现病害、明天钟伟标带专家过来的事,问他是否回来看看,增长知识。钟阳春说有时间会赶回去看看。

桔乡镇由于大面积种植荔枝树,桔乡镇政府为此建立了种植技术定期培训机制,邀请农业技术人员现场培训和指导,及时解决种植过程中出现的技术问题。第二天上午,钟伟源和钟阳春来到山岭上，发现已有十多位村民站在荔枝树园里，看到钟伟源，钟伟新说："听说荔枝叶子上长了黄褐色小斑，我们赶来看看，想知道荔枝树的变化。"钟伟源边点头边带着他们来到一棵荔枝树旁，钟阳春看着一棵荔枝树上的叶子，他没有看过荔枝种植类书籍，对这种情况并不熟悉。大家站在荔枝树旁边议论纷纷时，钟伟标村长带着一名年过花甲的专家来到山岭上。大家互相问候一番，在钟伟源的指引下，专家仔细观察荔枝叶子，之后认真地说："这是荔枝炭疽病，该病是荔枝幼龄树的重要病，发病严重时，病叶率可达 30% ~ 45%。严重影响幼龄树的生长发育。此病主要危害叶片，幼苗、未结果和初结果的幼龄树发病特别严重，成龄树的嫩梢、幼果也有可能受害。"钟伟源着急地说："那可如何是好？眼看着到开花树龄了。"钟伟标劝道："伟源哥，不急，听听专家的意见。"

专家望着大家，清了清喉咙，一字一句地说："荔枝炭疽病菌以菌丝体和分生孢子在树上和落在地面的病叶上越冬。借助雨水和气流进行传播，以雨水传播为主。该病一般在 4 月中旬至 6 月上旬发生。荔枝炭疽病有三种症状……"

专家说完，钟伟源急急地问："老师，这种荔枝炭疽病还有得救吗？"专家挥了一下手，说："防治措施有四步。第一，注意深翻改土；第二，冬季彻底清园；第三，尿素等铵态氮对病菌菌丝的生长和孢子的萌发有明显的抑制作用……；第四，荔枝椿象等害虫刺吸造成的伤口，有利于孢子的萌发侵入。此外，在春、夏、秋抽梢后，叶片展开但还未转绿时，就应该抓紧喷药。"

专家一条条地分析完，荔枝树种植户对其佩服得五体投地。钟伟标对大家说："我们大家齐心合力，在种植荔枝树的过程中，发现问题要及时向村委反映，我们迅速做出解决办法。"村民们齐声说："好，谢谢专家，谢谢村长。"

钟阳春边听着专家梁子旭的话边认真地做笔记，他心想着要抽点时间去廉城书店买些种植荔枝树的书籍。

第九章　让农村的孩子读书

　　早晨的阳光是美丽的，在云彩和朝霞映照下，村庄秀美无比。钟阳春驾驶着女式摩托车经过九洲江的合江大桥，行驶了好长的一段路，停下的地方是一座座正在建设的建筑楼，建筑楼上标着文字：廉城实验学校。工地上到处是穿着彩衣戴着钢帽的工人，工人们正在来回忙碌着。等到年底，廉城市的第一家实验学校将会竣工，以崭新的面貌呈现在人们面前，学子们将会拥有更好的学习环境，以更宽阔的视野迎接明天的到来。钟阳春灵感迸发，他吟起了一首诗歌，名字是《献给廉城实验学校的赞礼》：

　　　　清晨，廉城实验学校的建筑工地上 / 建设者披着朝霞新裁的彩衣 / 在脚手架上不停地贴着瓷砖 / 凝结成九洲江畔永恒的英姿 / 中午，不顾太阳火辣辣的窥视 / 建设者裸露着青铜色的膀子 / 在空旷的泥地上挥动着铁铲泥刀 / 勾勒出校园的

赤橙黄绿青蓝紫 / 黄昏，沐浴着太阳的余晖 / 一个个衣服沾满水泥巴的身影 / 在节节升高的脚手架上来回穿梭 / 夜晚，建设者披星戴月 / 不停地在灯光下点着电焊 / 在罗湖新城的夜空中 / 烙上一道道闪亮的轨迹 / 啊，一个个在升降机上的人书写出方正的汉字 / 一座座框架结构解答出明天的力学原理 / 一层层方砖瓷砖叠起神秘的数学魔方 / 一车车水泥砂浆灌注出未来的化学方程式 / 他们默默地把握每个日子 / 将爱浓缩在大塘岭脚这片土地 / 凝聚成教学楼、宿舍楼和论语广场 / 凝聚成综合楼、孔子雕像等形状各异的立体建筑 / 听着搅拌机隆隆的响声 / 我仿佛听到学子将来在大塘岭脚朗朗的读书声 / 依稀看到苏东坡夜读的松明火在燃烧 / 仿佛听到海瑞响彻北部湾东海岸的话语 / 依稀看到未来丰收的秋日 / 建设者用汗水编成学子憧憬的绚丽 / 啊，那不是虚幻的春梦 / 那是廉城人即将收获的秋实 / 告别读书难的苦涩 / 铸起一座廉城教育史上的里程碑。

钟阳春把刚创作的诗歌记录到手机里，然后骑着摩托车继续往前行驶。在博爱书店门前，钟阳春停下来放好车子，走了进去。在书架上琳琅满目的书里挑选了几本关于儿童青少年、荔枝树培育、荔枝树种植、红橙树种植和龙眼树种植的书。到了付款台前，钟阳春眼睛被一本期刊吸引，那是雷州半岛的刊物《九洲湾杂志》，他没有多想，随手买下。来到摩托车前，钟阳春迫不及待地翻看着杂志，这一看，让他看到一条信息，是主题为"我为廉城市做贡献"的征文比赛，体裁不限，小说、散文、诗歌、报告文学都可以。钟阳春决定试试，于是把刚才创作的那首诗歌按照杂志提供的邮箱发了过去。然后，他望着街道上的人来人往，做了一个深呼吸，怀着轻松的心情骑着摩托车往回行驶。

钟阳春刚回到家里，手机就收到信息，是梁桂梅发来的，她问钟阳春："梁琼珍读书情况如何？"钟阳春回复："有进步了。"梁桂梅的信息又发了过来："我一直想让她到廉城上学。在乡村学校看不到前途希望。"

"凡事没有绝对，乡村同样走出许多优秀的学生，社会的人才。"

"你是特别的一个，与众不同的乡村孩子。"

"错，你在别的地方待太久了，家乡已不是你小时候的样貌了。"

"想起来，真的很多年没有回家了。2010 年家乡新农村建设，市委书记和扶贫队亲自到咱们桔水村，我因刚走上新的工作岗位，没能回去看看。"

"回来吧。现在政府给家乡创造了创业就业的机会。"

"还能适应吗？毕竟在外面太长时间了。"

"会的，只要你回来。"

"低角村，出入平安。"钟阳春凝视着路边的椭圆形石块上刻的字。一会儿，他走进低角村，在村口，看到一棵大榕树，因为太古老，有的树杈都弯到了地上，远远看起来，像一把巨型的伞。树的四周扎着一圈篱笆，看起来人们对这棵树比较重视。钟阳春站在榕树下，看到不远处的广场上，有几个小孩围着脚踩脚踏车的梁广彬转来转去。梁广彬满头大汗，他在伙伴们面前停下脚踏车，伙伴们吵嚷着要骑脚踏车，梁琼珍用一种大人似的口气对他们说："大家轮流着骑脚踏车。"

伙伴们一个一个快乐地骑脚踏车，他们笑呀跳呀，欢声笑语传遍整个广场。最后轮到张秀荣了，明明能够熟练骑车的他骑在脚踏车上总有一种无法前进的感觉，刚用脚踩了一下子，脚踏车突然往前倾斜，张秀荣失去重心跌倒在地上。小伙伴们仰天大笑，像是从未有过这样的快乐一样。

梁琼珍原本是忍着不笑的，但经受不住伙伴们的笑声，也忍不住放声大笑起来，孩子们个个都笑弯了腰。张秀荣毫不理会伙伴们的笑声，默默地扶起脚踏车重新踩上去。没有想到，他刚踏上脚踏车，两手因为没有抓紧车把手，又摔了个跟头，这次伙伴们笑得更加肆无忌惮，似乎张秀荣是专门表演滑稽的搞笑动作而引起他们开怀大笑的。

张秀荣依然不理会伙伴们，今天的他心情郁郁闷闷的，像是有什么事情发生一样，让他无法集中精力。他慌忙从地上爬起来，衣服上沾满了竹叶子，他抖了抖衣服，竹叶子全掉落在地上，衣服又恢复了原来干净的模样。

梁琼珍笑着笑着突然"哇"的一声哭了，所有的伙伴们都停止了笑声，莫名其妙地看着梁琼珍。梁琼珍好不容

易止住哭泣,问张秀荣:"张秀荣,你这是怎么啦?"

张秀荣摸摸额角,眼睛落在脚踏车上,茫然无措地说:"我也不知道为什么总是这个样子?"

梁琼珍两手抓着脚踏车后架,对张秀荣说:"张秀荣,我帮你扶着,这次你不会跌倒了。"这时,伙伴们都朝脚踏车围了过来,大家同时伸出手扶着脚踏车后架。张秀荣看着那么多期待的眼睛,下定决心把脚踏车推给了梁琼珍,边往后退边挥挥手,说:"你们玩好了,我要回家啦。"说完,他扭头就跑,身影消失在远方。

钟阳春走进低角村时,张秀荣已经离开广场。钟阳春看到那么多小孩子在广场上学骑脚踏车,便慢慢朝孩子们走去。

"梁琼珍,你班班主任来了。"听到伙伴们的叫声,梁琼珍原地打了一个转儿,因为太突然了,梁琼珍一下子不知如何是好。

钟阳春面带笑容,亲切的话语让梁琼珍放松了紧张的心情。

"梁琼珍同学,你和伙伴们玩得好高兴,每天都要保持这样的心情,明天会更美好!"

梁琼珍开心地笑起来,说:"老师,真的是这样子吗?那我就天天保持微笑。"钟阳春用充满鼓励的双眼望

着梁琼珍,说:"是的,你是个喜欢微笑的、自信的好孩子。"梁琼珍眨了眨眼睛,也许是钟阳春的话给了她信心,让她放松了心情。

钟阳春带着孩子们走进广场东边的农家书屋，有些老人在书屋里坐着翻书，有几位中学生捧着书本专心阅读。钟阳春在一堆图书里挑了一本《昆虫记》，对梁琼珍说："你看看这本《昆虫记》，对你有好处。"梁琼珍翻了一下《昆虫记》说："老师，我们要爱护昆虫，不能捉昆虫，是吗？"钟阳春点了点头说："是的，我们要学习昆虫的乐观自信精神，昆虫和我们人类一样，都是大自然的一种生命，昆虫不会因为人类的高大而自卑，也不会因为生活困难而放弃对生命的热爱。"梁琼珍听了，突然明白了什么，恍然大悟地说："原来我们每个人的生命都是平等的。"

这时，有些中学生围了过来，钟阳春坐在桌旁为大家讲故事："晋朝有一个爱好学习的书生，因为家里没钱买油灯，到了夏天就捉萤火虫放在多孔的囊内，利用萤火虫的光来看书学习，最后官拜吏部尚书，你们知道这个书生是谁吗？"大家互相看了看，纷纷摇头，有个中学生举起手大声说："老师，是车胤。"钟阳春看着那位中学生，竖起大拇指夸奖他说得对，然后接着说："大家知道由这个故事演化而来的成语是什么吗？"小孩子一脸的茫然，几个中学生交头接耳，有几位老人走了过来，也加入猜成语的行列，不过，半天都没有人答出来。钟阳春看着大家都在沉思，和蔼可亲地说："这个成语是囊萤映雪，这是古代励志的故事，鼓励大家刻苦学习。"几个中学生明白过来后，发出"啊"的一声惊叫。孩子们跳起来欢呼，屋子里顿时热闹起来。

过了一会儿，钟阳春向梁琼珍问起张秀荣："他平时在家忙些什么？"梁琼珍一时不知道怎么回答才好，一副支支吾吾的样子，让钟阳春很是担忧。他轻轻地对梁琼珍说："你要相信自己，把心里的话说出来，即便是错误的，也可以改正过来。因为没有人不犯错。"梁琼珍听了，突然来了勇气，就一口说出了"张秀荣帮着做家务"。钟阳春皱起眉头，这个年纪的孩子，已经做了很多不是他们这个年纪应该做的事情。钟阳春站起身来，说要去看看张秀荣，梁琼珍和其他孩子听了，跟着他离开了农家书屋。

张秀荣向村后的一片茂密的树林子走去。他知道这是阿婆每天必去的地方。爸爸一个人挣钱养家，经济能力有限。尽管家里和村子里的人家都用上了煤气，但是阿婆只会在过年过节时用煤气，平日里还是用柴火做饭。

在一片树林里，张秀荣远远地看见阿婆驼着背，弯着腰吃力地拾起地上的树枝。他的眼睛被泪水打湿，阿婆活儿不离手，辛苦劳累，同年纪的奶奶们已是高枕无忧，享受着晚年幸福的生活，阿婆却还在为明天的生计奔波。

张秀荣慢慢向阿婆走去。觉察到前方有人走动，阿婆抬起头来，看到张秀荣不紧不慢地走过来，她用手往背部撑了一下，吃力地挺起驼背的身子，说："秀荣，你怎么来啦？"

张秀荣只是轻轻地点了点头，然后蹲下身子捆扎地上的柴火，阿婆在一旁指挥张秀荣，要怎么捆扎，怎么捆得稳稳妥妥。张秀荣边听着阿婆的话边手脚麻利地捆柴火。

张秀荣费了好大的劲才把柴火捆得结结实实的，他两手抓紧柴火，用力一甩，整捆柴便落在他的肩背上。阿婆跟随在张秀荣身后，叮嘱他，要小心走路，慢慢来，不要急。

阿婆缓慢地走着路，走两三步便停下来歇歇。张秀荣跟着走走停停，阿婆停他也停，阿婆走他也走。每次阿婆停下来时总会有气无力地挥着手对他说："秀荣，你先回去，阿婆一把老骨头了，需要费好长时间才能走回家。"

张秀荣背着柴火才走了一会儿已是满头大汗，显得有些疲倦，但他依然打起十二分的精神。不知不觉，两人走到一户人家门前，门前摆着好几把凳子，阿婆一下子坐在凳子上，招呼张秀荣也过来歇歇。张秀荣感觉到自己确实累了，但想到好不容易放上肩膀的柴火现在又要放下来，只好带着笑容对阿婆说他不累。阿婆早已看出张秀荣的疲倦，她站起身来双手挪动着凳子，把凳子搬到他面前，示意张秀荣坐下。

张秀荣不知怎么办了，他确实不想再把肩膀上的柴火放下来，因为重新放到肩膀上需要很大的力气。张秀荣说了声："阿婆，你歇歇，我回去了。"说完，张秀荣背着柴火加快脚步往前赶去。

梁琼珍一路小跑着，到了一处没有装修的二层楼房前，发现屋子里静悄悄的，她很是纳闷，一回头，看到张秀荣背着一捆柴火站在钟阳春面前。钟阳春赶紧帮张秀荣把肩膀上的柴火放下，说："张秀荣，辛苦了。"张秀荣看到钟老师突然出现，很是惊讶。听了钟老师关心的话后，他放松了紧张的心情。

钟阳春背着柴火到了院子，看着地上堆满的柴火，心里泛起涟漪。乡村的学生，大部分是留守孩子，这些孩子跟随着爷爷奶奶生活，很多家务都要自己亲手去做。钟阳春夸奖张秀荣做得好，但要注意劳动和学习相结合，回家做些力所能及的家务，作业也要认认真真完成。张秀荣听着钟老师说话，露出了久违的笑容。梁琼珍受益匪浅，老师教会了她好多书本上没有学到的知识，今天是大开眼界了，她情不自禁地雀跃起来。孩子们也跟着欢呼起来。

张奶奶回到家，看到家里一下子来了那么多人，很是高兴。钟阳春赶紧问候张奶奶，张奶奶打量了一下钟阳春，喃喃地说："我是看着你从小长到大的，后来又到北京读大学去了。"然后张奶奶又看着周围的孩子，说道："你们要好好读书啊，长大后和钟老师一样回家乡做一名老师。"钟阳春忍不住笑了，他还是那个小山村的孩子，多年后乡音未改，童心未变，归来依旧是少年。

第十章 "问题学生"多是非

这天早上，钟阳春早早到了教室，监督学生们朗读课文。学生们基本上到齐了，只有张秀荣的座位还是空空的。每天的早读时间，班主任都格外辛苦，既要带学生们早读，又要清点人数、关注学生安全等。直到下了早读，张秀荣才背着书包慢悠悠地走进教室，钟阳春刚好站在教室门口，看到张秀荣出现，他松了一口气。和第一次见到钟老师不同，张秀荣这次显得随意，没有拘束，也许是感到跟钟老师熟悉了。钟阳春交代张秀荣，今天是他值日。张秀荣点头"嗯"了一声。

张秀荣其实很喜欢当值日生，一来可以找些事干，打发无聊的时间；二来可以逃避吃早餐、做早操等被人约束的活动。按照班级的作息时间安排，值日生需要做好一整天的服务工作，早晨的时间相对紧张一些。当同学们都去吃早餐的时候，他就留下来打扫教室卫生，做好值日工作。

张秀荣是个很有集体荣誉感的学生。他虽然不爱学习，但喜欢参加集体活动，做值日也很用心，即使轮不到自己做值日，他也会主动接替他人当好值日生。现如今的孩子，受家庭成长环境影响，在家基本不做家务，劳动意识普遍淡薄。有些学生轮到在班里当值日生的那天，总是逃跑。

张秀荣打扫教室卫生的时候，发现教室里还有个人——梁琼珍，顿生好奇。

他一边清扫地上的纸屑，一边走过去跟梁琼珍搭讪："梁琼珍，你怎么也没去吃早餐？"

梁琼珍看着张秀荣，眼睛一下子红了，张秀荣赶紧闭上嘴巴。梁琼珍低声地说："昨天晚上吃了好多我爸带回来的饼干，现在感觉胃里的食物都还没有消化。"

张秀荣眼珠子一转，脑海里迅速闪过"助人为乐"这个词语，他笑着说："我还以为是什么事呢。"

说完张秀荣拍了拍胸脯，一副胸有成竹的模样。梁琼珍不知道他葫芦里卖的什么药，就拉长了脸看了一眼张秀荣说："你快去倒垃圾吧。"

张秀荣的脸立刻晴转阴，极不情愿地嘟囔着，转身拎起墙角的垃圾桶，朝教室门外走去。

"哎，张秀荣，等一下……"梁琼珍像是突然间想起了什么，起身追到教室门口。

"又是啥事呀？我这还忙着呢，没工夫跟你闲扯……"张秀荣的语气里带着埋怨。

"我想麻烦你帮个忙。回来的时候，顺路给我买个早餐。"梁琼珍从口袋里掏出一元钱，给张秀荣递了过去。

"顺路的事，小事一桩，保证完成任务。"张秀荣滑稽地耸了一下肩膀，仿佛刚才的不愉快都随着这个潇洒的动作一下子全抖落掉了。他很清脆地打了一个响指，哼着小曲儿向楼下跑去。

"等一下，把钱带上。"梁琼珍的声音紧随其后。

"不用了，我身上有……"说话的工夫，张秀荣就跑得没了踪影。

因为跑得太猛，垃圾桶里的纸屑在楼道里四处乱飞。张秀荣朝四下里环顾一番，发现没人，正想继续往前跑，忽然又转回身子，将纸屑一一捡起，并用一只手压着纸屑，另一只手托着垃圾桶，很小心地向楼下走去。

倒完垃圾，张秀荣闪身走进旁边的水房。刚走出水房，就遇上了陈家应。

"哥们儿，正好顺路，帮我把这个带回教室去。"张秀荣不由分说，硬将垃圾桶塞进陈家应手中，头也不回地朝校门口的小商店跑去。

"张秀荣，你回来，我还没答应你呢……"陈家应极不情愿，刚刚洗干净手，又摊上这个差事，"这人也太霸道了，没见过这样的。"他望着张秀荣渐渐远去的背影，无可奈何地回教室去了。

学生做早操的时间是半个小时。张秀荣抬头看了一眼教学楼顶的钟表，再有十分钟就该上课了。

"必须得抓紧时间。"他开始在商店里快速搜寻目标。

学校旁边只有一家小商店，经营的多是一些孩子们喜爱的小食品和文具。每到课间的时候，孩子们像云雀一样飞临这儿，于是，这里成为最热闹的一道风景。有零钱的孩子在柜台前急不可耐地挥动着手中的钞票，争相购买零食；那些没带零钱的孩子，即使夹在人群当中，凑凑热闹，过把眼瘾，也觉得心里舒坦。运气好的时候，还能被同学请客，白蹭一顿美食呢。

张秀荣时常光顾这个小商店，不过，他关注的尽是一些小玩具之类的东西，至于女孩子们平日里喜欢买啥东西，他倒是很少留意。

"饼干消化不了，那该买点啥好呢？"面对琳琅满目的商品，张秀荣一时没了主意。

他在小商店里转悠了好半天，也没有找到一样令他满意的、可以用来当作早餐的食品——张秀荣哪里知道，吃零食是女孩子的"专利"，随便买些女孩子爱吃的零食，这项任务就完成了。他的思维始终定格在"主食"上，压根儿就没有朝这方面去想。

临近上课的时候，张秀荣才气喘吁吁地赶了回来。

"报告萤火虫姐姐，任务顺利完成，雪糕来也……"或许是过于开心的缘故，张秀荣很有成就感，人还没有到教室呢，声音早就传过来了，而且还直接喊出了梁琼珍的绰号。

"萤火虫姐姐"是张秀荣给梁琼珍起的绰号，听上去蛮可爱的。那天他和梁琼珍在村子里骑脚踏车时，提前回家去了。他和奶奶在山上捆柴火时，钟阳春带着小伙伴们在农家书屋读书，还给小伙伴们讲"萤火虫"的故事，所以他给梁琼珍起了这个绰号。梁琼珍很反感被人喊绰号，但班里的同学都流行叫这个，她也没怎么计较过。

"雪糕？——梁琼珍——雪糕……哈哈……"几个好事儿的孩子好像又捕捉到新信息，嗅出点新名堂，听出玄机来了，故意放声大叫，引起一阵哄笑。

"啊，那个，时间太赶了……买都已经买来了，你就别再难为我了，先凑合一下吧。"张秀荣一脸的无奈。要知道，为了买这份早餐，他可是费了好大的劲儿呢，没想到竟落得个埋怨。

梁琼珍看着张秀荣递过来的雪糕，认为这是张秀荣存心欺负她，突然趴在桌上抽泣起来。同学们又开始起哄了，张秀荣莫名其妙地看着哭泣的梁琼珍，自己原本是一番好意，没想到反倒被理解成了恶意。

梁琼珍扭头对张秀荣说："我去钟老师那里告你欺负女同学。"

张秀荣摸摸头发，嘴里发出哼哼声，好心没好报。

钟阳春在办公室批改作业，随着一阵敲门声，梁琼珍进来了，钟阳春看着她哭红的眼圈和泛着泪水的脸就猜到她被哪个同学欺负了。果然她就愤愤不平地说起了张秀荣的种种不良行为，先是平时上课在背后用书本动她的衣服，今天早上又买了雪糕嘲笑她。钟阳春了解了事情的来龙去

脉后，深思熟虑后说："张秀荣同学是调皮了点，但他心地很善良，今天吵架过后，明天就不记得了，这是张秀荣同学的个性。"梁琼珍慢慢安静下来，接受钟老师对张秀荣的评价。钟阳春让梁琼珍安心读书，同学之间的不愉快不要往心里去。

老师的职业生涯中，真可谓桃李遍天下，但印象特别深刻的，无外乎两类学生：一类是学习成绩出类拔萃的；另一类是调皮捣蛋、老挨批评或学习成绩一直垫底的。成绩好的孩子人见人爱，印象自然深刻，连名字也记得牢；在某些方面表现差的学生时常在老师面前晃悠，经常遭老师批评、训斥，而且是办公室里的熟客、常客、老客，有时甚至在梦里都能找到他们的影子，老师自然也记忆深刻。

像张秀荣这样的学生，除了不爱写作业、喜欢搞点儿小动作，几乎再找不出啥大毛病。有学生说："张秀荣的心大，有点男子汉的架势。"的确如此，跟同龄的孩子相比，他显得饱经沧桑，甚至有点少年老成，像是经历了很多事。任凭老师怎么批评、训斥，同学怎么讽刺、挖苦，他都嬉皮笑脸，若无其事，很少跟人翻脸。仅这一点，就让班上的同学刮目相看。

如果说有些缺憾的话，就是张秀荣的那张嘴太臭，老是没个把门的。他心直口快，想啥说啥，毫无遮拦，还总爱在大家最尽兴的时候泼一盆冷水。有时候，干脆冷不丁地扔一颗"炸弹"出来，扫大家的兴，倒大伙儿的胃口。

张秀荣的自我约束力很差，上课老爱说话，搞小动作。

在班里，就数他最会玩、最能折腾了。除了不爱学习和不爱写作业，几乎没有他不感兴趣的事情。别看他个头小，体育成绩一点儿都不差，篮球、田径、乒乓球都是他的强项呢。他爬竿、上树身轻如燕，跳绳、踢毽子机敏过人，若论赛跑，更是快步如飞……一句话，只要走出课堂，张秀荣就跟打了鸡血似的，转眼间脱胎换骨，完全像换了一个人。

钟阳春重新调了座位，把爱学习的、安静的梁琼珍安排在第二组第二桌，把调皮捣蛋的张秀荣调到第一组最后一个座位。没有安排人当张秀荣的同桌，是想让张秀荣安静下来。张秀荣刚开始坐在这样一个特殊的位置上，觉得脸上火辣辣的，很没面子、很伤自尊。毕竟张秀荣也不是那种没皮没脸之人，他虽然"劣迹斑斑"，麻烦不断，但还是很顾及自己的脸面的——同学们虽然反感他的顽皮，但私下里对他还是很抬举的。

在角落里才坐了几个星期，张秀荣就吃不消了。这里的"生存条件"有些差：当教室的后门打开的时候，整个人都被包围了，别说是坐下了，就是站着，也挺不起腰杆子，被人挤得跟肉饼似的。一些不讲卫生的学生还会把纸屑、果皮等垃圾扔到他那个位置……他几乎每天和垃圾为伍，心里别扭极了。

"得尽快想个办法……"张秀荣开始厌倦那个位置了，他一天也不想在那个"自治区"待下去了，他希望尽快回到原来的位子上去。琢磨了半天，还是想不出什么好的办法。直接跟钟老师求情吧，钟老师肯定不会买他的账；爸

爸已经决定不管他的闲事了……看来，只能"曲线救国"，想别的招儿了。

梁琼珍是和张秀荣一起长大的同村伙伴，也是个热心肠的女孩子，她是钟老师得力的小助手之一。张秀荣琢磨了半天，觉得她是最佳人选，于是决定找梁琼珍帮忙。

怎么跟人家说呢？上次因为雪糕的事，梁琼珍到现在都不和他说话，甚至回到村子也对他不理不睬，见了他也是远远地躲开。张秀荣想这样下去不是办法啊，得想个法子和梁琼珍说话，于是张秀荣决定试试这一招儿。

这天放学后，张秀荣跑回村子，路过梁琼珍家，朝院子里看了看，只见梁琼珍一个人在水池边洗菜。张秀荣小心地说了句："梁琼珍同学，你还生气吗？我想请你帮我一个忙。"

这招儿还真灵，梁琼珍回头一看是张秀荣，眼睛闪亮地说："我就等你说话了，什么事啊？"

张秀荣欲言又止，一副难为情的样子。梁琼珍看着张秀荣明明有话却又说不出来，她都替张秀荣着急了，忙说："有事你就说嘛，说说看是什么事儿，我看能不能帮得上你。"

张秀荣这才吞吞吐吐地说："你能不能找机会跟钟老师说说，让我回到原来的座位上去……"

闹了半天，就这么点儿小事呀，何必绕这么大个弯子？梁琼珍觉得很是好笑，她说："钟老师很好说话的，你直接跟钟老师说一下，问题就解决了。"

张秀荣心里七上八下的，他觉得钟老师刚调换了他的座位，现在又找钟老师说，自然行不通。看着张秀荣一副不知如何是好的表情，梁琼珍皱起了眉头，说："那好吧，我找机会跟钟老师说说。"张秀荣听到梁琼珍说要帮他说话，便高兴地朝家里走去。

第十一章　"歧视"比成绩差更可怕

　　钟阳春走进办公室，进入办公室他那靠窗的位置，习惯性地看了一眼手机，时间和往常一样——早上五点四十分，他知道同事们还有四十分钟左右才会陆续到来，就先里后外把一台台电脑、一张张办公桌椅擦净，只十多分钟，办公室就被打扫得干干净净了。自从到桔水小学工作，除了休假，钟阳春每天都第一个进学校，任劳任怨地把整个办公室打扫得一干二净，晚上又默默地把桌面的课本、作业本收拾整齐，然后断电、关门，最后一个离开办公室。

　　此时，钟阳春望着窗外在想，等一会儿天放亮了，这些弱小的绿树、草坪，就会迎来满目霞光、繁华氤氲的美景，再一细看，热闹的广场、树上的鸟儿啁啁啾啾，已然有了朝气蓬勃的景象。清晨的阳光，温柔地唤醒着大地。这座3000多人口的村庄，已经在大地上苏醒过来，车声人声喧哗，大路小路热热闹闹。一种职业和生活的信念油然而生，是啊！阿嬷说得好"早起的麻雀有虫吃……"

钟阳春收拾桌面上的旧报纸时，听到敲门声，随后走进来带着灿烂笑容的梁琼珍，钟阳春一下子就想到一定是发生什么事了。梁琼珍先是有礼貌地和钟阳春打招呼，钟阳春回应了梁琼珍的问候，然后梁琼珍就定定站住了，像是有什么话要说，一副吞吞吐吐的样子。钟阳春就问："梁琼珍，有事吗？"

梁琼珍想了一下，鼓起勇气说："钟老师，您能不能让张秀荣回到原座位上去？"

钟阳春果然猜对了，是有什么事发生了，但这件事已经不是一般的事情了，而是从一个学生身上传到另一个学生身上的事，这让钟阳春始料未及。他安抚梁琼珍说："早晨时间很宝贵，你先抓紧时间读书。我会处理好这件事。"

听了钟阳春的话，梁琼珍向教室走去。

俗话说，心急吃不了热豆腐。钟阳春毕竟年轻，经验少，火气旺，处理问题缺少方法，火候也掌握得不好，以至于关键时刻出手不慎，惹火烧身……

张秀荣虽然缺点多一些，课堂上又爱搞些恶作剧，很不招老师们喜欢，但是他只是生性好动，喜欢取乐，自我约束力相对弱一些，并非那种不可救药的坏孩子。有同学说，张秀荣有时候扰乱纪律纯属故意。面对这些，钟阳春只是笑笑，并不作答。想想也是，偌大的课堂里，孩子找不到感兴趣的事儿做，难怪他搞些恶作剧了。

张秀荣身上的这些缺点，对班上绝大多数同学来说，

也不是什么不可原谅的错误，同学们反而觉得张秀荣的适时搞笑，让他们紧绷的神经得到放松，积压在心里的郁闷也随着笑声跑得无影无踪了。能让相对枯燥的学习生活多一些开心的笑声，少一些压力带来的烦恼，这是孩子们求之不得的。有张秀荣的地方，就会有欢笑声、嬉闹声、尖叫声。但这样的"喧闹"不仅把教室秩序弄得乱哄哄的，而且会惊扰四邻，引来无数围观者。邻班的梁雪贞老师对钟阳春很有意见，指责钟老师管理无方、纪律松懈、班风不好、学风不正，把教室弄得像自由市场，让周围的邻居也受到影响。听到同事的抱怨，钟阳春感觉脸上火辣辣的，心里别提多难受了。这样的外部压力，更坚定了他要继续施加压力，管好这个班级的信心。

一天早晨，钟阳春接到了校长室打来的电话。放下电话，钟阳春忐忑不安地向校长室走去。

一路上，钟阳春心跳加速，双腿发软，他预料到不会有什么好事，但又猜不出是谁给他捅下大娄子了。

在学校里，老师对校长的电话都有一份本能的恐惧感，都怕接校长打来的电话，钟阳春更是如此。唯恐工作出差错，担心学生惹出什么麻烦，捅下大娄子。他每天都小心翼翼地处理着班级事务，从早晨孩子到校一直盯到下午放学。今天突然接到校长的电话，钟阳春的心都快提到嗓子眼儿了。

校长室设在综合楼，这里除了图书室、实验室和功能室，没有安排教学班。走进综合楼，这里安静极了，跟教学楼形成了鲜明的对比。寂静的环境加剧了钟阳春的紧张情绪。犹豫了半天，他还是小心翼翼地敲响了校长办公室的门。

走进校长办公室，钟阳春显得更加紧张，他局促不安地站在办公室里，不知该说什么才好。

"钟老师，请坐在这边的沙发上。"韩凤章校长说。

"校长，真是对不起，我的工作方法失当，给您添麻烦了。这个班的孩子真是不好管，特别是那几个调皮捣蛋、不完成作业的学生，他们软硬不吃，大错不犯，小错不断，我真的是黔驴技穷，无招可使了。连做梦都在处理班级事务，感觉工作压力很大。"钟阳春觉得自己好委屈，但又不能在校长面前摆功劳。

韩凤章说："你不必紧张，也不必担心，没有人要你检讨。今天找你来，只是想跟你谈谈管理方法，反馈教育信息，帮你更好地开展工作。班级老师抱怨的事情，我会认真对待，并答应帮助他们解决问题。你可不要有思想包袱，也不要追究。要虚心接受老师的意见和建议，多从自身的管理方法上找找原因。这是对你今后工作的一次促进，也是青年教师成长的必经之路，不要出了问题就怨天尤人、一蹶不振、垂头丧气，要豁达大度、心胸开阔，正确对待别人的批评。要拿出年轻人不怕输、不怕苦、不怕累的冲劲，多研究学生心理，和孩子们打成一片，运用教育智慧，把班级工作抓出成效来。"

无论从哪个角度讲，班主任被老师投诉，都不是件光

彩的事。尽管校长很开明，没有揭穿他的不足，但钟阳春还是感觉颜面扫地，心里好委屈，在孩子们身上花了那么多心血，想了那么多办法，没想到到头来是这样。

钟阳春的表情变化，自然没有躲过韩凤章的眼睛。韩凤章接着说："我理解你此时的心情，你所做的每一项工作，孩子们都不会忘记。有时候，好心也会办傻事，教育是一门艺术，需要讲究工作策略和工作方法，否则，有勇无谋，很容易造成被动局面。希望你今后多注意工作方法，研究管理艺术，提高管理效率，真正走进孩子们的世界，做他们的好朋友、好老师，这样才能赢得童心，管理好班级。我觉得，作为班主任，你首先应该全面了解孩子的心理，知道他们想什么，懂得他们的兴趣爱好、喜怒哀乐，乐于分享他们成长中的酸甜苦辣，包容他们的缺点或不足，这样才能和他们打成一片，才有利于班级管理。小孩子渴望像小鸟一样愉快地歌唱，尽情地欢笑，轻松地成长，幸福地享受童年，只想拥有一片自由、开心、快乐的天空……"

从校长室出来，钟阳春长长地吁了一口气，像是在给自己鼓劲，又有些无可奈何。虽说是虚惊一场，没挨批评，但韩凤章校长的一番语重心长的话像贴在他脸上似的，让他感觉很不舒服。

回到办公室，梁雪贞和几位老师看着突然出现的钟阳春，原本气氛活跃的办公室一下子鸦雀无声。钟阳春觉察到同事们微妙的变化。他能有如此的觉察，源于他接了校长的电话，并和校长进行了长达一个小时的教育谈话。而且钟阳春也知道了班级老师的投诉，虽然韩凤章校长没有明确说出投诉人的名字，但桔水小学五年级两个班，除了梁雪贞，没有其他人。钟阳春虽一肚子气，但他振作起来，重新调整情绪，装作没事的样子批改作业。坐在对面的梁雪贞，正定定地看着钟阳春，钟阳春抬起头来，把作业本放在一边，看着梁雪贞，想了一下说："梁老师，你现在有时间吧？我想了解一下现在五（1）班学生在四年级时的表现情况。"

一个人获得的肯定莫过于有人提起他以前的功劳，梁雪贞自然乐于帮这个忙，他详细地说出五（1）班的个别学生在四年级时特别突出的情况，迟到早退、课堂捣蛋、欺负同学、逃课打架……钟阳春边听边做笔记，不认真去观察，真没想到自己教的班级学生有这么多问题。他把令他头痛的张秀荣"单列"出来，然后平时多注意张秀荣的行为。钟阳春发现，课堂上，张秀荣是最自由、最活跃的元素。

自从进入小学以来，张秀荣在课堂上被老师提问的机会屈指可数。当然了，张秀荣也不是省油的灯，更不是甘于寂寞之人。提问不提问，那是老师的事，举手不举手，那可就是张秀荣的权利了。碰到感兴趣的问题，张秀荣也会踊跃举手，并且会想办法让老师注意到。实在无聊的时候，张秀荣也会滥竽充数，故意把小手举得高高的——尽管他连问题是什么都没有搞清楚，更没有想好答案。那只瘦弱

的小手像在示威，又似在挣扎，以证明自己的存在，引起老师的关注。

这次钟阳春调整了课堂提问的方式，他的课堂上几乎少不了张秀荣感兴趣的问题。有时，钟阳春提出问题，张秀荣不举手，他就马上强调："还有要回答问题的同学吗？请举手。"一下子好多同学都举起了手，张秀荣看着大部分同学都举起手，他也胆怯地举起手来。钟阳春注意到了教室最后面张秀荣渴望被重视的神情，点了张秀荣的名字。

张秀荣随便说了几句与问题有关的话，尽管与答案有很大差别，但钟阳春还是先夸奖一番张秀荣勇敢举手回答问题的行为，然后就针对正确答案要张秀荣平时认真学习、约束自己。还告诉他，学习就认认真真地学习，玩耍就尽情地玩耍。张秀荣拼命地点了点头。

放学铃声一响，同学们纷纷走出教室。在回家的路上，梁琼珍看着大摇大摆走路的张秀荣，说："张秀荣，座位的事，我已经和钟老师说过了。"

张秀荣边走边问："钟老师怎么说？"

梁琼珍慢吞吞地低语："钟老师说知道了。"

张秀荣叫了一声"啊"，然后拔腿跑起来，梁琼珍看着他像风一样消失在眼前的身影，提高了嗓门儿："你干吗啊？"

张秀荣上气不接下气地跑回了家，阿婆在厨房里进进出出，拿着鸡槽搅拌着剩饭和糠，一群大鸡和小鸡围在她脚边叽叽喳喳，阿婆对着一群鸡说道："不急，不急，有你们吃的。"

爸爸正在屋子前的一块空地劈一根老柴头，张秀荣把书包放好后就很麻利地帮着把柴火搬进屋子，张海东看着原本堆成半人高的柴火被儿子搬了个空，把斧子放好，洗洗满是粗糙茧子的双手，对张秀荣说："今天很勤快，说吧，有什么事？"

张秀荣是张海东一手拉扯大的，一路走来，他最了解儿子了，这个小子平时想要什么东西，总是先帮着家里做些事情，然后就提出条件："我帮了这么大的忙，有个心愿——买什么玩具、书本、电子游戏机等。"时间长了，张海东就摸清了他的性子。这不，他放学回来就默默地帮着搬柴火，那辛勤的小小背影让人看了很是心酸。张秀荣咧着嘴笑，他凑到爸爸跟前："爸爸，我们老师又给我调换座位了。我不喜欢坐在现在的那个座位上。"张秀荣的语气里有几分试探，也带着几分委屈。

"哦？"张海东拿过一条旧毛巾擦手，没太在意张秀荣说的话。

"爸爸，你给我们钟老师说一下，给我重新调换个座位吧。换到过道里也行，只要不是最后面。"张秀荣的眼神里带着乞求，表情变得有些凝重。

"过道里？像换座位这么点小事，还是你亲自跟老师说吧，我没那闲工夫。"张海东擦干手，走进厨房，阿婆在拣竹篮子里的剩菜，张海东拿过勺子把锅里的剩米饭放在一个木桶里。

张秀荣边跟在爸爸身后，边说："不是的，我们钟老师刚来我们学校教书，我不知道怎么对他说。"张秀荣无法说下去了，脸上是无辜的表情。

"那肯定是你不争气，又闯什么祸了吧？要不然，老师怎么会把你往后面调呢？"张海东有些烦躁了。他提着木桶朝院子东头一间猪舍走去。

"没有啊，爸爸，我真的没有干任何错事，是老师突然把我调到最后面的。"张秀荣觉得自己很冤枉，还没弄清楚是怎么回事呢，就稀里糊涂地坐在那儿了。张秀荣觉得自己很尊重钟老师，也没有做太过分的事情啊！想到这儿，张秀荣不由得眼里酸酸的，眼泪开始在眼眶里打转。

"你的意思是，你们钟老师没事找事，故意跟你过不去？再说了，你现在没干错事，并不代表你以前也没干过错事呀。你想想看，就因为你干的那些错事，我被你们老师三天两头地请到学校里训话。我也是三四十岁的人了，在老师面前，我颜面丢尽，早就抬不起头来了，哪有脸再向老师求情？再说了，座位真的那么重要？只要你肯用心，坐哪儿还不一样？如果你是个争气的孩子，爸爸替你说个情，也觉得有面子，在老师面前也能张开这个嘴啊！"张海东很认真地对张秀荣说了这些话。这几年，为了儿子的教育问题，他没少伤脑筋，也不知被老师请到学校里多少次了。一想到去学校，一接到老师的电话，他就不由得浑身起鸡皮疙瘩。

突然挂在腰间的手机响了起来，父子俩同时站住了。张海东边拿出手机边说："你看，一说到老师，电话就来了。"

张秀荣露出一副幸灾乐祸的表情，听到电话里传出的声音吓了一跳，是钟老师。

张海东按下手机按键，刚问了一句"哪位"，手机那头就传过来一个温和的声音："你好，张哥，我是张秀荣的班主任钟阳春，我想去你家家访，你在家吗？"

张海东连忙说："好事，在家，你来就可以了。"

张海东挂完电话，发现原本站在他身边的张秀荣不见了。张秀荣准备悄悄逃离家里，就在快跑到屋子一角时，张海东朝着他的背影大声喊："小子，你跑哪去？回来。"

钟阳春在学校小卖部买了一袋苹果放在车篮里，骑着女式摩托车直奔村子。钟阳春来到村口给张海东打了电话后，就径直向屋子驶去。就在这时，他看到了奔跑着的张秀荣，张秀荣也注意到了钟阳春。太突然了，张秀荣一下子站在原地，紧张地看着钟阳春。钟阳春叫了一声："张秀荣。"张秀荣低语："老师，你来了。"

钟阳春放好摩托车，张海东走了过来，两人打过招呼，张海东真诚地说："让钟老师亲自上门来，真是麻烦您了。"张秀荣的阿婆看到钟阳春来了，吩咐张秀荣端茶水。钟阳春刚坐在凳子上，张秀荣就毕恭毕敬地端来了茶水，还叫老师喝茶。钟阳春夸着张秀荣懂事听话，张海东听得脸红

红的，他憨厚地说："钟老师，我教子无方，这小子是不是在学校惹事了？"听到爸爸对老师说起"惹事"，张秀荣紧张起来，钟阳春连忙摆摆手，说："没有的事，海东哥放心好了，张秀荣在学校表现还是可以的。"

阿婆和爸爸松了一口气，没惹事就好。张海东指着屋子一角满满堆着的柴火对钟阳春说："那是张秀荣放学回家从院子里搬回屋子的柴火。"

钟阳春看着那堆积如山的柴火，拉过张秀荣的手，亲切地关心道："你在家里干活儿累不累？先歇歇。"

张秀荣觉得眼前的老师，是老师，但像是父亲或兄长，他眼睛一下子热辣辣的。钟阳春坐在张秀荣面前，轻声问了一句："你知道我为什么来家访吗？"

张秀荣挠挠额前的头发，不好意思地说："老师，我不换座位了。"

钟阳春心头一热，这个学生是有自知之明的，他有自己的主张，知道怎么去做，只是没有人引导他往正确的路线上走。他拉过张秀荣的手，看着他粗糙的双手——本应是皮肤细嫩的年纪，却因为做农活、家务活，烙上了岁月沧桑的痕迹。他告诉张秀荣，以前的张秀荣在学校不守纪律、不爱学习、逃课、迟到早退，统统都与现在没有关系了。现在是五(1)班，班主任是钟老师，钟老师要看到一个想做个好学生的张秀荣。

张秀荣重重地点点头。他知道，老师给他的是触手可及的希望，是一束寒夜里跳动的火苗，是一个永远都能自由拉扯着线绳的风筝。砥砺的风雨多了，小草也会变得坚强。或许是张秀荣适应环境的能力很强的缘故，又或许是张秀荣心大能拿得起放得下的缘故吧，座位风波在他的脑海里只微微泛起一丝波纹，就融进了平静的世界。

第十二章　要有想象力

　　黑夜笼罩着大地，桂花树上是光秃秃的枝丫，花圃里的花草在寒冷的冬天里顽强地生长着青青的叶子。钟阳春正在批改学生的作业，是梁琼珍的作文。昨天布置的作文题目是："我喜欢的一件事"。梁琼珍写道："每天放学回到家里，我首先看到的是院子一角的百合花，百合花是姑姑亲手种下的，我天天给百合花浇水，爱护着百合花……"

　　百合花！瞬间，一个人浮现在他的脑海中，只是一下子，接下来他又安心地继续批改作业。学生的作文水平整体有了提高，陈家应在作文本上写道："每天放学回到家里，帮妈妈做家务……"看到学生们的进步，钟阳春很高兴。经验丰富的班主任，在班级管理中都有各自的绝活妙招。他们或张弛有度，收放自如，把管理的权限艺术化；或发扬民主，营造氛围，把成长的空间留给孩子们。这些现代管理理念的引入，不仅节约了管理成本，汇聚了集体智慧，而且挖掘了学生的潜力，激发了学生的活力，点燃了学生的参与热情。

夜里寒气逼人，钟阳春披着外套靠在椅子上歇息，一会儿思念的情绪便一波波由远及近传过来，那些遥远的人和事渐渐涌上心头。他拿起手机翻看着通讯录上的名字，当手机屏幕里出现梁桂梅的名字时，他毫不犹豫地发了信息过去："你好。"

很快，梁桂梅回复："你好，好久不联系了。"

钟阳春一阵欢喜，回复："是的。还在珠三角，没想过回家乡发展吗？"

"家乡止步不前，看不到前途。再说我们这些打工妹，回到村子能做什么？"

"现在村子里有很多回家乡创业的年轻人，家乡的荔枝、红橙销往祖国的大江南北。你是否有兴趣做电商？"

那边很久才发信息过来："我能做好电商吗？"

"能。只要你用心去做。"

"我考虑下……"

"你有几年没回家了？"

"很多年了。从老家雷州半岛来到珠三角打工也有十多年了，十多年里，只回过五次老家。几年下来，打工挣的十多万元寄给家里，给家里增添了很多实惠的东西，改善了家里的生活状况。"

夜已深，放下手机，钟阳春进入梦乡……

早上，各班学生干部抱着作业本进了办公室。各个班的老师都在翻着学生的作业本，忙碌着。钟阳春在作业本里寻找着张秀荣的，但翻遍了一叠作业本都没有找到，他仔细清点了作业本，发现少了一本。从星期一至星期五下午放学，钟阳春都会布置家庭作业，早上会由学生干部收集并统一交到办公室。

上课铃声响了，钟阳春拿了语文课本，去了教室，他站在讲台上第一句话是问同学们星期五的家庭作业交上来没有。同学们异口同声地说交上去了。张秀荣坐在座位上低着头不吭声，同学们的声音此刻是那么令他难受。由于放学后只顾着玩，他早就把写家庭作业的事忘得一干二净了。张秀荣此时的一举一动都逃不过钟阳春的双眼，他走下讲台，走向张秀荣的座位。同学们朝钟阳春这边看过来，钟阳春还没开口说话，张秀荣已经知道他走过来的目的了，急中生智地说："钟老师，我的家庭作业忘记带了，下午上学的时候我带来，好吗？"

"打电话给家长，请他把家庭作业送到学校来。"钟阳春顺手递过电话。钟阳春太清楚这些孩子了，只要一说作业忘家里了，十有八九是没有完成。钟阳春喜欢较真，一定要看到张秀荣的作业才肯罢休。

张秀荣一下子急了，爸爸若是知道他没有按时完成老师布置的作业，非得教训他一顿，他可是领教过了。张秀荣八岁那年，他的爸爸有次听邻居说张秀荣打架了，在外地打工的爸爸连夜赶回家，叫醒还在睡梦中的张秀荣就是一顿狠打，要不是阿婆叫来邻居解释清楚，说不定张秀荣得躺在医院里。那次打架的原因是伙伴们说张秀荣没有妈妈，张秀荣很生气才出手打了他们。

张秀荣嘀咕着："阿婆外出拾柴火，爸爸去工地打工，这会儿家里没人……"

钟阳春想想也是，总不能让学生半途离开学校。如今在学校里，安全是头等大事，桔水小学自然也不例外，对学生的安全管理相当重视，只要学生一进校门，就像是鸟儿飞进了笼子。没有老师的特批，是不允许随便外出的。

钟阳春板着一张严肃的脸，冷冷地说："下午你记得带作业过来。再忘记就罚你晚一个小时回家。"

张秀荣大气都不敢喘，只是一个劲儿地点头。钟阳春重新回到讲台上，告诉学生们："哪位不按时完成作业，也是同等的惩罚，希望同学们有自知之明，做个自律的学生。"

学生们端坐在座位上，一动不动。

下午上课的时候，钟阳春从办公室窗口看到了张秀荣的影子。钟阳春通过细心观察，发现张秀荣虽不是班干部，却热衷于班级事务，特爱管闲事，他平日里操的心比班主任还要多。比如，张秀荣每天放学之后，都是最后一个离开教室的，不是摸摸这扇窗户，就是推推那扇门，俨然一个尽职尽责的后勤部长。在班级上，钟阳春表扬张秀荣做得好，并且说表现好的同学会有奖励。钟阳春没有想好要给出什么奖励，但想通过班级会议由学生们提议。

有一天中午，孩子们正在上课，外面突然刮起一阵急风。张秀荣见一扇窗户正在风中摇摆，担心它会被大风吹落，伤及周围的同学，他没等老师发话，就急急忙忙地冲过去关窗户。结果，因为跑得过急，把附近的课桌推得七零八落，还把一位同学的墨水瓶弄翻了，弄脏了女同学新买的衣服。张秀荣为此被同学们骂了个狗血淋头。钟阳春知道此事后，说张秀荣做得好，然后又批评那些骂人的同学，并让骂张秀荣的同学道歉。梁琼珍主动站起身向张秀荣道歉，后来那些骂张秀荣的同学都向张秀荣道了歉。张秀荣是那样一个临危不惧、富有爱心的学生！不管怎么说，他的表现还是值得肯定的，他还是很热爱班级的，他对班级的那份热情和责任心是真诚的，应该受到表扬。

日子在平静中一天天过去，孩子们也在表扬和奖励中一点点长大。教室里少了嘈杂的嬉闹声，多了几分安静，自习课的纪律也维持得很好。

一次上课，钟阳春在黑板上写道："未来的理想生活"，然后让学生们以此为话题展开讨论。

这可让张秀荣过够了嘴瘾。只见他兴致高昂，说起来就没完没了："我想，我的未来生活应该是无忧无虑的，可以去散散步，踢踢球，听听鸟儿叫，看看溪水，也可以无拘无束地下到河坝里捞鱼儿，逮泥鳅，捉蜻蜓，网蝴蝶。这样的生活太有趣了，不仅补充了一天的能量，解决了一日三餐，锻炼了身体，还节省了钞票。"张秀荣陶醉于幻景之中，进入了忘我的境界，对于教室里发出的一阵嬉笑声全然不觉。

"简直是异想天开啊，你以为你是神仙啊，不食人间烟火就能够存活？做梦吧……"

张秀荣的感言像平湖里投进了一颗石子，转瞬间溅起层层水花，孩子们七嘴八舌议论开来。

"同学们，你们可以保留自己的意见，但是不能取笑一个人的想象力，因为想象力是人类最大的财富。人类的无限创造力正是源自非同凡响的想象力。张秀荣的想象力如此丰富，就连老师也叹为观止，惊讶不已，我们不应该取笑他，而应该为他的勇气和智慧鼓掌。不过，即使科技再发达，有些事情还是需要人来做的，比如学习。老师希望你们现在好好学习，打好扎实的基础，将来实现自己的梦想。"钟阳春的肯定，像春日里的阳光，带给张秀荣温暖和希望。这是张秀荣很难得到的殊荣，他很兴奋，也很激动。

下课后，钟阳春在校园里遇见迎面走来的梁雪贞，梁雪贞告诉钟阳春保安室有他的汇款单。钟阳春赶去保安室，邮政快递员让钟阳春出示有关证件后给了他一张汇款单，钟阳春接过汇款单一看，原来是《九洲湾杂志》寄来的奖金。钟阳春一阵欢喜，付出的劳动终于换来了丰收的成果。

晚上，钟阳春坐在桌旁凝思，然后在日记本上写道："张秀荣同学家庭困难，母亲早逝，爸爸做建筑散工，阿婆年老体弱，有病，我们要想办法帮助他。"写到这里，钟阳春停下笔，托着腮思考，接着又在日记本上写："谢爷爷、谢奶奶，两位老人的年龄加起来有180岁了，我们要孝敬

老人，为他们做些力所能及的、有意义的事。"

写完日记后，钟阳春拿起桌面上的信封，从信封里取出一叠钱，数了数有 1000 元，这是他获得的奖金。他的诗歌《献给廉城实验学校的赞礼》在"我为廉城市做贡献"征文比赛中获得了一等奖。钟阳春读中学时喜欢上了写作，这么多年来，他一直努力写稿子，常在杂志报纸上发表诗歌、散文、小说，时不时会收到稿费。

第二天上午，钟阳春敲开了校长办公室的门，韩凤章请钟阳春坐在对面的沙发上，钟阳春刚坐在沙发上便向校长申请组织五 (1) 班同学去慰问张奶奶和谢奶奶两户人家，慰问金他自备。韩凤章笑容可掬，说："这是好事呀，但要注意学生安全。"钟阳春点头，韩凤章继续往下说，"钟老师写得一手好文章，你经常写文章发表吗？"钟阳春点了点头，不卑不亢地说："从读书到工作，偶尔有些随笔发在杂志报纸上。"

韩凤章凝望着钟阳春，流露出赞许的神情，他说："阳春，你能够肩负年级主任的职责。"钟阳春立即站起身来，双手抱拳，说："谢谢韩校长栽培。"

这天是星期五，上午第三节课，钟阳春在课堂上对同学们说："下午，班上组织同学义务看望村子里的老人，哪位同学参加？请举手。"梁琼珍第一个举起了手，接着张秀荣也举手了，还有陈家应……钟阳春仔细数了下，共有 11 位同学报名。他登记好同学们的名字，说："好，请参加的同学们做好准备，我们现在出发。"教室里顿时热闹起来。

　　钟阳春在学校小卖部买了些水果及糖果，带领 11 位同学行走在村路上。桔水村的村路已修成水泥路，平坦干净，同学们心情愉快，欢跳着哼着歌。第一站是张奶奶家。看到大家朝他家的方向走去，张秀荣一脸诧异，直到钟阳春对他说："张秀荣同学，你是个好孩子、好学生，同学们都很关心你。"张秀荣高兴起来，边向家的方向跑去边叫喊着："阿婆，阿婆。"张奶奶走出屋子，一下子看到这么多人来她家，过了一会儿才反应过来，赶紧倒茶水招呼大家。钟阳春连忙说："不客气，我们今天特地来看望您。"说完，陈家应把五张百元人民币递给张奶奶，说："张奶奶，这是 500 元钱，是钟老师和同学们的一点心意。"张奶奶激动地说："感谢钟老师帮忙，你在学习上帮助张秀荣，在生活上也帮助我们一家人，这让我们一家人很是感动。"同学们异口同声地说："我们只做了自己应该做的事。"然后钟阳春叮嘱张秀荣："秀荣，你爸在外面打工，阿婆年纪大了，你要懂事，做些力所能及的家务，减轻阿婆的负担。"张秀荣用充满泪水的双眼望着钟老师，懂事地点了点头。

　　离开张奶奶家后，大家沿着村路继续走。有些村民好奇地看着他们，了解清楚事情的来龙去脉后，村民们伸出大拇指称赞他们乐于助人。同学们来到谢爷爷、谢奶奶家。这是一幢新修筑的平顶屋，开着窗，屋子里宽敞明亮。钟阳春和学生们有礼貌地问候谢爷爷、谢奶奶，谢奶奶激动

第十二章　要有想象力

得直掉眼泪，她抹着眼角的泪水，哽咽地说："有这么多孩子的关心，我也知足了。"梁琼珍把 500 元钱递到谢奶奶手里，说："谢爷爷、谢奶奶，我们还会来看望你们的，你们要好好生活。"钟阳春露出赞许的表情，说："梁琼珍同学学习成绩优异、懂事乖巧、孝敬老人。她的姑姑桂梅知道她今天的表现，一定会为她感到高兴。"

第十三章　遇到知音

　　办公室里，梁桂梅对着电脑显示器，手不停地敲打着键盘，一番忙碌后，她完成了任务，靠在椅子上歇息，想起了一些人和事。当钟阳春模糊的影子映入她眼帘时，她拿起手机给钟阳春发了信息，没想到钟阳春很快回复了。她喜出望外，立即和钟阳春聊了起来。此前钟阳春问她是否愿意回村子做电商时，她并没在意，因为她压根儿没想过要回家乡发展。但这个同村小伙子时不时地发短信问候她，让身在异乡的她倍感温暖。而今，钟阳春再次问她是否会回村子做电商，一时间，她突然好想回到熟悉的故乡，过轻松愉快的农闲生活。

　　当回乡的想法愈来愈强烈地占据着她的心时，她做了一个果断的决定，辞职回乡。梁桂梅拿过公司辞职表，辞职表有一栏是"为什么辞职"。梁桂梅如实填写着："廉城市是荔枝之乡，家里人种了三十多亩的红橙，我要回去创业，做电商。"梁桂梅还在辞职表上特别备注"速辞工"。

交了辞职表后，梁桂梅给陈锡打电话，说她辞职了，准备回家乡。陈锡在电话里笑呵呵地说："什么风把你吹回村子了？好呀，你回来，我在九洲湾农家乐给你接风洗尘。"

梁桂梅被门铃反复响起的声音吵醒，她迷迷糊糊地喊了句："谁啊？"但是没有听到回应。她只好从床上爬起，穿着白色的背心，拖着毛绒拖鞋就跑去阳台往下望，院子里有一辆大众帕萨特小轿车，旁边站着陈锡，梁桂梅"哎呀"一声，连忙跑回卧室，把门关上了。她嚷嚷着："哎呀，也不提前给个电话，我得换个衣服啊。"然后她换了衣服，把一套棉套裙穿在身上。

叶丽琴已把陈锡迎进了一楼大厅里。陈锡轻松自在，他走了进去，环顾了下四周。屋子干净而富有梦幻气息。沙发上摆着史努比布偶，地板是黄白相间的。陈锡朝天花板望了一眼，只见天花板上的圆形灯罩上绘着白雪公主的图案。

叶丽琴说："那是孩子的姑姑寄钱回来，交代按她的设计装修的。"

陈锡"啊"了一声，说："孩子的姑姑很能干。"叶丽琴诚恳地说："陈锡同学，你先等着，我先去做午饭。"陈锡不好意思地说："麻烦你了，桂海嫂子。"叶丽琴宽心地笑了笑，走出屋子。

梁桂梅下了楼梯，陈锡望过去，看到梁桂梅便说："好朋友，好多年不见了。"

"你这阵风吹得真快，来无影去无踪。"梁桂梅边和陈锡说话边自制着柠檬水，端着一杯柠檬水放到陈锡面前，然后坐到离他不远的沙发上面。陈锡端过柠檬水，说："刚从老屋子出来。每次回家经过你家门，不管你在不在家，我肯定会过来看看的。"

梁桂梅喝过柠檬水，受宠若惊，说："真是谢谢老朋友了。你今天不忙？"

陈锡凝视了下地毯，然后向梁桂梅露出了笑容，说："再忙也要留出时间看望老朋友。以前每次经过你家门，我看到你家人，都习惯性地问一句孩子姑姑回来了没。这次我都没有开口，你嫂子看到我就说了，孩子姑姑刚回来。你这人真是的，回来也不提前说声。"梁桂梅忍不住笑了，她说："哎呀，一想到要回家了，很多事情都忘记了。"陈锡摇摇头说："回到家不记得我们了。"梁桂梅拼命摇了摇头，说："当然不是。长期不在村子里了，有好长时间没见面了。"转念一想，又说，"你和钟阳春是小学到高中的同学，是吧？"陈锡很是诧异，问："你也知道钟阳春？"梁桂梅老实地说："我对钟阳春印象不深，似乎想不起来，因为他太纯情了。"

"我是个捣蛋调皮鬼，很多人记得我。"陈锡说到这里，哈哈大笑了两声，又继续往下说，"那时的钟阳春啊，可是班里的优等生呢，文化课很厉害。但是只有我知道，他是非常有才华的。"

钟阳春确实是个优秀的学生，他擅长写作，看过很多书。钟阳春的书柜里的书琳琅满目，很多都是市面上难寻的。

看书和写作是钟阳春生活的重点，他有着自己的价值观和对世界的独到见解。换句话说，他有智慧，这种智慧似乎可以融入生活的一点一滴里，让所有事件成为他悟道的源泉。这样的思维突破了中国式的课本教育。然而他的这种独特，并不能引起人们的广泛关注，只有和他内心一样的人，或者关心他的人才有可能了解。

陈锡嘴嚅动了一下，说："梁桂梅，你这么漂亮，在桔乡镇一中读书时不少人追吧？"这句话让梁桂梅心中颤了一下，她支吾扭捏的一个动作瞬间让陈锡捕捉到了。陈锡嘴角露出一丝不经意的笑，随即用温柔的声音说："想必也有很多人追，有人喜欢是好事呢。"说完，他露出一排洁白的牙齿，然后把杯子里的柠檬水喝掉了一大半，用一种舒服的姿势靠在沙发背上。梁桂梅顿时觉得陈锡多情细腻，于是有些尴尬了。她不由得向门外张望起来，忽然有点想快速结束这样的谈话。陈锡似乎没有结束谈话的意思，他紧接着说："现在我们一起去九洲湾农家乐吧。"梁桂梅点点头。

上旺村和低角村，是相邻的两个自然村落。陈锡父母以前住老屋子，陈锡每次回老家都要经过梁桂梅的家门前。后来陈锡家人把房子搬到低角村的村路旁边，陈锡也只有在逢年过节时才回老屋子。陈锡性格活泼开朗，为人热情大方，他的朋友遍布各行各业，遍布各个地方。他和梁桂梅这么多年来一直有联系。梁桂梅比陈锡大三岁，又加上两人是同乡，虽说不上郎才女貌，看上去倒也般配。他们好像也有意往情人的方向发展，但无论如何努力，两人依然像两条永不相交的平行线，在各自的轨道上运行着。陈锡安排的九洲湾农家乐聚会，可以说是为她接风洗尘吧。

周末清晨，钟阳春在九洲江边散步。一个人无拘无束地走在江边，吹着江风，看着江边的风情，好惬意。太阳微弱的光普照大地，慢慢地，太阳光随着时间推移悄悄地增强，没有什么突兀，如一个神秘的女子来到这个人间。钟阳春下意识地拿起手机，在通讯录里点击梁桂梅的名字，他很久没有同梁桂梅联系了，这时很想听听她的声音。刚拨通梁桂梅的电话，梁桂梅就在电话那头兴奋地告诉他，她已经辞职了，刚回到村子。"阳春，你说得对，现在科技发达，网络销售很热门，在网上推销家乡的荔枝等特产，也是一条不错的发展之路。"

钟阳春此时又激动又兴奋，那个在异乡漂泊多年的女子还是回到了故乡，展望未来，这只是美好的开始。由于激动，钟阳春语无伦次了："好啊，你终于回来了，这是我听到的最好的消息，电商，加油。"

梁桂梅在电话里停顿了一下，又说："我要到九洲湾农家乐聚会。刚回来，对九洲湾农家乐也不是特别熟悉，你方便过来吗？九洲湾农家乐，你知道吗？"

九洲湾农家乐，桔水村人都熟悉。钟阳春想着那是和梁桂梅有着亲密关系的人的聚会活动，他也就推掉了："你刚回到村子，先熟悉一下家乡情况，有什么事我们再联系。"

钟阳春挂了电话，顿感轻松愉快。他朝九洲江望去，

那倒映在水中的木棉树，比岸上的更迷人。渐渐地，路上的行人多了起来，大多是手牵手的男女，也有的是学生。偶尔也可以看到几位老人随着人流走动，逆行的只有钟阳春一个。他静静地走着，抱着双手，与一个个行人、一对对恋人擦肩而过。慢慢行走的钟阳春接了陈锡的电话，陈锡邀钟阳春到九洲湾农家乐聚聚。钟阳春和陈锡常到九洲湾农家乐休闲，没有多说就爽快地答应了。

钟阳春赶到九洲湾农家乐时，看到有个女孩子站在桃花树下，女孩子也看到了钟阳春，有种非常熟悉的感觉。不期然的相遇，时空的交汇停留在此刻。两人就那样定定地站在原地，互相望着对方，谁也没有想过离开。

在他们身后的陈锡边拍巴掌边乐呵呵地说："刚刚和梁桂梅说起钟阳春，没想到两人同时出现在九洲湾农家乐，欢迎，欢迎。"钟阳春和梁桂梅吃惊地睁大眼睛看着对方，因为太突然了，谁也没有想到会在这个时候见面。

陈锡看了看钟阳春，又看了看梁桂梅，笑着打趣，说："有缘千里来相会。"梁桂梅和钟阳春同时缓过神来，梁桂梅脸上满是欢喜的笑容，说："听闻钟老师很多年了，现在才有机会见面。"钟阳春接着说："听闻梁桂梅姑姑好久了，现在才真正认识。"

陈锡大惑不解，不过想想也是，那些年里他俩一个在北方读书，另一个在南方打工，相隔遥远的两个人即便在同一个村子，也难得见上一面。陈锡招呼他们进去聚会，大家都到齐了。

豪华大厅里，周菊俏正在和朋友们交谈。陈锡他们一起走进来，众人都拍手欢迎。陈锡看着大厅里的十位朋友，他们是来自各行各业的精英和老板。陈锡从左边开始介绍："九洲湾农家乐董事长周菊俏，女中豪杰呀，桔乡的女人们不简单。"陈锡继续兴奋地说，"这是梁桂梅小姐，曾是珠三角一家电器公司的销售总监，现在回乡创业，她同时是桔乡荔枝果园园主。"

陈锡说完，梁桂梅站起身来谦虚地说："请大家多多支持。"大家交头接耳，然后热烈地鼓起掌。陈锡继续往下介绍，直到介绍完毕。陈锡脸上堆起灿烂的笑容，他心情愉悦地说："咱们家乡桔水村是块有水有林、风景秀丽的风水宝地。一个既造福村民又能获得可观经济效益的绿色计划，就是聚集财力，经营打造桔水村，大力开发旅游观光休闲农庄。周菊俏老总在九洲湾建起了规模庞大的集旅游观光、娱乐休闲、餐饮住宿于一体的九洲湾农家乐。"

周菊俏冷静地听着陈锡说话，陈锡刚说完话，大家就报以热烈的掌声。钟阳春借此机会，站起身来，稍微做了一个深呼吸，脸上绽放着光彩说："在周总的投资下，桔水荔枝园顺利扩大种植面积，在此非常感谢周总的帮助。"钟阳春说完便鼓起掌，大家随着鼓掌欢呼。

屋子里的气氛热闹沸腾。陈锡只是偶尔和梁桂梅说说话，希望梁桂梅有什么困难随时找他帮忙。梁桂梅对陈锡让她有机会见识精英朋友表示感谢。陈锡说："光说感谢不行，得有行动。"梁桂梅有种想朝陈锡脸上亲一口的冲动，

但理智让她停留在位子上。

梁桂梅说想托钟阳春办件事。钟阳春对于梁桂梅托他办事求之不得，也不知是什么事，就答应道："好啊，我乐意效劳。"看着钟阳春一副乐意之至的样子，梁桂梅又是好笑又是感动，因为在她印象里，这位同村伙伴从来对她有求必应。梁桂梅接着说，要到桔乡工商所注册申请电商商标，希望钟阳春能陪着一起去。钟阳春点头说："全程奉陪。"

一行人陪着周菊俏走出豪华大厅，向周菊俏道别后各自散去。陈锡和周菊俏站在走廊里谈笑风生，因为有事要办，钟阳春和梁桂梅先离开了。

梁桂梅走向一辆红色本田思域小轿车，钟阳春好奇地问她："你买的车？"梁桂梅点了点头，动作娴熟地打开车门，拉起安全带，启动了发动机。钟阳春坐在副驾驶座上，系好安全带后，梁桂梅驾驶着小轿车慢慢驶出九洲湾农家乐的广场。周菊俏的目光停留在梁桂梅和钟阳春坐的小车上，陈锡顺着周菊俏的视线看过去，说："梁桂梅和钟阳春，两人之前听说过对方，见面相识在九洲湾农家乐。周董的庄园是有情人的地方。""无情人到了庄园也多情起来。"周菊俏说完，朝走廊的另一头走去。陈锡像小鸡啄米似的点着头跟随在后面。

梁桂梅把车子停在桔乡镇工商所停车场，两人一起走进工商所的办事大厅。梁桂梅事先已做好各种准备，把申请材料递给办事员，办事员对照核实，在材料上盖了章，交给梁桂梅。只用了半个小时就办妥了电商登记注册，梁桂梅感叹："党的优惠政策，给了农民有利的创业条件。"钟阳春听着，没有说话。

时间已是下午三点，在寒冷的天气里，两人走在桔乡镇的街道上，在路边一间大排档，梁桂梅忍不住说："好多年没有在桔乡街道上行走了，以前的老字号大排档还在。"钟阳春找到了话题，说："是的，有些旧楼被新的楼房取代，但无论如何改变，总是能找到原来家乡的面貌。"梁桂梅突然停住脚步，转头望着钟阳春说："每次和你聊天，总能发现你的言语里透着文艺范，你喜欢文学，是吗？"钟阳春不假思索地说："我喜欢写诗，曾有多首诗歌发表在报纸杂志上。对了，前些天我刚参加过廉城市举办的'我为廉城市做贡献'征文大赛，获得了一等奖，不错吧。"钟阳春的自信幽默，让梁桂梅倍感亲切，她忍不住笑出声来，说："有才华的男青年，赞一赞。"

桔乡菜市场位于街的中心，菜市场沿街四周遍布四条街道，各乡村的人们会趁着虚日赶集，小镇在这天会很热闹。现在街道上到处是三三两两的人，梁桂梅与钟阳春沿着桔乡街道走，走过一条街，回到原来的地方，上车离开。在回桔水村的路上，梁桂梅边驾驶着小轿车边和钟阳春有说有笑，钟阳春说他的父亲承包桔水果园，满山都是荔枝树。梁桂梅说她哥哥梁桂海种植红橙，她正在打通这方面的渠道。梁桂梅与钟阳春都曾在公司做过销售，一下子找到了话题，没完没了地说着。说到为什么辞职回乡，梁桂梅和

钟阳春异口同声地说："因为看到家乡的红橙。"两人就像久别重逢的好朋友，好像从来没有过距离一样，彼此敞开胸襟，尽情地说话。

时间一下子就过去了，在桔水小学下了车，钟阳春邀请梁桂梅进去看看母校，梁桂梅想着电商的事，所以没有停留，继续开车朝低角村而去。

梁桂梅开车进了院子，叶丽琴坐在椅子上，由于腿脚不灵便，她大部分时间都在家里，做完家务活儿就坐在椅子上打发时间。看到梁桂梅回来，她起了身，梁桂梅下了车，拿着几份文件来到嫂子面前说："大嫂，我终于办妥手续了，可以开网店了。"叶丽琴笑容满面，她一直视梁桂梅为亲姐妹，梁桂梅做什么事她都支持。如今看到梁桂梅高兴，她心里像吃了蜜一样甜。她说："好呀，你总算在村子里找到自己喜欢的事做了。"梁桂梅把文件资料放好，迫不及待地走到几盆百合花前，院子里那些长势喜人、芳香四溢的盆花是她的最爱。以前她在家里精心养护着，其他人不能轻易插手。她去了外地打工，这些盆花的护理就交给了侄女琼珍，琼珍不负所望，把这些百合花护养得很好。

梁桂梅聚精会神地打理盆花，给百合花拔草，又浇了水。叶丽琴看着梁桂梅对百合花入了迷，想起了一些与百合花有关的事情，说："西莲塘村的钟阳春老师，九月份曾来家访，说起你，琼珍还对钟老师说了百合花是你从珠海带回来的。"梁桂梅听了嫂子的话，回过神来，低头看着百合花，情不自禁地叫了一声："钟阳春。"叶丽琴没看到梁桂梅此时复杂的表情，继续说："听说阳春还是未婚青年，桂梅，你年纪也不小了……"梁桂梅突然转过身来，一直望着梁桂梅背影的叶丽琴不说话了。梁桂梅认真地说："大嫂，我的婚姻自己会处理好的。"叶丽琴叹息了一声，说："这样等下去，好男人都被你错过了。"梁桂梅边走过来边说："我们现在商量网店如何规划吧。"说完，梁桂梅走进一楼。一楼大厅平时都是空着的，灰黄的地板砖平净整洁。叶丽琴一瘸一拐进了大厅，向梁桂梅提了建议，说："布置几张货架，买些村民们用的日用品，自家开的网店，找个日子放几挂鞭炮吧。"梁桂梅思索了一下，点了点头说："也好，我打电话给桂海哥问问。"梁桂梅拨通了梁桂海的电话，刚说了在家里办网店，梁桂海就在电话那边说："按照你的想法去做，需要大哥帮忙说一声就可以了。"

"家里要三个两米宽的货架，铝合金架子，木板铺着。"

"好，我记下了。"

"看日子，哪天开张？"

"好，知道了。"

梁桂海找人看了日子，定在了农历十二月初十。开张的前一天中午，梁桂海乘坐一辆小货车回到家里，叶丽琴和梁桂梅赶紧上前帮忙，从车上搬下来三个铝合金货架，还有几箱子的日用品。货品搬完后，货车司机就离开了。

梁桂梅看着院子里堆满的货品，说："才几天时间，竟都准备好了。"梁桂海笑笑说："那天接了你的电话，我就找人做这些货架了。还有能用得上的盐、酱油、纸巾和小孩子喜欢的零食。"说完，梁桂海和梁桂梅把货架抬进屋子，叶丽琴帮着拿了些日用品，三人忙忙碌碌，一会儿工夫，就把一楼大厅布置得井井有条，美观大方。

　　第二天早上，叶丽琴杀了五只肥大的阉鸡，阉鸡煮熟后，梁桂海挑着箩筐，里面装着熟鸡和供品，梁桂梅、梁琼珍和梁广彬跟在梁桂海身后，一起到村上的祠堂烧香供拜祖宗。梁桂海放了一挂鞭炮后，他们回到家里。然后在家门前又放了一挂鞭炮，普通农家的廉美电商网络店成立了。

　　廉美电商网络店内一下子聚集了许多村民，村民们议论纷纷，好奇地参观着里面的摆设：电脑桌上是两台电脑，大厅里摆放着三排货架和四张桌子，货架上摆放着日常生活用品，地上堆放着桔乡生产的荔枝干，还有红橙、蟠桃、阳桃等水果，番薯、芋头、甜薯等土特产。村民说："电商网络这样简单，两台电脑就搞定了？"梁桂梅听着村民说话，脸上露出笑容。

第十四章　女儿不能回家过春节？

　　临近春节，桔水村家家户户的门前都挂着大红灯笼，晴空万里，微风轻拂。村民们相互讨论新春辞旧年，祖国大变化。村里的祠堂广场处，能够看见已然释放了自己生命为人类照亮美好未来的鞭炮。

　　因为热闹，所以美丽。异地他乡谋生的游子潮水般返乡回家了，村民中有人发问："你家小子回家了吗？"还有人在说："我家妹子坐车回到廉城了，等下就到村子了。"

　　村子里人渐渐多了起来，小轿车也时常在村子里出入，有部分挣了钱的村民买了汽车，小轿车就像二三十年前的黄牛一样，一头又一头，卧在农家的房前屋后。平时走在村路上看不到人影，现在走出家门就能看到好多村民。年轻人挨家挨户串门，每天都能听到笑声在村子上空回荡。

　　进入腊月二十五，村民们开始为过年食用的各种粑做准备，桔水村家家户户必做的一道粑，是田艾粑。

田艾作为野草，只有十几厘米高，叶子粉绿色，枝间长满灰白绒毛。如采集多了，可以经过晒、搓、煮、晾等过程，把梗挑出来，剩下的做成灰绿色像棉花一样的田艾棉，密封储存起来随时用，据说密封的时间越长越好。田艾在广东郊区的农田最为常见，生长于收割后的稻田上，一般只有在春节期间才会采摘。雷州半岛人有一个古老的习俗，就是用田艾来拜神、祭祀，祈祷来年风调雨顺。自古以来，人们认为吃田艾绒做的食物可以清除体内杂物、尘埃，去腻化积，养身健体。

一大早，钟阳春驾驶着摩托车去桔乡市场买了做田艾籺用的材料：糯米粉、粘米粉、红糖、花生油、花生、椰丝、猪肉、萝卜干，莫春平和钟伟源从田里采摘了新鲜的田艾，又在家门前摘了香蕉叶，洗干净后放在簸箕里。客厅里，可可拿着电视机遥控器，一会儿看动画片"光头强"，一会儿又调换频道看"狼和山羊"。阿嬷默默地看着可可，面容慈善。

钟阳春驾驶的摩托车上载着装得满满的几个袋子，父母帮着从车上放下大包小包，大家忙着把做田艾籺用的材料搬进厨房。阿嬷拿着簸箕里的田艾草走了过来，说："开始做田艾籺了。"钟阳春指着堆满桌面的杂物，说："做田艾籺需要的材料都备齐了。皮材料：新鲜田艾、糯米粉、粘米粉、红糖、花生油、霜水；馅材料：花生、椰丝、猪肉、芝麻、萝卜干；辅料：新鲜的木菠萝叶子、香蕉叶子。"然后，一家人按做田艾籺的工序忙碌起来。钟阳春负责把花生去衣切碎，猪肉切成小肉粒，萝卜干用水泡淡后切碎，又把花生、椰丝、猪肉、萝卜干、芝麻分别炒香放在盘子里。待把葱、蒜、芫荽爆香后，倒进馅的主料加上香料炒匀，然后倒出放到盘子里。莫春平取田艾艾叶和嫩枝部分，退一次涩水后再洗一遍，并挑枝，然后加清水和霜水把田艾煮软，捞起压干，接着用少量花生油把红糖煮融，放入田艾翻炒，至田艾吸收完所有糖浆后再倒半斤花生油炒匀放好。钟伟源取四成米粉加开水和成团，分小团放在开水里煮成馍馍状，把田艾倒进煮过的馍馍里，不断加粉搓成面团。面团搓好后，大家各自把面团捏成片，包起炒过的馅，有人做成桃子的形状，有人做成碗口大的半月形状，真是千姿百态。做好　后用木菠萝叶子包垫起来，放进蒸笼里。最后就是把蒸笼放进锅里用武火将　蒸熟，十五分钟后即可享用。

莫春平把田艾粄从锅里端出来放在桌上，钟阳春迫不及待地去品尝，撕掉木菠萝叶子，一阵清香扑鼻而来，用嘴咬了一口，甜糯爽口，味道好极了。可可吵嚷着要吃田艾粄，吃得满嘴角都粘着糯米油。

莫春平把自家做的田艾粄分享给左邻右舍，一下子，很多人来到院子里，老人、年轻人、小孩子，平日里冷冷清清的村子，现在到处充满着热闹欢喜的气息。莫春平把装满簸箕的田艾粄端出来，大家边吃边聊天。大家都说阿嬷最幸福，儿孙满堂。阿嬷一脸笑容，喃喃地说："炼春和玉珍还没到家？"钟阳春立即回答："姐夫和姐姐很快就到家了。"

钟炼春前几天就在微信里对家里人说要回娘家过春节，这也是她结婚六年来第一次回娘家过春节。钟伟源看到信息，立即回复钟炼春："炼春闺女，你的信息老爸看到了。你结婚了，家里还有个未成家的弟弟，你和玉珍还是过完春节再回娘家吧。"

钟炼春不明白父亲为什么要这样做，女儿也是人，凭什么不让嫁出去的女儿回娘家过春节呢？她一连问了好几声："爸，为什么我不能回家过春节？你得说清楚啊。"

钟伟源"唉"了一声，他对这种农村的风俗习惯问题很是伤脑筋，但又无法自圆自说，只好实话实说："因为你嫁出村子了，再回到村子过春节，村民们会笑话的。"

钟炼春在电话那头急得直掉眼泪，委屈地说："爸，我是你亲生女儿呀。"

钟伟源听到了女儿哽咽的声音，他也不知说什么好了，就挂掉了电话。

和父亲通话没过多久，手机里出现了第二条微信信息。刚刚哄着可可入睡的莫春平走出房间，放在客厅的手机响起信息铃声，她拿起来看，并自言自语："女儿、女婿好不容易回趟娘家容易吗？"她不会发中文信息，就语音说："女孩子也是人，结婚了也是父母的女儿，女儿、女婿什么时候都可以回父母家。"

钟阳春已经注意到姐姐在一家人的微信群里发的信息了，他原以为父母不会说什么的，姐姐、姐夫回家是很正常的嘛。没想到，父亲不同意姐姐回娘家过春节。钟阳春心想着肯定是父亲受农村旧思想约束，觉得嫁出去的女儿与未出嫁的女儿有着很大区别，嫁出去的女儿已经是别人家的妻子媳妇了，也是别人家的人了，所以面子上过不去，唯有反对了。不管父亲的想法如何，钟阳春赞同母亲的说法，他支持姐姐和姐夫，于是发了一条很长的信息，说："这是姐姐出生长大的村子，姐姐虽然是女儿身，但身上流淌着我们祖宗的血液，是我们家族祖祖辈辈的后代。"还说："农村的部分风俗是旧思想观念的体现，我们生活在社会主义新农村新文明的时代里，理应接受这个时代的变化和改造。不管别人怎么说，风俗如何，姐姐和姐夫都是我们的亲人，姐姐和姐夫什么时候都可以回家。"

钟伟源那段时间都闷闷不乐的，毕竟那是亲女儿、女婿，不让两人回家过春节说不过去。后来钟伟源从上了年纪的老人那里了解到，出嫁的女儿回娘家过春节，只要自家人不反对，是允许的。阿嬷知道钟炼春和王玉珍要回家过春节，她虽然年纪大，但通情达理，她对钟伟源说："都是自家人，哪有那么多的规矩。"

钟伟源想想也是，自家人的事情自家人做主，就在一家人的微信群里发出信息："欢迎女儿、女婿回家过春节。"

王玉珍看到信息就破天荒地发了 2000 元红包给岳父，还给每个人发了 1000 元红包。

钟伟源第一次在手机上收到这么多钱，而且是女婿发给他的，心里涌起说不清的酸楚和道不明的快乐。若是反对，

第十四章　女儿不能回家过春节？

143

女婿心里从此留下阴影，说不定会影响到女儿将来的幸福生活。幸运的是，他及时做出了正确的选择。

钟炼春开着小轿车慢慢驶进村子，坐在副驾驶位置的是王玉珍。小两口在深圳上班，2016年元旦，买下了这辆小轿车，从深圳一直开到桔水村里。一路上，看着家乡的变化，城乡面貌变得更美了，交通建设步伐更快了。村路边耸立起一座座漂亮的楼房，公路旁边的红橙水果摊随处可见。一个新建的门楼耸立在桔水村口，钟炼春情不自禁地望着车窗外大喊："桔水村，我们回来了。"

看见有人开着车子进了院子，众人便好奇地围了过来，不知谁先叫起来："姑爷回家了。"看着坐在小轿车里的爸爸妈妈，和小伙伴跑来跑去的可可一下子停住了，眼睁睁地盯着又熟悉又陌生的爸爸妈妈。

钟炼春一眼就看到了可可，她迫不及待地下了车，伸出双手走向可可，叫着："可可，我是妈妈呀，快叫妈妈。"钟炼春说完，把站着不动的可可搂进怀里，眼里闪烁着泪花，喃喃地说，"爸爸妈妈天天想着我们的宝贝。"可可在妈妈怀里挣扎了一下就安静了下来，他定定地看着妈妈，低声地叫了句："妈妈。"钟炼春听到可可的一声呼唤，热泪盈眶，说："我的好孩子。"

王玉珍走下车来向大家问好，然后从后备箱取出糖果饼干，发给院子里的每一个人。

钟伟源接过王玉珍递过来的香烟，说："路上塞车吗？"王玉珍先是沉思片刻，然后笑容堆在脸上，说："高速公

路人车密集，幸好有惊无险，最终安全到家。"钟伟源乐
呵呵地说："平安无事就好。"王玉珍和岳父聊着，钟炼
春抱着可可来到两人面前，王玉珍看着可可说："可可，
叫爸爸。"

钟阳春走到姐夫和姐姐面前，真诚地送上一句话："姐
夫，姐姐，一路上辛苦了。"

王玉珍和钟阳春互相敬烟，王玉珍问钟阳春什么时候
考取驾照，钟阳春毫不谦虚地回答，他在北京工作期间已
学会了开车。钟伟源很是诧异，问他们这驾照容易考吗。

王玉珍和钟阳春异口同声地说："爸，容易，你找个
时间去学学。"

钟伟源嘿嘿地笑着。

王玉珍说："我和炼春在深圳上班，孩子不在身边，
我们吃住在公司，这辆车就留在家里。爸，阳春弟，这样
你们出门方便。"

钟伟源喜出望外地说："那我得赶紧考驾照去。"

大家都笑了。

除夕到了，早上，家家户户杀鸡，然后把鸡和猪肉放
在锅里煮熟后拜祖用。粤西农村过年拜祖用的物品有：白
酒、茶水、桂香、蜡烛、墓纸、三碗白米饭、三双筷子、
三只酒杯、五只茶杯、一只白切鸡和一块猪肉。早上九点钟，
阿嬷把拜祖用的物品收拾好放在箩筐里，坐在院子里看着
家人出去拜祖。钟伟源挑着两只箩筐，其他人跟随在他身后。
他们来到村子西边的祠堂，把供品摆放在祖宗牌位前的桌

面上，给祖宗上了香。祠堂里人来人往，热热闹闹，大家各忙各的，祠堂内顿时香雾燃起，萦绕屋子。

一个人一生中最幸福的时刻是一家人团聚在一起吃团圆饭，阿嬷看着全家人给她道祝福，笑得合不拢嘴。她这一生经受过许多苦痛，却在这个时刻绽放着生命的美丽。大家给了阿嬷红包，给了可可红包，钟炼春夫妇和钟阳春还封了红包给钟伟源和莫春平，这一年的辛苦付出，除夕这天终于得到了子女的回报。

除夕夜，村子里家家户户张灯结彩，一派祥和的景象。钟阳春走在村子里，凉风吹过脸颊，令他想起九洲江，那里有波光连天的童年，还有住过十多年的老屋，老屋里当年读过的很多书都找不到了。书页里，夹着太多无法实现的梦。二十多年过去了，我已归来，依旧是少年。

深夜十二点，钟阳春拿着烟花来到院子里点燃了，耳边传来噼噼啪啪的声音，天空中绽放出五光十色的焰火。整个村庄里灯火通明，把大地照得如同白昼。

年初五，钟炼春和王玉珍要出发了。与上次不同的是，可可适应了和爸爸妈妈分别，他在外婆怀里眼睛一眨一眨地盯着父母，向父母挥手，没有哭也没有闹，一副平静的表情。钟炼春却有些难过起来，常年在外面打工，她的孩子已经不依赖她了，她努力地挤出笑容，说："可可越来越可爱了，妈妈会天天想念你的。"王玉珍分别和阿嬷、莫春平、钟伟源道别。

钟阳春驾驶着小轿车载着姐夫和姐姐驶出家门，看着车子渐渐远去，可可才挣脱外婆的手，向着车子的方向跑去，但已经看不到车子的影子……

　　由于近几年外出打工的村民越来越多，打工的人们常往返珠三角和廉城各乡镇，每天廉城发往珠三角的卧铺大巴在各乡镇的公路上穿梭，只要提前订票并约定好时间，卧铺大巴司机就会准时来接客。钟阳春送姐姐和姐夫到了桔乡至廉城的公路上，一辆廉城开往深圳的卧铺大巴停在了路边。姐姐和姐夫上了卧铺大巴，钟阳春目送着卧铺大巴远去，才掉转车头驶回桔水村……

第十五章　木偶飘色巡游

二月初一早上，老书记钟源祥正走在乡间的水泥路上，碰到了扛着锄头走出家门的钟伟源。

"伟源，明天你带上家人一起来我家吃年例。"

钟伟源想了一下，恍然大悟，说："明天是农历二月初二，桔乡镇一年一度的伯公巡游日。"

老书记点点头说："一年一度的社祖庞大活动。你这要去哪里？"

钟伟源把锄头放在地上，说："开春了，山上的荔枝树全开了花，等着去护理呢。"

"今年的春天暖洋洋的，是荔枝的丰收年。"

"我得去看满山的'妃子笑'荔枝树了。"

钟伟源边说着话边打电话给钟阳春，说明天全家人一起去老书记家吃年例。钟阳春接到父亲的电话后，立即告诉了家人，然后又给陈锡打电话，让陈锡明天一起过来吃年例。

老书记继续往前走去，来到一座楼房前，张海东赶紧迎上来，老书记说："明天你全家人要过来吃年例。"

张海东说："知道了，知道了。"

老书记离开后，张海东回到屋子，对老母亲说："老书记吩咐了，明天全家人一起到他家吃年例。"张奶奶正在用煤气做饭，在党的扶贫政策帮助下，家里建起了楼房，购置了彩色电视机、沙发，通了自来水，还用上了煤气，现在她做饭方便多了，这些都是张奶奶以前想也不敢想的。张奶奶把炒好的一盘猪肉放到桌面上，说："好呀，明天下午不用做饭了。"张海东环顾一下四周，说："怎么没看到秀荣？"张奶奶边抹着围裙边说："他呀，一天到晚不在家里，多数时候在琼珍家里。"张海东从碗柜里取出两只碗和两双筷子，放在桌子上说："不等他了，我们先吃饭，等下我要到伟源家里，听说他家的果园需要人手，我问问去。"张奶奶舒展了眉头，脸上露出笑容说："阳春在生活上、经济上帮助我们家很多，虽然秀荣是他的学生，但不是所有人都乐意这样做的。"张奶奶说着，解下围裙，边走出屋子边说："你先吃饭，我去找秀荣回家。"张海东看着母亲远去的背影，没说什么，匆匆吃起饭。

张海东刚走出村口，就遇上路过低角村去山岭的钟伟源。张海东和钟伟源打了招呼，开门见山地说："伟源哥，你果园需要人手吗？"这个可问对了人，钟伟源家十多亩的荔枝园今年将迎来大丰收，正准备招个人长期护理果园。张海东一问，他便高兴地说："需要一个人打理果园，你

可以帮忙吗？我会给你薪酬。"张海东嘿嘿地笑了两下，说："工资待遇这些不重要，最重要的是有活儿可做。"钟伟源说："走，现在和我到果园去看看。"张海东爽快地答应了。

一幢三层小洋楼的院子里，一群孩子正在捉迷藏，一条红布遮住了梁广彬的双眼，老书记的两手在他面前晃来晃去，两脚小心地向前移动。梁琼珍、张秀荣他们围在梁广彬身边喊着："快来捉我呀，快来捉我呀。"突然声音停止了，孩子们站到一边不说话。

梁广彬继续摸索着，两手像是碰到了什么东西，用力一摸竟是衣服，梁广彬兴奋地叫起来："捉到了，捉到了。"然后撕下红布，脸一下子变阴了，小声地说："叔公。"

伙伴们咯咯地大笑起来。

老书记摸着梁广彬的额头，眼里满是慈祥，说："好孩子，你们接着玩。"

孩子们又嬉闹着打成一片。

叶丽琴坐在院子里忙着把红橙装进箱子，看到老书记过来，忙问了一声"老书记好"。梁桂梅闻讯走出屋子，先是问候老书记，接着又倒了茶水。老书记喝茶水时，梁桂海抱着五面红旗子回到院子，看到老书记，喜出望外地说："我们村建设新农村，我们的生活水平提高了，用些积蓄买了红旗捐给公社祠堂。"

老书记说："桂海做得好。桔水村的村民会记住你们的爱心的。祠堂碑牌上会刻上你的名字。"

梁桂海和一群孩子抱着红旗向公社祠堂走去。走了没多远，就碰到了迎面走来的张奶奶。张秀荣看到奶奶，便对梁琼珍说："我先回去了。"

叶丽琴目送着他们走出院子，回过头来看着老书记和梁桂梅。老书记问梁桂梅："你的电商网络销售还可以吧？"

梁桂梅回答："现在主要是销售荔枝和红橙，销往北方城市和南方沿海城市。"

老书记说："年轻人新思想新眼光，好好经营吧。"

梁桂梅不停地点着头。

老书记驼着背走路，两手放在背后，沿着种满香蕉树的村路来到了自家的院子。自家的二层楼房映入他的眼帘：雕刻的门窗，铝合金的阳台，铁栅栏围墙，院子里东边有个小池塘，各种颜色的金鱼在池塘里游来游去。

十几年前，老书记的儿子就已在省城做建材生意了，如今他的孙子也有 20 岁了。2010 年桔水村落实扶贫后，老书记基本上不耕田不种地了。即便没农活儿，他也一天到晚都有事情做，村子里的社坛风俗活动，一年十二个月有十个月每月要做一次社福，再就是组织村子里的中青年舞龙舞狮，每年的二月初二龙抬头巡游祈福年例。

老书记和老伴一起忙着准备年例用的食物，他们一起把箩筐、桌椅洗干净。这时，一辆小轿车驶进了院子，一个英俊的小伙子下了车急着向屋里走来，嘴里喊着爷爷奶奶。老书记和老伴儿看到孙子，笑容堆满了脸，老书记说："乖孙，在大学努力深造。"小伙子嗯嗯地点着头。

老书记的儿子和儿媳妇提着大袋小袋的礼物走过来，一家人互相问候。老书记的儿子说："爸，我已经联系好了宴席团。"老书记说："好，一切都照你的安排办。"

一辆小货车停在院子外面，十个人从车上搬着各种工具下来，在老书记儿子的安排下，在院子里临时搭起厨房，办起年例酒席。

办流水席可以说是一项大工程，需要动用很多的人力、物力。在乡下，现在流行的是一条龙服务，也就是说只要主人家把办酒席所需的钱款给厨师就可以，剩下的像蔬菜的采买，服务的人员，以及桌椅板凳等各种必需的东西都由厨师来操持，很是省心。

年例是盛行于粤西地区的一个独特的传统节日。在中国的众多传统节日中，春节可算是最为热闹的，然而在粤西岭南一带，有一个比春节还要重要的节日，那就是具有地方特色的民间文化习俗——年例。"年例"只是具有同一地域特色的节日的通称，并不是所有做年例的地方都习惯把年例叫作年例，各个地方习惯的称谓都不相同，如有些地方叫游人或元宵，有些地方叫游神或游花街等。

每年农历二月二的伯公巡游是桔乡镇一年一度的、参加人数最多、规模最大的群众性民俗巡游活动。人们在这一活动中祈求风调雨顺、五谷丰登、四季平安、吉庆祥和。人们抬着各种各样的神像，手持木偶参与巡游祈祷活动，人神共乐。

木偶飘色从明清年间流传至今，400多年来长盛不衰，已经成为当地的习俗。

第二天上午，一辆大众帕萨特小轿车开进钟阳春家的院子，陈锡和宣彩银从车上下来，钟阳春赶紧上前热情迎接。陈锡从后备箱取出名贵酒和年糕，说："这是我的一点心意。"莫春平接过陈锡的礼物，说："都是老朋友了，两位有心了。"大家其乐融融。陈锡突然问钟阳春："炼春姐呢？几年未见过她了。"钟阳春说："姐姐和姐夫年初五离开村子，去深圳上班了。"钟伟源有点埋怨的意思，说："当初让她回家乡找对象，她偏要嫁个外省小伙子。我们老人家没什么，只是苦了孩子，成了留守儿童。"莫春平盯着钟伟源，钟伟源不说话了，阿嬷提醒大家："木偶飘色巡游到桔水村了，你们赶紧去桔水村村委广场看热闹吧。"临走时，宣彩银分别给阿嬷和可可封了个红包，阿嬷握在手里，说："谢谢两位园长。"阿嬷年纪大了，留在家里，其他人一起出发了。

木偶飘色巡游的司仪从凌晨四点钟就开始做好准备，五十多个人穿上统一的红旗色服装。他们年龄不同，有老人、中年、青年和少年，他们各自的分工很明确，老人吹唢呐，中年人给他们打大伞；青壮年抬菩萨轿、敲锣打鼓、抬祭器和纸船；少年扛旗扛灯笼。六点钟先是放响了三个烟花，两卷三米长的鞭炮，礼炮过后，木偶飘色巡游出发了。

长长的队伍里可以看到彩车浩荡，彩旗飘舞，各具形态的杨门女将、双阳公主、金童玉女、众仙女畅游鹤湖、新六国封相。因为木偶飘色精彩出色，几十公里外的人们

第十五章 木偶飘色巡游

153

都驱车赶过来观看。做生意的小贩们跟在木偶飘色巡游队伍的后面，木偶飘色巡游到哪个地方，小贩们跟到哪个地方。此时，附近村子里的村民早早做好供品，摆在道路两边，恭迎着木偶飘色，恭迎之后，村民们还燃烧起烟花爆竹以示庆祝。

木偶飘色巡游是有规律性的，每到一定的时间便到达一个村子。上午十一点，便是木偶飘色巡游到桔水村的时间。而在木偶飘色巡游到来的半小时前，桔水村的村民们，家家户户都把一张圆桌子搬到村文化广场集中摆放，大家把准备好的供品摆放在圆桌上面。桌面上各种供品最显眼的便是一只只金黄色的鸡，这是一只只煮熟的鸡，胖鼓鼓、油汪汪，脖子挺起一个弯。村民特意在鸡的嘴里放上一个利市袋，意思是迎接新的一年五谷丰登、顺顺利利。村文化广场人山人海，有桔水村的男女老少，有远道而来的亲朋好友，也有附近村庄来看热闹的男男女女，大家欢天喜地地等待着木偶飘色巡游的到来。喜欢放鞭炮的青年们在广场远处忙得不可开交，他们把一封封烟花和鞭炮整齐地摆放好，等村民恭迎木偶飘色巡游后，就点燃起这些烟花和鞭炮。

老书记和他的家人站在桌旁边，钟阳春他们在人群里观望着。梁桂梅在桌子旁边，陈锡在人群里发现了她，叫了几声梁桂梅的名字。由于人声沸腾，梁桂梅又忙着供神，没听到。

木偶飘色巡游大张旗鼓地过来了，人们自觉地让开了一条道路。在广场中央，木偶飘色队伍停住了，吹唢呐、敲锣、打鼓的人也停止了，司仪们整齐地站好队伍。人们开始点香烛和烧香朝供，菩萨被抬着围绕桌子转，青少年跟随着菩萨轿子转过来转过去，热热闹闹地围绕桌子转了三周后才停。

鞭炮烟花响过后，木偶飘色巡游到别的村子里去了。桔水村的人们开始收拾桌上的供品。陈锡和宣彩银紧挨着，钟阳春抱着可可，和莫春平、钟伟源一起来到老书记身边，帮忙收拾供品、搬桌子回去。梁桂梅在收拾桌面的供品时看到钟阳春怀里的可可，脸上满是惊讶的表情，未听说过钟阳春结婚，如今小孩子都这么大了。但她转念一想，就兴奋地叫起来："阳春，这是你炼春姐姐的儿子？"钟阳春笑了。梁桂梅缓过神来对陈锡说："你身边这位美人是你女朋友吗？不介绍下？"陈锡给两人介绍："这位是老板娘梁桂梅，她是桔水幼儿园园长宣彩银。"梁桂梅和宣彩银互相问好，梁桂梅招呼大家一起到她家吃年例，钟阳春和陈锡异口同声说："明年等着我们。"钟阳春他们和梁桂梅说话时，钟伟源和莫春平只顾着帮老书记忙活，也没去注意他们。钟伟源把桌子放在肩膀上，独自抬回去。老书记的儿子挑着装着供品的箩筐，老书记走在前头，大家跟在他身后。

桔水村村委会热闹的广场渐渐安静下来，大家各自回家准备宴客。宴客就是所谓的"吃年例"，这也是粤西人过年例的重头戏。为神准备的丰盛的供品，在神的面前大

大方方地摆放了一阵以后，又丝毫无损地拿回了家，经过一番深加工，摆到餐桌上让客人食用。

　　老书记请来做客的人有很多是村里不同姓的村民，也有亲戚和亲戚的朋友，还有些是老书记朋友的朋友，其中有些人彼此之间甚至从没听说过也从没见过面。来吃年例的，不论认识不认识，一概欢迎，甚至多多益善。来客越多、摆的台数越多，就证明该户人家越兴旺。老书记家里摆了满满20桌。张海东带着母亲和儿子坐在流水席的一角，张秀荣看到了钟阳春，他走过来有礼貌地喊了一声："钟老师。"钟阳春笑嘻嘻地点头。席间，钟阳春还特意端着一杯白酒敬张海东。父亲钟伟源对他说了，开春后，张海东要到自家的荔枝果园做长期杂工。张海东举起酒杯，和钟阳春一起饮完杯子里的白酒。钟伟源一家人已经不是第一次在老书记家里吃年例了，最近三年，老书记办的年例在全村都是最隆重的，他们一家就年年在这天到老书记家做客。老书记邀请钟伟源，钟伟源叫上全家，钟阳春邀请陈锡他们一起，大家热热闹闹地庆祝，也是为了庆祝旧一年的顺利和祈求新一年的吉祥，这显然也是一种习俗。这种习俗已成为一种村庆文娱活动。村庆活动吸引城镇人，商庆活动也吸引乡村人。随着部分乡村人变为行商人、部分城边土地变为街道，城乡人往来逐渐频繁，城乡皆有文娱活动。

第十六章　暗恋，就像瓶中
等待发芽的种子

　　隆重热闹的年例在桔水村渐渐落下帷幕，日子又变得安静下来，村民们依旧像往常一样耕田种地，开荒种荔枝树。在勤劳村民的耕耘下，桔水村的果园满山遍野。春天来了，荔枝树、龙眼树和红橙树渐渐长出嫩绿的叶子。

　　梁桂梅在桔乡镇的申通快递公司售完最后一箱荔枝，行走在小镇上。镇上已经成立了好多家快递公司，申通、韵达、顺丰……近年来，桔乡镇通过提供优惠政策，鼓励进城青年回乡创业，不断开发旅游资源，提高服务质量，多方招商引资，努力提高经济总体实力。当前，桔乡镇主要经济指标在雷州半岛各乡镇中排名第六，在廉城市排名第一。

　　梁桂梅已经来来回回在镇上走了几遭，她对桔乡的街道已经很熟悉了。此刻，她正走在镇子的大街上，街上零零散散走着几个行人，两旁的商铺依然冷冷清清。梁桂梅

突然发现镇上有一家服装店开门了，里面花花绿绿的衣服吸引了她的视线。这是一间不大的店，虽然衣服的价格都很便宜，但没有一个顾客。老板是一个40岁左右的女人，她看起来好像不大高兴，正无精打采地坐在门口的椅子上发呆。梁桂梅在珠三角上班的那家公司楼下的商场有几家卖服装的，每家店各有什么特色她都记得清清楚楚，冷不丁在这里发现了一家，感到很新奇，有了去逛一逛的冲动。她信步走进去，看来看去，觉得有一条裙子挺适合自己。

她取下来，在身上比画了一下。这时，老板娘热情地说："姑娘拿的这件裙子适合你的气质。"梁桂梅笑了笑，和老板有一句没一句地聊起来。梁桂梅心想着："不知道这件裙子是不是在为我而做？"觉得很有缘分，便买了下来。

梁桂梅走在街上，思绪竟然也像是被风吹着走。风吹到什么，她便想到什么。风吹到哪里，她就想去哪里。风在轻轻地吹，吹乱了她的思绪，带来了春雨细丝。还有一个不知是谁的身影，只是很像童年的她。在乡下的小镇，没有几个人会欣赏路边的景，只有几个人在街上游来晃去。在黄花风铃树下，有几个女孩子撑着雨伞在慢慢走着，她们没有注意到黄花风铃树落下的花朵在伞上跳跃着，然后掉落在地上。

不知道为什么，梁桂梅感觉她们永远那么年轻，那么天真，永远也长不大……可现在在她眼前的的确是几个女孩子，是18岁左右的女孩，梁桂梅想到自己在她们这个年纪时，已经在一间工厂做着流水线的计件工。漫步在大街上，梁桂梅又觉得自己或许错过了那些美好的年华岁月，不知不觉走到 30 岁的年纪里。梁桂梅感觉离她们很近，又似乎很远。就像她在看见少女的时候感觉这世界所有的人都很相似一样。只是她和她们有区别，她离她们太遥远。

梁桂梅知道有时候人在风景中会成为风景，会忘记自己，忘记自己的感情，忘记自己来时的路和去时的路，但忘不了自己回家的路。她同样也知道，有许多时候，这个世界里人的心和这个世界一样黑。

不记得雨是从什么时候开始下的，后来下到她心里，一直都没停止。

钟阳春站在一幢楼房门前，楼房门前挂着牌子，牌子上的字是：廉美。村民们围在网络销售店外自豪地说道："我们喜欢各省份各地方的货物，只要和桂梅店长说一声，下了单，很快就有快递员送上门来。我们生产的桔乡特产、水果供给桂梅店长，就会有人通过网络买走。"有些人议论着，平时在网络上买的货品，说不定就是从这里输送到各个网络卖家的呢。钟阳春走进屋子，屋子左边是排列整齐的货架，共有三排，每排有五层，有些桔乡特产堆放在地上的箱子里。右边的桌子上码放着各类图书，有五六个小孩子正坐在凳子上翻看着图书。书桌旁边摆放着两台电脑，液晶显示器上是网络销售平台页面。

梁桂梅跑回家的时候，身上微微潮湿。钟阳春站在店里打量着屋子，瞧见梁桂梅回来时先微微一笑，再张了张嘴，说："恭喜梁小姐，成为桔水村的第一家网络电商。"

梁桂梅点点头，说："谢谢你，钟老师，你以后叫我桂梅就行了。"

钟阳春说："我叫阳春，我们之间不用经常说感谢。"

梁桂梅笑了笑说："我知道我们之间不用说感谢。"

风吹进屋里，落在他们的脸上。钟阳春很熟悉这春雨里的微风，也熟悉面前柔柔弱弱的女人。

钟阳春对梁桂梅有一种似曾相识的感觉。这时，风吹动了桌上的纸，梁桂梅忙用手去捂，但仍有两张落在地上。钟阳春弯腰去捡地上的纸，他没有趁机去握梁桂梅漂亮的手，因为她美丽的手已然落在他的手上。

钟阳春看见她微红的脸颊，樱桃小嘴。在这样一个冰清玉洁的女孩子面前，钟阳春感觉有股冰凉冰凉的清泉钻进他的心脏。钟阳春站起来，脚步不稳，心乱如麻。在她面前，或许是因为心虚，他突然就成为一个因偷东西而被母亲责罚不许吃饭的小孩，无比的脆弱和孤独。也不知什么时候，梁桂梅已经放开他的手。钟阳春刚想对梁桂梅说："我是来看网购的"，谁知梁桂梅已开口向他介绍："这是桔水村第一家网络销售点，集生产、销售、加工服务于一体，依托网络带动乡村特色产业。阳春可以给些建议吗？"

钟阳春在刚进屋子时，就已经对电商有了初步的想法，现在梁桂梅问了他的意见，他先是深思，然后很有见解地说："依个人来看，因为竞争压力大，不需要囤太多货。网上客人要的货品，我们可以通过村民购买，再发给网上的客人。"梁桂梅边听着钟阳春说话边点着头。对于钟阳春能如此准确地分析电商市场，她除了惊讶外更多的是赞赏。钟阳春说完，她接着说："我很佩服你这么了解电商销售。我除了在网上卖水果，还卖些工艺品，有些工艺品是我亲手做的，比如风铃、竹箩筐……"

钟阳春嘿嘿地笑了两下，梁桂梅一脸疑惑，钟阳春说："我在北京做过电器销售，对实体店销售、网店销售都有些经验。"

梁桂梅眼里流露出赞许，她谦虚地向钟阳春请教电商销售方面的知识，钟阳春也大大方方地说出了自己掌握的相关知识。两人说完电商话题后，梁桂梅从桌上拿起彩绸开始编织风铃，钟阳春看到一个红色风铃，想起曾有次三更半夜阿嬷哄可可拿出的红色风铃，突然说："红色风铃很美丽。"梁桂梅边点头边做事。钟阳春又问："你说晚上听到风铃声会不会很舒服？"梁桂梅抬起头来，认真地看了一下钟阳春，说："风铃声可以辟邪，可以让人入睡。"钟阳春笑着说："你还懂风水。"

梁桂梅不以为然地看了一眼钟阳春，继续低头去编织风铃。钟阳春并没有要离开的意思，继续找话题说："等我学会了，天天帮你做风铃。网店客人喜欢什么，我就给你做什么。"说完，钟阳春还笑出了声。他本来以为梁桂梅会和他一起笑，可是她却看着钟阳春，唉声叹气地说："当你想要了解一个人的时候，你就真的已经爱上了她。"钟阳春心里突然有种不一样的感觉。

　　梁桂梅起床的时候已经到了上午，阳光浓浓地洒在地板上面。梁桂梅起床后盯着地板一直看，看了一会儿之后起来伸了个懒腰。

　　梁桂梅下了床，坐在梳妆台前，看着自己的脸说："梁桂梅，你还是有人喜欢的。"

　　梁桂梅和嫂子打了招呼，开着车子带着两个小孩子去上学。梁琼珍和梁广彬雀跃地挥舞着书包，叶丽琴很是担心地说："姑姑会宠坏小孩子的。"梁桂梅说："我是路过桔水小学，不是经常开车。"说话间，两姐弟已钻进了红色小轿车里。

　　一路上，梁琼珍喋喋不休地说着班上的奇闻趣事，说着钟阳春如何管理好班上调皮的同学，如何帮助张秀荣同学，还说起校长表扬钟老师照顾关爱学生。梁桂梅听了，心里涌起对钟阳春的爱意。想起昨天说到的："当你想要了解一个人的时候，你就真的已经爱上了她。"看到当时钟阳春含情脉脉地看她的表情，她虽装着无事的样子，但内心波浪起伏。

　　梁桂梅送两个孩子在桔水小学下车后，掉转车头往另一个方向驶去。就在驶出学校路段时，钟阳春从学校大门口走出来，怀里抱着一捆书本，看到梁桂梅的车子，他先是一愣，然后径直走过来。

　　梁桂梅向钟阳春招手，钟阳春指着手里的书说："要到桔乡寄去给山区的小孩子。"梁桂梅很感动，钟阳春渐渐走进她的心里，占据着重要的位置。梁桂梅说："我正好和你同路，上车吧。"

钟阳春坐在车里，一路上两人不停地说话，但是已没有原来的无拘无束了，各自的心里都有了一层对对方的好感。两人的眼神不经意碰在一起，也是躲闪着。两人拼命地隐藏着心事却谁也不去捅破，就这样相安无事。

在桔乡邮政所，钟阳春寄好快件后，两人相约在胡桃里吃饭。

梁桂梅坐在位子上，先是出了一身冷汗。钟阳春细心地观察着梁桂梅额头上冒出的汗，小心地抽出纸巾递给她，梁桂梅微微笑着接过纸巾说了声"谢谢"。钟阳春招呼服务员先上白水。在此空闲时段，两人没有说什么，钟阳春只是来回摆弄茶杯垫子下面的桌布。直到水上来之后，钟阳春递给梁桂梅，让她先喝，梁桂梅感动得猛喝了几口。

钟阳春看着梁桂梅的喉咙一起一伏吞咽着白水，也感觉有一种什么东西被自己吞入肚子里面去了。梁桂梅喝完以后，钟阳春笑着说："渴坏了吧，点菜吧，吃什么？"然后随手拿起菜单叫服务员过来点菜。

胡桃里很讲究，各色招牌菜的图片都贴在了餐厅的墙面上。梁桂梅觉得现在的自己已经不是以前那个含羞怕事的梁桂梅了，她从内心感受到，像她这个年纪的女孩做事光明磊落、当机立断才是正道。

服务员走后，钟阳春微笑着对梁桂梅说："我知道你喜欢吃烧鸡，我记得你第一次在九洲湾农家乐吃饭就吃了这道菜。"梁桂梅点点头，然后礼节性地笑了一下。钟阳

春皱了下眉头说："我怎么感觉你和我在一起，还是这么客气。"梁桂梅哑然，她不知道该如何回答。钟阳春晃着手里的茶杯，又笑笑说："自从我认识你，你就一直很忙，和我说话很少。"

天也蓝，水也绿，钟阳春的笑容恰到好处。梁桂梅看他外形高大帅气，有稳定的工作。又想到自己现在 30 岁了，该过日子了。对，她是这么对自己说的。可是如今她茫然了。梁桂梅一想到这些事情，就惶恐得要命。

"你在回忆过去吗？"钟阳春打断了梁桂梅纷乱的思绪，似乎是看出了梁桂梅心情不好。

梁桂梅摸摸脸，没好气地说："没有，我很好。"一旁的钟阳春笑了，笑得很爽朗，但是梁桂梅看着他的脸，心里却很紧张，连她也没有想到自己在钟阳春面前会是这样子。钟阳春拿起茶杯，盯着茶水在茶杯里转了一圈，说："你是个有理想、有志气、有爱心的好女孩。"

"哦，是吗？"梁桂梅似乎有些惊讶，但是她想听他的下文。钟阳春说："你傲气十足，一定是个不服输的女孩了。"梁桂梅突然咯咯笑起来。

钟阳春又继续往下说："而且啊，我特别喜欢不服输的女孩子，特别有个性。"梁桂梅微红着脸低下头，不说话。钟阳春认真地说："你过去受了委屈，但现在、以后不会再受苦了。"

梁桂梅突然抬起头来，安静地看着钟阳春，他的笑容看起来还是那么的善意。在这个阳光帅气的男孩子面前，她的秘密可以毫无保留，也可以敞开胸怀高声大笑。

梁桂梅突然眼里有了泪水，钟阳春看她擦干眼泪，突然想要拥抱她。他心想："如果可以，桂梅，我会给你温暖。"

他们离开胡桃里，在回去的路上，钟阳春给梁桂梅买了烤好的番薯，这种番薯在家乡遍地都是。梁桂梅很是感动，注视着钟阳春想说点什么，但最终什么都没有说。

钟阳春说："过去的事情就让它过去吧。开心点，你看，你多漂亮啊，很多人喜欢你的，会有更好的人来爱你，陪你一起走到淡而无味的生活中去。"

梁桂梅抬起头来，嘴里含着红薯，流下了眼泪。她使劲点头，喃喃地说："嗯，嗯。"

傍晚，梁桂梅直接开着车到了钟阳春家里。钟伟源、莫春平和阿嬷杨培元看到梁桂梅很是吃惊，钟伟源没有管住嘴，直接就说："你们怎么在一起了？"

梁桂梅有礼貌地问候钟家人，钟阳春招呼梁桂梅进屋子里坐时，钟伟源一脸的不高兴，直截了当地说："阳春，我有话对你说。"梁桂梅听出了钟伟源的意思，是不希望她去打扰钟阳春，她大度地笑着，准备开车离开。钟阳春走到车子前，隔着车窗对梁桂梅送上一句："路上小心。"梁桂梅点头应着。

看到梁桂梅的车子驶向远处，钟伟源对钟阳春说："你俩是在恋爱吗？梁桂梅大你三岁，老爸不赞成。"

钟阳春愣了一下，其实他们只是很好的朋友，不是父

亲认为的那样。不过，钟阳春笑了笑，用另一种方式回答："爸，现在不讲究那些了，老夫少妻、老妻少夫已成了潮流。"

钟伟源板着脸，大声地说："你不可以。"

阿嬷的表情很随和，她了解自己的孙子，说："说不定是桂梅不喜欢阳春呢。"

钟阳春知道在不知不觉中，梁桂梅已经走进他的心里。

第十七章　我想回头，你却不在原地

　　三月是个很寻常的月份。春天，荔枝树纷纷发出嫩芽，甚至长出新叶，和夏日田野里的绿草一样，让人看后格外舒服。村子里随处可见的树荫下，孩子们在自由地呼吸新鲜空气，随意奔跑，洒下笑声，播种欢笑。偶尔能在路边的拐角处瞧见红絮，嗅到花香，醉人心扉。更有春燕在屋檐展翅轻舞，欢声歌唱。偶尔还有一阵风来，吹动路景，把人们想要看见的都吹进了人的心里。

　　春天，荔枝树的叶子刚刚长出来，那样清澈芬芳，沁人心脾。钟阳春喜欢把那些清香气味的小花和刚刚生长出来的极轻软娇嫩的叶子小心地采集起来，放在一个大大的茶杯里，浸着清水，馥郁香气氤氲，像是噙着整个春天的精华。有时候，他会把采下的一张张叶片，夹到书里做书签，一打开书，便飘逸出淡淡的宜人芬芳。

　　钟阳春喜欢清淡雅致的日子，一直以为会这样平静地把日子一天天过下去。直到一个启发学生学习兴趣的"公

开课"毫无征兆地来临,打开了他尘封已久的记忆。

"公开课"是展示教师综合才艺的大舞台,也是对当地教育水平的一次检阅和促进。参赛者不仅代表自己,代表学校,而且代表一个地区,真可谓重任在肩,丝毫不敢马虎。每位参赛者都会使出看家本领,精心准备,让听课者耳目一新,令评委们眼前一亮。

为了达到这样的预期目标,参赛者需要在赛前做充分的准备。一堂公开课的背后,不知有多少双智慧的眼睛在闪烁,有多少个智囊团队在策划。于是,精巧的设计、精心的导演、精彩的花絮,在智囊团队的齐心努力下,新鲜出炉。这样的课往往标新立异,匠心独具。无论是授课者、听课者还是孩子们都能从中受益,得到启迪。为了这样的精彩,授课者恨不得使出浑身解数,融合所有人的锦囊妙计,将一堂课包装得完美无缺。

这是一个流行展示自我的时代,名目繁多的各种模特秀、脱口秀、选美秀、闯关秀、达人秀、营销秀、剪彩秀、著书立说秀……涉及社会的各个角落,真是缤纷万象,令人目不暇接。教育这片圣洁的沃土也紧跟时代潮流,不失时机地秀上一把。无论平时怎样上课,在公开课教学中,教师都会使出浑身解数,用尽各种手段,绞尽脑汁地秀上一把,让课堂"靓"起来,"活"起来。

为了增强公开课教学活动的影响力和辐射带动作用,承办方也会积极努力,主动配合公开课教学的老师,精心包装,反复排练,全力促成这番"好事"——包括应该选派哪些班级、哪些学生参加公开课活动，学生在课堂上如何有效地配合老师烘托气氛、引发共鸣等。事实上，偶尔的公开课教学给学校注入了新鲜的教育信息，激发了孩子们的学习热情，拓宽了老师的教学思路。

这天，上完上午第二节课，钟阳春来到校长办公室，当他接到韩凤章校长的"公开课"老师名单时，简直吓了一跳，顿时面色一变。韩凤章校长关心地问："钟老师，你没事吧？"钟阳春赶紧稳定心绪，说："校长，名单里有位老师的名字很熟悉。"韩凤章校长露出一副明白的表情，说道："全廉城市城区及各乡镇、村小学在职老师约 1500名，能和其中某位老师交流学习实在是好事。"钟阳春在校长谦虚的话语里，慢慢调整好情绪，连忙点头说："是的，谢谢校长。"

钟阳春在公开课名单上看到的名字，不是别人，而是庞辉艳。四百多个日日夜夜，渐渐走出记忆的一个人，一个已经慢慢淡出自己视野的人，又重新出现了。深圳和雷州半岛相隔约 500 千米，相隔遥远的两个地方，很多事情都无法联系在一起，但现实却如此真实。不知道是不是他熟悉的庞辉艳，不管是真实的庞辉艳，还是和庞辉艳相同名字的不同的人，钟阳春等着时间慢慢走近，他认真地迎接每一天的到来，面对着真实的生活。

三月底的一天早晨，桔水小学语文优质课评选活动正式启幕，校园里一片喜庆。五(1)班的孩子们事先得到了通知，不约而同地穿上了漂亮的校服。这是桔水小学不成文的规矩，平时对学生着装没有硬性要求，但只要有集体活动或重大纪念日，孩子们就会穿上漂亮的校服。

韩凤章校长带领全校老师站在学校大门口，迎接组委会的工作人员和公开课老师。学者模样的三男两女款款走进校门，韩凤章校长和他们握手，亲切问好，当看到那个熟悉到渗入肌肤里的面孔时，钟阳春的心猛地跳起来，不过事先已做好心理准备，这次钟阳春控制好波浪起伏的心情，微笑着和庞辉艳握手问好。当庞辉艳和钟阳春握手时，尽管深藏起不安的情绪，但看到钟阳春真实地出现在面前，她还是稍微颤抖了一下，脸微微泛红。但只是一下子，她便恢复了原来平静的状态。看得出她在见钟阳春前已经历过强烈的内心煎熬，既然有些事不可避免，唯有鼓起勇气来面对现实。

离第一节课下课还有二十分钟的时候，五(1)班教室门口突然出现了几张陌生的面孔，他们是前来熟悉学生的上课老师和组委会的工作人员。

32双好奇的眼睛像聚光灯一样，齐刷刷地汇聚到这几张陌生的面孔上。

庞辉艳容光焕发，情绪高涨地推开门走进了五(1)班教室，站在讲台上笑容满面地说："同学们好！"

"起立！"班长梁琼珍的一声响亮口令之后，同学们热情地问候老师好。孩子们按捺不住内心的喜悦，用经久不息的掌声欢迎这些陌生客人的到来。

"同学们请坐！先做个自我介绍吧。我叫庞辉艳，今年 26 岁，来自江南水乡浙江，现在廉城市实验学校任教。大家就叫我庞老师吧。很高兴来到桔水小学，很高兴认识五 (1) 班的同学。"

"欢迎新老师！"孩子们对这一刻期待得太久了，他们像接到了战斗命令一样兴奋，回答得干脆、利索，震耳欲聋。接下来是因喜悦产生的吵嚷声、掌声、欢呼声，庞辉艳完全淹没在孩子中间，根本插不上嘴。

从孩子们的热情里，庞辉艳看到了希望。凭借丰富的教学经验，她有一种预感：有这些可爱的孩子做后盾，这节课一定能上好！这无疑又是一堂精彩纷呈、高潮迭起、超乎寻常的公开课。

庞辉艳独具匠心的教学设计，非同一般的教学风格，深深地吸引着孩子们，师生配合非常默契，课堂气氛异常活跃。就连张秀荣都表现得特别出色，状态极佳。他不仅发言积极、遵守纪律、而且思维活跃、肯动脑筋，精彩地回答了好几个问题，多次得到庞辉艳的表扬。

一直坐在后排听课的钟阳春也是喜出望外，频频点头。这回，孩子们算是给他撑足面子了，他的脸上满是得意。钟阳春还特别留意了一下，发现张秀荣的课桌上已经有好几束鲜花了——都是庞辉艳作为奖品送给张秀荣的。在鲜花的映衬下，张秀荣的脸上光彩照人，满是自信，甜蜜和幸福写在他的眉宇间。这份甜蜜让张秀荣更加开心，听课也越来越有精神了。

庞辉艳一会儿讲故事，一会儿做游戏，像一个神奇的

魔术师，又像一个精明的导演，把全体学生的学习热情都调动起来了，孩子们像童话剧里的主人公一样，在她的带领下翩翩起舞，自由飞翔……她笑容可掬，和蔼可亲，每个孩子在她的眼里都像花儿一样美丽，像小精灵一样可爱。她的课讲得真好，她的声音很有魅力，像磁石一样吸引着学生，更像魔术师一样牢牢地抓住学生的心，使你根本没有开小差的空隙。在庞辉艳的课堂上，你会觉得：学习是件轻松的事、快乐的事、幸福的事，没有太多的负担，没有矫揉造作或刻意粉饰，一切都水到渠成，信手拈来。

坐在评委席上的韩凤章校长有意向后看了一眼，这目光正好被提心吊胆的钟阳春捕捉到了。他其实早就按捺不住了，也在暗地里关注韩凤章的表情变化，他担心孩子们再给他惹出麻烦来。当两人的目光相遇时，钟阳春从韩凤章校长赏识的目光里，感觉到他很满意孩子们今天的表现。

因为有张秀荣这样的活跃分子，庞辉艳在课堂上驾轻就熟，如鱼得水，越讲越有激情，课堂教学高潮迭起，评委席上掌声不断。

庞辉艳的控场能力是游刃有余的，她很轻松地驾驭了课堂，还一再地表扬张秀荣同学，她说："这位同学的想象力真是太丰富了，想问题的思路更是与众不同，语言也很幽默、风趣。他的回答给我们开启了想象的大门，令我们眼前一亮，灵光再现。老师非常欣赏你，来，老师再奖励你一束鲜花，赞赏你肯动脑筋，善于思考。"庞辉艳将鲜花递到张秀荣手上，继续说，"讲台是连接师生情感的桥梁，也是点燃学习激情的擂台。在课堂上，老师是助燃的催化剂，你们才是课堂的真正主人，没有你们的大胆想象，没有你们的热情参与，没有你们的个性展现，就不会有激情燃烧的课堂，也不会有真正的活的教育！这儿是学习的地方，是争鸣的舞台，有争鸣才会有发展，有讨论才会有大进步。想象力是人的宝贵财富，肯动脑筋是一种非常好的习惯，如果能坚持下来，将来一定会大有作为的，让我们把掌声再次送给这位爱动脑筋的同学……"

庞辉艳的这节公开课讲完，五（1）班教室内掌声雷动……

韩凤章校长和组委会人员回到办公室，大家互相交流教学工作经验。休息空隙，庞辉艳告诉钟阳春，廉城市实验学校组织一对一下乡扶助公开课教学，她主动申请到桔水小学。钟阳春原本平静的心激起浪花，他诚恳地向庞辉艳请教学习。庞辉艳也不含糊，从袋子里取出一叠稿子，说："这是公开课内容，你可以参考。"钟阳春接过来不停地说着感谢庞辉艳的话，最后两人互留了联系电话。

活得很累的人，不是经受贫穷困扰的人，就是守候记忆的人。

庞辉艳属于后者。

其实，庞辉艳一直在等待着钟阳春。但是，几个月的时间很快就在这种杳无音信的等待中过去了。

一个冬日的黄昏，庞辉艳乘火车悄悄来到钟阳春所在的城市。她没有联系钟阳春，而是悄无声响地在这个城市的丽波度假村酒店里住了三天。她很茫然。在这三天的时间里，她几乎走遍了这座城市的角角落落。她像一个考古学家一样，用一颗跋涉的心，寻找着那些失落的古迹；她又像一个家资荡尽的乞丐，以一种绝望的凝视，守候着一枕黄粱的梦。她一直流着眼泪。"我为什么要这样？"她在心里反复地问自己。一种难以言说的痛楚使她感到似乎是置身于绝地，飘蓬一般，在疾风劲吹的雪地上黯然无力地挣扎着。

在丽波度假村酒店里，站在窗前，她的目光游动在窗外鳞次栉比的高楼大厦间，是那样的虚无与涣散；她的心痛苦地盘绕在往事的纠缠中，时而在昙花一现的闪动中惊悚于难以捕捉和挽留的消逝。"别了……"她自语着。转而，她又在沉重的思绪里反复叩问自己："向谁告别呢？我怎么到这里来的？我该向何处去？"在她凄然的眸光里，这个世界就像波涛中的一块甲板，在苦难与恐惧中飘飘摇摇。

几个月前，庞辉艳通过严格的笔试、面试，成为廉城市实验学校的一名教师。几个月之后的寒假期间，庞辉艳花掉了自己大部分积蓄，在廉城市一座公寓的套间居住下来。

一个平常的上午，庞辉艳和同事们在办公室闲聊。

"庞老师，你总说你有男朋友，怎么从来没见过啊？"同事黄老师试探性地问。

黄老师问庞辉艳时，她的眼前浮现出那天在公开课上看见的钟阳春，因为随组委工作人员离开了，两人没过多交流，只是匆匆一别。正是公开课上短暂的相见，让庞辉艳忘记了许多痛楚。想到还能再见到钟阳春，庞辉艳不紧不慢地说："他呀，前几天我们刚见过面。"说完把一个硕大的荔枝递给黄老师，"吃吧，我刚买的，甜着呢。"

"荔枝，本地新品种，给我一个。"对面桌台办公的杨老师从来不客气。杨老师参与了分享，这荔枝连同荔枝的主人即刻成了中心议题。

"庞老师，你是不是有时用吃水果代替吃饭啊！"说着杨老师张大嘴巴咬了一口荔枝，边说边嚼，"嗯，你这身材保持的，那千年蛇妖也不如你啊！"

千年蛇妖！

这让庞辉艳想起了大学的时候，和钟阳春一起看电影《白娘子传奇》后，有人说白娘子很傻，为了一个凡夫许仙让法海扣在雷峰塔下终年不见天日，不值得。而庞辉艳自己特激动，大声喊出："为了真爱，即便付出千年的修行又算得了什么！"恰巧那日庞辉艳穿着白色连衣裙，瘦高细腰的造型也许正好合了某位才女的想象，"千年蛇妖"便由戏称演变成庞辉艳在宿舍内的代称。

后来憨厚沉默的钟阳春，在给她的生日礼物上写着：献给白娘子。

"扑哧！"想到这里庞辉艳忍不住笑出声来。

"笑什么，想起许仙来了！"黄老师不失时机地打趣道，见庞辉艳没有反应，她不依不饶地说，"艳，你这齐腰长

发也该盘起来了吧？我昨晚刚看了一个资料，是介绍中国自梳女的，那是民国时期的故事。"

庞辉艳是知道自梳女的，这是民国时期接受了新思潮终身不嫁的女子。她们经济独立，看到当时结婚的女人生活悲惨，便选择了不要婚姻，独身终老。而庞辉艳自己并不想做这样的铁女人，也许她更像那只等待千年的白狐。

如今一年多过去了，她还是想念着他。"他愿意见到我吗，见了面要说什么？"她的心乱乱的，连握着笔的手也跟着微微颤抖。庞辉艳想了好久，终于用手机发出了信息："阳春，有时间吗？我们见见面，好吗？"

钟阳春很快回了信息："好，明天在丽波度假村酒店三楼龙凤厅吃午餐。"

庞辉艳的眼睛一直停留在和钟阳春互发的几条信息里，"不见不散"，这是她最后发给钟阳春的信息，她已经迫切地想要见到他了。

丽波度假村酒店三楼龙凤厅，钟阳春坐在最里面的位子上。庞辉艳忐忑不安地走过来，站在钟阳春背后，也不知道站在那儿多久，钟阳春发觉到身后站着的庞辉艳，说："再在那里站着，茶就凉了。"

庞辉艳泪水瞬间跌了下来，她拿袖子胡乱地擦着眼睛，却越擦越模糊。有些人就像阳光，无论多黑多冷的地方，有了他都会莫名的暖若春朝。"坐下吧。"钟阳春微微叹了口气，放下盛茶的杯子，走过来拉庞辉艳。当钟阳春的手指碰到她时，明显感受得到庞辉艳突然紧张起来。钟阳春低头看着庞辉艳，慢慢放开手，走回竹椅前坐下，独自烫着茶盅，滤着茶汤。钟阳春自然地说："你过来了，怎么不说一声啊？"其实钟阳春的本意是问："你怎么找到桔水村来的"。廉城是他的家乡，来到廉城是容易的事，只是桔水村是廉城市的一个小村庄，如此巧合，很让人不解。一年多的空白好像从来没有出现过，庞辉艳还像从前在大学校园里那样，斯文秀气，让人突然有种"昨日今我一瞬间"的感觉。庞辉艳在钟阳春对面的竹凳上坐下，她是明白钟阳春的意思的，所以想也没想，便说："校友通讯录有你的地址。"

"我这辈子心里都有个人住在雷州半岛。"钟阳春一边想着在深圳分别时，庞辉艳说的话，一边手法娴熟地在庞辉艳面前的茶盅里注入茶汤。庞辉艳喝了一杯又一杯的茶水，像是好久没有喝过钟阳春泡的茶，要一次喝个痛快。眼前的钟阳春还是这么优雅纯朴，一如他们初相见时。庞辉艳看着钟阳春，认真地说："阳春，我还是不能忘记你。"

或许有些事情过去了便变得毫不重要了，放下便完成了一次成长。钟阳春只是轻轻说了句："辉艳，你一点儿都没变，还是那样纯情。"两人静静地对视，谁都不避让。在一个你念了四年的男人眼里看见自己的影子算不算是件幸福的事？庞辉艳真想伸手好好摸一摸他的脸，他在梦里出现了太多次，可是她最终还是没有伸出手去，只是很感动地说："谢谢你，还能记得过去。"

庞辉艳在回忆着过去他们在一起时的一些事情，钟阳

春感受得到庞辉艳那份内心的喜悦，因为她盼望着的钟阳春真实地在她面前。钟阳春有一阵子不知所措，安静地看着庞辉艳，顿了顿说："对不起，辉艳，已经过去了。"庞辉艳深深吸了一口凉气，忍不住开口问："为什么？"事到如今，她能说的或许只剩下"为什么"了。

"对不起，我们不能回到过去了。"钟阳春的声音突然带着一丝颤抖。

"为什么？"她从过去的时光里回到现实里来，呆呆地望着钟阳春，不停地问"为什么"？

"因为，我们已经结束了。"

钟阳春鼓了很大的劲儿说出这句话后，站起身来，慢慢朝前走去。就在走过餐吧广场时，钟阳春停住脚步，转过身，看到庞辉艳眼角泛着泪光。钟阳春看了看，忍了又忍的身体缓慢向前移动。直到看不到钟阳春的身影，庞辉艳眼角的泪水才一滴滴滑下。

夕阳余晖退尽，月色洒在她身上。人生若只如初见，很多事情还能回到当初，还能留住青葱岁月里的美好时光。

第十八章　大龄女青年的渴望

　　晚上的温度依旧和一个月前一样，雷州半岛的气温变化总是很缓慢。钟阳春开着银色小轿车，村路上闪过从农家楼房窗户中射出的灯影。他心情沉重，一路上想了很多事，然而思绪纷乱，理也理不清。回忆起上次跟庞辉艳在深圳分开，时隔一年后在家乡再次相见，不管是缘分还是老天自有安排，他无法想象的事情总是在不经意间发生。当脑海里出现梁桂梅的笑容时，他突然有种不知如何走下去的窘迫心境。他的内心仿佛被一阵阵寒流笼罩，现在是春末，但他却感觉到很冷。

　　傍晚时分，梁桂梅开着小车来到村前的九洲江畔。
　　漫步绿道，一路的繁花似锦。大道两旁的灯光像两条长长的火龙，蜿蜒地游向村外，景色颇为壮观。沿岸的木棉树绿叶成荫，绿道围圃里种满开着花朵的太阳花，色彩缤纷。梁桂梅站在堤坝边上，望着村庄里的万家灯火，思

念一波波从远处传进心里。小时候常和伙伴们一起在九洲江里嬉戏玩耍。大家在江里游泳、打水仗，捡江里的贝壳，捉小鱼小虾。可是，好景不长，附近的居民在江面上乱丢垃圾，很多工厂排出废水，空气中夹杂着一股腥臭味。后来在廉城市委市政府领导带领下，通过修河堤、植树造林、改河道、开沙场，开果园、种花生、种番薯等，桔水村前的九洲江畔发生了翻天覆地的变化，九洲江水清澈见底，绵延几千米长的绿道，硬底化路面，起于村口，绕田园一角，沿田埂，顺河堤，过大桥，直通桔乡至廉城的公路。绿道配套安装了路灯，栽种了各种自然花木。

坐在长条凳上，面对着高高的合江桥，梁桂梅感叹着家乡的变化。在党的乡村振兴战略鼓舞下，新农村以"农业强、农村美、农民富"的姿态款款向我们走来。随着现代社会物质文明的日益发达，人们变得越来越贪婪，对物质的欲望越来越强烈，而匆匆行走的脚步又让神经变得越来越迟钝，心灵越来越疲惫。现代社会的城里人越来越向往大自然，希望感受大自然的美好和惬意，并以在靠近山水的地方有个属于自己的住所为理想。

九洲江畔夜空的美丽，是最近一个阶段以来梁桂梅从未发现过、欣赏过的。这一阶段，她一直忙着奔波，在村子和廉城之间跑来跑去，好在此刻她闲下来了，可以在自己出生成长的村子里感受美丽的夜色。远处的山岭依然冷峻地立在那儿，在广袤的星空下，依稀可见一片片浓密的荔枝树。如今，花草果木逐渐过了浓郁丰茂的时节，呈现渐次凋零的状态，但枝头结出的各种各样的果实压弯了枝叶，已到了收获的时候。合江桥，高高耸立在九洲江上，每天车辆络绎不绝。

一辆帕萨特悄无声息地开了过来，停在她的身后。陈锡从车上走了下来，车门半掩着。梁桂梅显然没有发现。陈锡呆呆地站在她的身后，不知道该怎么做。

待了片刻，陈锡忍不住叫了一声："桂梅！"

梁桂梅没有反应，以为是潜意识当中有人在喊她。陈锡又叫了一声，梁桂梅这才反应过来，确实有人在喊她。显然是受到了惊吓，她立马站起来，向周围望去，终于发现了陈锡。

陈锡问道："桂梅，怎么一个人在这儿啊？"

梁桂梅转过身呆呆地望着陈锡，诧异地问道："你，你怎么也在这儿？"

"我还要问你呢？"

梁桂梅眨了眨眼睛，清醒过来，笑着说道："几年不回家了，村子变化太大了，竟然让我迷路了。"

陈锡脸上舒展着愉快的笑容，走近一步说："你和阳春一样，在大城市住久了，回到村子就迷路。"

梁桂梅听到"阳春"这个名字，心里一阵紧张，站在堤岸的她身体一下子失去重心，就像是快要掉进九洲江里了，陈锡眼疾手快地一把抓住她的衣服，用力把她拉了过来。梁桂梅安稳地扑在陈锡的怀里。

原本只是默默驾驶着小轿车的钟阳春，下意识地看了

一眼路边的两个青年男女，不经意间，竟发现陈锡正抱着大惊失色的梁桂梅。钟阳春来不及去想那么多了，紧急停住了小轿车，但是当站在他们面前时，他不知所措了，不知是该留在那里还是该离开。一切来得太突然了，陈锡和梁桂梅都没有想到会是这样子，一时间两人都有些不知所措。陈锡先是松开了手，若无其事地看着钟阳春。梁桂梅睁大眼睛愣在原地一动不动。

三个人都不知道该怎么办了，面面相觑。梁桂梅恢复了原来的样子，心想着又不是什么见不得人的事，就乐呵呵地说："我们三人真是有缘，我才来江边一会儿，陈锡就过来了，没一会儿阳春也来了。"

陈锡附和着："情况属实。"然后他摸摸头发，提出建议："大家一起去吃个消夜如何？"

梁桂梅看了看夜色渐浓的天空，说天色晚了，先回去了。看着梁桂梅驾驶着的红色小轿车渐渐远去的背影，陈锡回过头来看着钟阳春，摆摆手说："我也该回去了。"

钟阳春给陈锡送上关心的话："天黑，路上小心。"

夜色里，梁桂梅回到家，疲惫地坐在沙发上，满脑子都是钟阳春的影子。她突然意识到，这个男人似乎是在她的生命中横空出世的，可是似乎又不是她真正发自内心的选择。但是她常常觉得这个男人是如此熟悉，好熟悉，就像是认识好多年了一样。

梁桂梅无法安静下来，她坐到电脑前开始发愣。时间就这么一分一秒地过去了。这时，手机突然响起，梁桂梅翻开手机中的一条条信息看，原来是有几张订单，客户催着发货了。

梁桂梅的廉美电商突然就火了起来，但距离开业已经过了很久。一开始确实没有几张订单，好在梁桂梅没有等着这些钱用。一个成功的生意人，积累经验，慢慢等下去就会有成功的机会。梁桂梅决心坚持下去，哪怕一个星期都没有一张订单，她也没有着急，更没有想过放弃。

梁桂梅的电商网络最近生意火了，这是她自己也没有预料到的事情。她在房间里面走来走去，走了一分钟之后，她忽然觉得，一切并不像她想的那样。她原本以为，当自己被认可，在网络销售行业获得成功之后，就会与往日不同。可是现在，她却有些失望了。她对镜自照，镜子里那个女人也不那么差吧，从硬件来看，要身材有身材，要皮肤有皮肤，要个头有个头，要气质有气质，要丰满，也只差那么点儿……而且，她还有软件条件哪，比如说，她是这么亲切，这么善良，这么宽容，这么懂得欣赏你、包容你、爱护你、体谅你、疼爱你，关键的是她在你的面前还娇气得那么自然、那么坦然。别的女人有的，她都有；别的女人没有而你的确又很需要的，她也有。尽管人生何处无芳草，可是芳草茵茵，绿意盈盈，最美、最养眼、最让人舒心的景致并非随处可求。如果真有那么简单，她也不至于这么多年了依然形单影只。

九洲湾农家乐！陈锡嘴里嘀咕着掏出手机，他想找个人说说话，分析一下或者出出主意。他的手机里保存了上百个人的电话号码，有的已经很久没联系了，他曾想把所有已经不再联系的人的电话号码都删掉，只是还没有下定决心。

他翻弄着那些号码，翻到了宣彩银的名字。宣彩银是桔水幼儿园园长，长得小巧玲珑，看起来像个瓷娃娃。去年，他们熟识后，宣彩银对他崇拜得不得了，三天两头给他打电话，请他吃饭，约他看电影，或者写几段心情文字请他指点，总之联系他的理由多种多样，几乎很少重复。

陈锡也乐意跟这个漂亮有主见的女孩子在一起，那种感觉让他很受用。他们相处了一段时间后，宣彩银走进他的内心世界。此刻，他很想念宣彩银的声音，他觉得她那没有任何心机的笑声能冲淡他此刻的惶恐和孤独。陈锡回忆着宣彩银的一颦一笑，他很想跟她聊聊，聊聊他最近的心情，聊聊他来到了九洲湾上，聊聊这里的幽静和寂寞，聊聊两人在幼儿园的工作。他的手指在那个号码上停了很久，最终摁下去了。

陈锡等待着宣彩银过来，想象着和宣彩银相拥时，世界仿佛一下子静寂下来，温暖的气息包围他的全身，流进他的心里，在他心里竖起一道坚固的堡垒，那堡垒让他感受到悲壮和无畏，也让他的心迅速安静下来。

宣彩银着一身红色衣裙，穿过长长的走廊，敲开了房门，刚要走进屋子，一个披着粉红睡衣的身影飘了过来，还没待她回过神来，她就被拥进强有力的双臂里。她试图挣扎着喊叫，陈锡的嘴亲吻了下去，压住她的嘴，耳语着："珊珊，想你了。"宣彩银听后发出娇滴滴的声音："就知道是你了。"

一缕缕阳光透过落地窗，柔和地照射进房间，凌乱的床单和衣服掉落在地上。陈锡坐起来，看着身旁睡着的宣彩银，她睡觉的样子真迷人，像个不食人间烟火的仙女。陈锡定了定神，想起了昨夜的经历，心情顿时像春天的花儿，绽放出美丽。

钟阳春回到家里。柔弱的灯光下，可可正在阿嬷身边看图书识字。父亲正捧着本书看，母亲说："你爸看书入了迷。"

钟伟源戴着一副老花镜，正在捧着一本今天刚从向阳书店买回的《荔枝种植技术》津津有味地看着。看到钟阳春回来，便与他攀谈起来。

"你现在才回来啊？"钟伟源说，"下次回来记得帮我带些旧书，听说博爱书店和大众书店都有这方面的书。"

钟阳春说："一切都变了，时代变了，农民也要跟着前进。"

钟伟源说："农村最缺什么呢？是书籍。以前种地、养殖的村民只是凭经验行事，常常因为不懂科学，损失惨重。自从那次家里荔枝树得了炭疽病，钟伟标村长带专家过来了解情况后，村中喜欢看书的人就多了起来。"

钟阳春说："环境能改变人，也能磨炼人的意志。"

钟伟源递给钟阳春一份报纸，说："这份报纸详细介绍了桔水村新农村建设的成果。"钟阳春接过报纸仔细看着，是市里一位记者写的通讯稿，说到了桔水村扶贫工作：陈东书记和扶贫办队长杨华宝，工作考察组和扶贫工作队员，桔水村村干部，还有许许多多的新农村建设者……

许多年了，当年的情景历历在目。那年钟阳春高考，还亲自参加村子里的修路筑路工程，见证了桔水村的变化和发展……

第十九章　领导下乡啦

2009 年，初春来到，桔乡大地一派欣欣向荣的景象。

荔枝树、水稻、小草等一切有生命的植物，经过春天细雨的淋浴，迎着太阳光，迫不及待地走向丰收的时节。村文化楼墙上挂着的图片中，有红红的荔枝、黄澄澄的橙子、硕大的阳桃、灰黄色的龙眼、绿油油的桃子等。荔枝树果实挂满枝头，果农笑腰了弯，纷纷诉说着丰收的喜悦。

陈东书记看着眼前的美景，心里思量了很多。上任廉城市委书记前，他已通过有关资料了解到廉城市城镇与乡村规划建设方案和工农业、畜牧业、种植业经济相结合发展的战略。到廉城市任市委书记后，陈东书记开始实施利国利民的宏伟计划。陈东书记清楚，光艳夺目的地方，总会吸引着过往的人们。他最想了解的是那些山高路远、偏僻落后的地方。

大山深处的偏僻农村，是陈东书记首站调研的地方，

他想帮助困难群众脱贫致富，走进老百姓的真实生活中去。在寒冷的天气里，陈东书记和考察组驱车来到桔乡。桔乡地处雷州半岛北部、距廉城四十多千米，素有"蕉乡"之称。

在"桔乡革命烈士纪念碑"前，陈东书记和随行的工作人员，给英雄烈士们献鲜花敬礼。陈东书记心灵受到洗礼，在战争年代里，多少英雄儿女前仆后继为解放人类的事业不畏牺牲、英勇就义。而今天，我们活在和平、平等的社会主义国家里，更要为人民的幸福生活而努力奋战。

"桔乡革命烈士纪念碑"后面的那片茂密的竹林，正是当年桔乡的儿女们抗日救国的村寨阵地，共产党员和桔乡抗战的同志开展革命活动，经常秘密驻扎在这片竹林杂草丛中一个隐蔽的炭窑洞里。他们冒着炮火、炸弹誓死保卫家园，最后鲜血染红了村寨，胜利的五星红旗遍插桔乡大地。现在这片竹林作为抗日战争纪念遗址被保留了下来，成了桔乡古村落的标志风景。它见证着桔乡、雷州半岛灿烂辉煌的历史。

随后，陈东书记和工作人员到了桔乡镇政府，从古老的房屋建筑、木柱子搭建的棚屋、灰青瓦、院子里参天的松树，可以看到桔乡镇政府的历史悠久，从战争年代到中华人民共和国成立再到现在，走过几十载的春夏秋冬。

镇党委会议在桔乡镇政府的办公大楼二楼会议室召开。镇党委会议室内，市委书记陈东、市扶贫办队长杨华宝、镇委书记文增雄、桔乡镇镇长林宗道和镇纪委书记梁汉华全部到齐。陈东书记此刻正坐在会议席上，表情十分严肃，他的目光从在座所有人的脸上一一扫过，整个会议室内的气氛端重肃穆。

桔乡镇镇长林宗道介绍了桔乡镇的人口、土地面积情况以及其他情况。九洲江从北到南贯穿全境，形成了以九洲江为界的河南、河北两个农业产业发展带。其中，河南片重点发展水稻、香蕉产业；河北片重点发展荔枝、龙眼产业。大家默默地听着，林宗道镇长说完话，镇委书记文增雄简述了桔乡镇的农村土地闲置情况，农村产业发展、当地人口就业问题。还谈到当地致贫原因主要是因病、因残、因学以及缺技术、缺资金，村里缺乏产业经济，缺乏带头人和龙头企业。

听取了镇委镇政府干部的工作汇报后，陈东书记面色凝重地说道："党的十七大报告中提出了乡村振兴战略，要做到扶贫、脱贫，就得和村民站在一起，用心谋划、用情交流、用力扶持，这样才能更加全面地做好扶贫工作。产业扶贫是脱贫攻坚的关键，只有发展产业才能为贫困户带来'两不愁三保障'的资金来源。"

会议持续了一个小时，会议结束后，陈东书记和考察组一起到村子里去考察。桔水村是桔乡镇比较偏远贫困的小村庄，由于十年九旱，生产条件落后，村民望天耕种，以种植传统农作物水稻为主，生活较为困难。桔水村的入村路是一条3米宽的沥青路，道路常年失修，雨天泥泞难行。村民出行，孩子上学，各种车辆来来往往，交通拥挤阻塞。

桔水村主干道的出口是廉城至桔乡镇的二级公路，陈东书记和考察组驱车三十分钟在桔水村路口下了车，一行人走在路上，道路左边的稻田刚种上绿油油的秧苗，农民们正在田间地头忙碌；道路右边曾是荔枝园地，弃耕后依稀可见一株株枯萎的荔枝树。他们体会着老区人民的生活不容易，心情沉重地步行二十多分钟，来到桔水村村委会。

桔水村村委会在中华人民共和国成立初期只有公社盖的几间老屋子，如今老屋子的遗址仍在，却破旧不堪，泥土砖瓦年代久远。现在的桔水村村委会，泥沙地的院子被打扫得干干净净，每个角落整洁美观，五星红旗立在旗杆上方迎风飘扬。桔水村村委会主任钟杰春把陈东书记一行人迎入办公室，沏茶倒水，非常热情。在办公室，一组数据显示：桔水村山岭多、田地少，有效耕地面积500亩，林果面积1000亩，水域面积860亩，劳动力人数1783人，村民年人均可支配收入876元。村中约七成青壮年外出打工，留守的基本是儿童和老弱病残人士。有劳动力的家庭，只是简单种植农作物，缺乏其他经济收入增长点。工作组的人员面色凝重，陈东书记说："我们要着力解决老区的贫困户的困难，尤其是老人、儿童的困难。"

陈东书记一行人离开桔水村村委会后，第一站去了桔水村前的九洲江码头。九洲江是南海水系河流，在英罗港黎头沙流入北部湾。河流总长162千米，总流域面积3337平方千米。九洲江在桔水村起到举足轻重的作用。桔乡镇有中小型水库20座，水源充足。

陈东书记和考察组人员站在九洲江码头，江面上是过往的货船、渔船。陈东书记说："九洲江是我们廉城人的'母亲河'，九洲江中游的鹤地水库，其灌区渠系从北至南贯穿大半个雷州半岛，雷州半岛周边的6县区得到了灌溉保证，粮食生产连年丰收。我们搞的九洲江经济带发展必须是绿色的、可持续的。要设立生态禁区，抢码头、采砂石、开工厂、排污水，要合理改善和开发。保护九洲江生态发展，改善和净化水质，保障水域生态平衡，发展适合的产业，对于实现科学发展有着重要的意义。"

　　桔乡地势西北高、东南低，土壤属沙质红壤，大部分是九洲江两岸冲积土，肥沃松软。沿着九洲湾走去，沿途的泥土洼洼坑坑，荒芜的田地杂草丛生，还有些许土墙灰瓦的农舍。这里的交通还比较闭塞，人民还比较贫穷，住房也相对简陋。现在，党和国家关注"三农"问题，鼓励农民种植荔枝树，实施各项惠农政策。农民的生产收入多元化，生活水平也越来越高。这里有原始森林、野荔枝树、木菠萝树，也有山稔、山茶、山楂、山百合、野菊花。这里一年四季气候温和，适合种植水稻、番薯、花生、大蒜等农作物，盛产香蕉、荔枝、番石榴、阳桃、龙眼等水果。桔水的物产丰富，其中山稔子可以泡药酒，山茶籽榨油后可食用，山楂树结的果实是原始的野甜味。上了年纪的老人，小时候在山里摘野果充饥，喝山泉水解渴。山脚下的九洲江，是孩子们游泳的乐园；妇女们在河边洗菜洗衣服，渔民撑着竹篙划着竹排在河里捕鱼。当日落西山，九洲江边依然

是那么热闹，大人们带着小孩子洗澡、打水仗。

桔水村属于省级革命老区贫困山村，三面环山，村前是田野，九洲江从村东流过。之前，小村庄坐落在荒山瘠岭里，道路全是黄泥土路，给村民生产生活带来极大的不便。现在珠三角的许许多多农村早已迈入小康生活，但粤西的一些地区的人们仍然艰难地苦斗在崎岖的小路上。沧海桑田，风雨洗礼，村民们积极性高，自愿提供土地，自筹资金，有钱出钱，无钱出力，自觉为修路做贡献。而且上级部门也给这些村民以扶贫资金帮助，于是有劳动能力的人都参与到劳动建设中，修铺桔水村的主干沥青路，又筑了连接各个山岭的黄泥土路，还植树绿化村东的九洲江堤坝。

陈东书记一行人走在高山峻岭间的小路上，看茂密的山林，荒山瘠土的山地，有些地方光秃秃的，杂草丛生。原始生态乡村应是鸟鸣唧唧，满山荔枝树香。如今却是一片荒凉景象，让人心里多了几分失落。陈东书记说，退耕还林，宜林宜种，鼓励农民开荒种荔枝树的积极性、返乡创业的热情。按照国家推动扶贫惠农政策的落实执行，改善贫困村生产生活生态条件，促进农民脱贫致富奔小康，加快当地经济建设发展的步伐，改善社会主义新农村的村容村貌，可使当地资源优势转化为市场优势、经济优势。

一番实地考察和讨论后，陈东书记一行继续前行，他们来到了一户谢姓人家，这是一对同为 85 岁高龄的老夫妻。他们唯一的儿子在对越自卫反击战中英勇牺牲了，被政府追认为革命烈士。谢爷爷说，自从儿子走后，夫妻俩相依为命，以前年轻，还能做些体力活，挣点生活费，从60岁开始，生活费、医疗费靠政府抚恤资金来维持，至今生活护理全靠村民义务帮助。谢爷爷还说，他们村子山地多，村路不通，经济收入有限，很多村民还住在20世纪八九十年代建造的破旧红砖屋、泥土屋里。人民英雄当年参加战争，自然是保家保国。桔水村是革命老区，如今革命老区的贫困生活状况一幕幕在眼前……陈东书记眼眶渐渐湿润，那种感觉是从没有过的心酸。这时，随行的喜红电器厂的阮汝翅走向谢爷爷、谢奶奶，他紧紧握住了两位老人家的手，并递上了一个红色的信封，温和地说，他是扶贫考察组的成员，这是3000元慰问金，爷爷奶奶要保重身体，好好生活。谢奶奶感动得流出了眼泪，她的泪水流在满是皱纹的脸上，然后掉落在地上。谢奶奶声音哽咽地说："感谢你们，你们为人民群众做了好事呀。"

正午的太阳照着大地，天气暖暖的，鸡鸭拍打着翅膀走来走去，小花猫蜷缩在柴火里，听见响动立刻竖起耳朵，发现没有什么，又喵的一声闭上眼睛一动不动了。这里是山地多、人口少的村庄，居住在这里的人们，在中华人民共和国成立初期，以种番薯和木薯为生。改革开放后，掀起南下珠三角打工的潮流，大部分有劳动能力的村民都外出打工。由于大多数青壮年劳力的外出，村子的不少土地被弃置荒芜，田间山地长满野草。

年关到来时，打工返乡的人们开始走亲访友，老区的

乡村在灯笼与爆竹声中呈现出祥和喜庆的热闹景象。这样的日子会持续十多天。元宵节过后，人们又踏上外出打工之路，一个又一个村庄仿佛在一夜之间安静下来，留守的村民寂寞地守望着这片土地，其中的很多家庭只有老人和小孩子相依过日子。面对着起伏的山岗和空旷的荒野，留守老人表现出的是令人窒息的沉默。唯有赤脚的小孩子在荒芜的田野上不知疲倦地奔跑和追逐，幸福和欢乐如花朵般开放在他们稚嫩的脸颊上。

陈东书记一行行走了一段路程，走进了一个自然小村。村口聚集了很多人，大部分是老人和小孩子。领导们从城里来到了穷乡僻壤，村民们自然翘首以待。阿嬷听说城里的领导来到村子，在莫春平的搀扶下来到村口，在人群中阿嬷杨培元的年纪是最大的。陈东书记来到这位老人家面前，关心地问老人家高寿。阿嬷耳目清楚，声音洪亮地回答："83岁。"陈东书记亲切地叮嘱老人家要注意身体，有困难向组织说。阿嬷说："老区的村民们看到了希望，有这样兢兢业业的领导为老区的发展奔波，还有什么困难不能克服呢？"

陈东书记一行在去桔水小学的路上，正遇见一群学生在寒冷的天气赤着脚走在山路上，他们是中午放学回家吃饭后赶着要去学校的。眼前贫困山区的生活状况，令陈东书记和考察组人员的心灵受到强烈的震撼，像是被瞬间掏空——"我们生活在都市里，过着灯红酒绿、衣食无忧的日子，然而这里却有一群这样的人，在偏僻的大山深处，他们坚守在红土地上，默默承受着荒芜大山的困境，苦苦挣扎在茫茫大山里。"

崎岖的山路像一条蛇，七拐八弯。细雨纷飞，泥泞的道路深深浅浅，陈东书记一行人走了两个多小时才抵达桔水小学。这里没有栅栏，没有围墙，是一座破旧的土木结构房屋的学校。土墙斑驳脱落，门窗上一块玻璃也没有。可以想象：冬天，呼呼的寒风凛冽刺骨；春天，从破瓦片上的窟窿里落下的雨，干扰了正在读书的孩子们。这时，在桔水小学教了二十多年书的韩凤章校长非常热情地走上来："欢迎书记来参观我们学校。"

韩凤章领着他们走进了教室。

"欢迎！欢迎！热烈欢迎！"一群孩子整齐地排列着，迎接着他们的到来。一张张纯朴、充满童真的笑脸，一双双清澈如水的眼睛，让人深深地感受到孩子们强烈的求知欲望。

陈东书记说："要建立健全以市财政投入为主、地方政府配套为辅，同时通过向上争取、社会资本投入等多种方式，多渠道筹措帮扶资金，推进教育工程建设，全面改善办学条件。要加大低收入家庭子女单列招生计划，保障他们享有更多的受教育机会。学校要修建学生宿舍和食堂，给学生安排早餐、午餐，创造午休条件。学校要提供舒适的环境和创造有利的条件，让学生接受良好的教育。"韩凤章校长感动地说："太好了，学生早上可以放心来学校用餐，节省了早上做早饭的时间，也提高了午休的睡眠质

量。现在学校有很多留守学生，他们每天天不亮就起床自己动手做饭，吃过早饭才来学校，中午又得赶回家吃午饭，傍晚回到家还得抽空做家务。"

在回廉城的路上，陈东书记的眼前满是老区人民贫困生活的现状。

第二天，在全市扶贫工作会议上，陈东书记说："农村扶贫开发，是指国家机关和社会各界通过扶持产业发展，完善基础设施，改善生产、生活条件和教育、医疗、卫生条件，提高人口素质，开展技能培训，促进转移就业等措施，帮助农村贫困地区及贫困人口提高自我发展能力、实现脱贫致富的活动。要按照国家扶贫开发政策要求，结合当地扶贫开发工作实际情况，紧密围绕促进减贫的目标，因地制宜确定财政专项扶贫资金使用范围。市委、市政府要高度重视扶贫开发协会、省扶贫基金会廉城市联络处的工作。"

会后，市委书记陈东带领市委办负责人和扶贫基金会负责人专程到省扶贫基金会对接，省扶贫基金会常务会高度重视廉城市扶贫工作，就振兴乡村建设、教育、医疗卫生、电商等项目达成多项共识，拓展了社会扶贫领域，开创了社会扶贫新局面，助推了廉城市扶贫工作。

为深入推进廉城市各乡镇的帮扶项目工作，廉城市挂牌成立了项目管理局。市委书记陈东要求：项目管理局要进一步严格资金监管，规范项目建设和管理，推进项目顺利实施；新抽调的部门人员要紧紧围绕市委市政府的中心工作，进一步统一思想、提高认识、强化项目管理工作，创新工作方法，突出实效，确保项目按计划实施，及早发挥项目的最大效益；各部门抽调人员要高度重视扶贫工作，切实增强责任感和使命感，确保项目按计划实施；要明确工作职责，根据个人特长，尽职尽责认真展开工作，尽快适应新岗位的工作需要；要树立良好形象，发扬团结协作的精神，推动扶贫工作有序开展。

第二十章　路在心上，心在路上

2010年3月，廉城市市委、市政府启动桔乡镇整乡推进和扶贫帮扶项目后，市委以杨华宝同志为队长的扶贫驻村工作队，按照贫困户分布状况，结合村工作实际，进行明确分工，责任到人，进一步夯实扶贫包保责任制度。工作队认真摸清帮扶贫困户的基本情况，找准帮扶办法，制订帮扶脱贫计划，按照"不脱贫不收队"的工作要求进行帮扶。为了加强扶贫工作，杨华宝队长带领分管负责人和队员不定期、不定时地对驻村工作队工作开展情况进行督促和指导，每月至少在村里召开一次扶贫专题会议。

杨华宝队长和工作队员李少芬、吴桂英、谭娟到桔水村工作，村长钟伟标等村干部热情迎接招待他们。扶贫工作队在桔水村走村入户、访贫问苦。工作组吃住在村委会，不接受宴请，所到之处不插彩旗，不打标语。

在乍暖还寒的天气里，扶贫工作队人员每天早早吃过早点，就趁着村民还没出发去田里干活儿，开始挨家挨户地走访，到了中午也未停下来休息。

已是初夏，这天杨华宝和工作组来到张奶奶家，眼前的情况让工作组人员触目惊心。房屋实在太破旧，家里的电视没有安装有线，信号是自己用"锅"接收的，一台破旧的座式风扇，吹出的风不是清凉的，而是热乎乎的，扶贫工作组人员的衣服上都是汗水留下的斑斑盐迹。

张秀荣赤着脚背着一捆柴火走在回家的路上。刚走到家门口，他就发现一群衣着光鲜的城里人在自己的家里。由于母亲在他出生三个月后去世，父亲又常年在外地打工，他从小跟着奶奶生活，一下子看到这么多人来到自己家里，不禁怯怯地躲在奶奶的背后。

张奶奶把他抱在怀里，满是皱纹的脸上露出慈祥的笑容，温柔地对他说："他们是城里来的扶贫领导，咱们桔水村已被划入新农村建设，很快咱们家就可以住上漂亮的楼房了。"

在桔水村，有许多这样的贫困户。扶贫工作时间紧，任务重，入户调查的数据量很大，而有的地方交通不便，骑摩托车要二十几分钟才能到达。杨华宝绘图，用数码相机拍下桔水村的地形地貌、村容村貌、贫困户的家庭经纬度，并记录贫困户的家庭地址、致贫原因和脱贫成效等。桔水村位于廉城市桔乡镇南部，有高坡村、低角村、上旺村、西莲塘村和乌龙坝村五个自然村。桔水村全村总户数 654 户，总人口 3226 人。贫困户占了 89 户，贫困人口213 人。村中青壮年劳力大多外出务工，留村劳力少。贫困户中因残因病致贫的有 68 户，占 76%，在家务农、打临工的贫困户劳力只有 46 人。在 20 世纪 80 年代末，桔水村曾有小部分村民种植香蕉，90 年代中期停种，支柱产业种植业的消失，让邻近几个村渐渐萧条，农业发展滞后，种植业以农户自给自足的水稻种植为主，近四分之一的耕地闲置。

一天中午，杨华宝带领扶贫工作队来到学校，宽阔的操场里，除几棵高大的树木下的两张乒乓球台外，别无他物。韩凤章说："篮球场和足球场也很简易，教室的地板严重下陷，桌子都摆不平。"杨华宝很是笃定地说："农村的小孩也应该享受和城里孩子一样的待遇。篮球场、足球场、羽毛球场、乒乓球台、跑道、跳远沙池、幼儿滑梯一个也不能少，而且要规范。"

扶贫工作队开始对学校的附属设施重新修缮。他们请来了专业的勘测队、设计公司，光是设计稿就改了五六次。由于原有的空间不够，他们决定将学校操场往外扩几米。这样一来，就需要学校旁边一位村民让渡一部分土地。这位村民名叫钟伟新，48 岁，有个儿子在廉城中学读书，6 月要参加高考，他说将来儿子成家有了孩子要建楼房，现在把土地让出去，就意味着将来无法建房子。工作组人员登门三次都未能做通他的工作。杨华宝深有体会地说："在农村做产业、修学校、建基础设施，最难的环节便是集约土地。土地都是从牙缝里挤出来的。"

钟伟新白天参与村子的修路筑路，只有晚上才回到家里。傍晚六点钟，钟伟新从工地收工回来，远远地看到这一幕：他的老伴儿在两个年轻人的帮助下，坐在一台三轮电动车上学驾驶。一次，杨华宝从钟伟新的老伴儿口中得知，她不会骑摩托车，只会踩自行车，钟伟新总说以后村子里的路修好，有辆电动三轮车方便上街。杨华宝和村委会商量，发动扶贫队员和村干部各自掏钱捐款买了辆电动三轮车。在钟伟新收工回家前，杨华宝带领李少芬、罗子遥、钟伟标和钟杰春将电动三轮车送到了钟伟新家里。

钟伟新已经没有了底气，一个月来的固执和执着，在这一刻妥协了。他来到工作组人员的面前，说了句："我同意把那块地给学校建操场。"工作组人员悬着的心总算放了下来……

驻村的前半年，杨华宝和扶贫工作队四处调研，请农业专家到村里考察，鼓励村民种植荔枝、龙眼、红橙、水稻。希望年轻人才返流带动农村发展。桔水村土质肥沃，水源充足，灌溉方便，适合搞规模化种植，发展现代农业，也可以打造自然庄园，发展乡村旅游业。如今农业的发展不可能再依靠传统的种植方式，必须另辟蹊径，这就需要能人带回技术和资金，来带动村里的发展。

说来也巧，在一次工作汇报中，杨华宝听陈东书记提到有位青年企业家在做乡村旅游项目，心头一喜。这位青年企业家就是周菊俏。她在2006年12月回到了廉城市。在市里的青年共商创业商会上，身为廉城市副市长的杨华宝和周菊俏同时出现在会议室内。

开完会后，杨华宝给周菊俏打了电话，周菊俏对杨华宝还是有印象的，听到他的声音后感到很熟悉，很快说出了杨华宝的名字。杨华宝在电话里说："桔水村被划入省扶贫扶助贫困村，现在党的扶贫优惠政策在推动实施，希望有更多的乡贤回乡创业。"

"我一直想回家乡创业，主要是乡村旅游项目这块儿。"

"桔水村前的九洲湾是理想的项目。"

周菊俏爽快答复共同开发乡村旅游产业。之后，周菊俏带了两名地质专家从省城回到廉城。杨华宝和周菊俏特地赶去桔水村前的九洲湾考察了乡村旅游休闲农庄，对乡村旅游农庄扶贫项目进行论证，最后从提高"旅游经济"的角度出发，决定利用九洲湾闲置土地近 3000 亩，打造出一个集农业体验、休闲观光、特色民宿等于一体的九洲湾农庄园。

2010 年 4 月 20 日，扶贫拨款资金项目下达到桔乡财政所，资金用途是桔水村基础设施建设，这是省扶贫办直拨给桔水村的基础设施专项资金。这一消息震动了桔乡大地，震动了桔水村的村民，人们奔走相告。村里家家户户像炸开了锅，整个村庄像过节一样，一派热闹喜庆的景象。

老书记钟源祥，曾经是桔水村大集体时代的"社长"，中华人民共和国成立后，二十几岁的他任公社社长，包产到户后到现在已有半个多世纪，如今"老社长"的称呼变成了"老书记"，无论他当不当书记，只要一见到他，人们都会亲切地叫他"老书记"。

老书记缓慢地走在村路上，因为驼背，他走起路来身子前倾，曾经魁梧的身体已没有了往日的风采。岁月的沧桑烙印般刻在他的额头，脸上的皱纹像一条条沟壑深深浅浅，头上是稀落的白发。身上灰色的衣服露出磨破的洞口，一双磨破了的黑布鞋露出几个脚趾。

老书记在桔水村德高望重，对桔水村村民知根知底。平日里村民因屋地田界吵闹打架，老书记一出面就能解决问题。老书记的任务重，小如家庭纠纷的解决、婚丧喜庆，大如祭祖、祠堂管理等事务都要主持。

老书记的威信要比村长、镇长高得多，大家都尊重他。见老书记一步一步来到村委会，大家连忙迎了上去。钟杰春扶着老书记坐在椅子上，又倒好一杯热茶递给他，说："老书记，你怎么还大老远过来，有什么吩咐给我们打一个电话就好。"老书记看着在座的各位村干部，说："桔水村要建设新农村，扶贫款下达到桔水村，要用到该用的地方去。"大家听了纷纷点头。

桔水村村委会办公室，一场激烈的会议正在进行着，钟伟标村长说："现在市里、镇里的扶贫任务下达到桔水村，我们要做好各自然村的扶贫，切实落实好上级交代的任务。"

钟伟标村长说完话，钟杰春书记接着说："扶贫款下达桔水村后，第一要修路，先把桔水村主干道路修筑成硬

化水泥路，我们会在村里组织青壮年参加建设。"钟杰春是桔水村村支书兼主任。他还是个未婚的帅气的小伙子，大学本科毕业，报名考试到乡镇工作，下乡在桔水村委任职。

　　会议室里议论声一片，其他五个村干部轮流发表意见。

第二十一章　大家都富才是富

　　结对帮扶，责任到人。桔乡镇要求各村村委会成立扶贫帮扶工作领导小组，钟伟标村长兼任桔水村扶贫帮扶工作领导小组组长。他说："我是桔水村民，服从组织的决定，做好和桔水有关的事。"在桔水村《基层党组织工作手册》上，每一页都写着钟伟标的名字。他有时是主持人，有时是主要发言人，从交纳党费到建房修路，每次会议的议题不少于四个。开会时，在场的班子成员都要发言，若对情况不清楚或是说不出来，钟伟标就限时让他摸清情况，回来汇报。通过抓党建，桔水村村民的凝聚力加强了，全村工作从杂乱无章变得有条不紊。

　　钟伟标是在三年前村委会换届选举时当上村长的，三年来他对待工作兢兢业业，一丝不苟，是实实在在为人民办实事的老实人。自从扶贫工作开展以来，他就把家搬到了办公室。办公室里，"扶贫工作队员管理办法"三块大标牌占据了半面墙。两盏顶灯有一盏坏了，钟伟标便在旁

边接根线，挂了只节能灯。有时走村访民深夜才回到办公室，钟伟标就泡上一碗方便面，将就着填饱肚子。有一次晚上加班，钟杰春帮他打好饭放在桌上，直到十一点下班时他才发现自己没吃饭。

钟伟标跟随扶贫领导班子走遍了桔水村的所有自然村庄。山地里建筑工人在忙碌，轰隆隆的挖掘机在挖着高低不平的泥土山地，有几棵高大的树木在规划中被挖掘砍伐，这是为了把村庄建设得比以前更美丽。学校方面，新的教学楼正在建设中。钟伟标抬头仰望，数十米高的脚手架上，建筑工人的身影仿佛在半空中飞舞，只能隐约看到五颜六色的安全帽在跃动。每到一个施工现场，钟伟标都要交代施工单位负责人："百年大计，安全第一。要密切跟进、落实解决工人们的安全、饮食卫生问题。"

桔水村村委会房子前的土地上，建筑工人们正在热火朝天地施工。这里将建成村里的文化广场，供村民健身休闲。部分土地已经铺好了水泥，建起了篮球场，伴着灯光，晚上有村民在这里跳舞、打球，可热闹了。午夜时分，钟伟标疲惫地回到村委会，仅睡了几个小时，他就起床简单洗漱，穿上脏兮兮的衣服，把提前整理好的资料装进公文包，在村委会食堂草草吃饭。老书记问他："最近工作怎么样？""很忙，比较累。"本还想多聊几句，但看他匆匆吃饭的样子，老书记没再说话。

按计划，这一天钟伟标要到上旺村、高坡村和西莲塘村这三个村子里对农村危房改造补助资金兑付情况进行排查。钟伟标刚走进一户人家，许多村民就聚集在门前问他："咋搞新农村建设啊，桔水村山路不通、水不方便，房子咋盖？村民靠什么发展？这些问题都需要解决。"钟伟标总是耐心回答，把盖房子的补贴政策一项项详细为大家说明，说得最多的一句话就是："别担心，我会为大家协调解决好建房问题。"大家听后便都散去了。

高坡村的贫困户钟伟莲腿脚不方便，且家里有五口人，负担比较重。他说，以前家里的老房子在山里，是间泥土屋，一下雨就漏水，吃水需要到山上挑。交通也不方便，孩子到村里上学要走一个多小时山路。在钟伟标的帮助下，钟伟莲得到了危房改造资金，加上自己借来的几万元，在山下建起了两层楼房。钟伟标看到钟伟莲家还没拆掉脚手架的新房，舒心地露出久违的笑容。

最后一站是西莲塘村，钟伟标从钟伟源家出来时已接近下午五点。钟伟源说："在家里吃饭吧，都到饭点了。"钟伟标说："不了，还要到下一个农户家，我们就不打扰了。"

6月高考过后，钟阳春回到了村子。他知道年前廉城市市委书记和考察组到桔水村视察扶贫工作，因此今年开春后，很多村民选择留在家里，春节回家前就辞去工作，不打算外出谋生了。三个月没有回来，钟阳春简直不敢相信眼前的变化，他特意到村子里转了一圈，发现村子里到处都在进行建设，显示出一片热火朝天的景象：学校校园楼房建设，村民危房拆建，村路紧张有序地修筑……

　　炎热的夏季，钟伟源光着脚走进屋子，看到钟阳春便报家乡的喜讯，说："咱们桔水村新农村建设，贫困户还能申请荔枝树种植。我们家也准备申请。"钟阳春吃了一惊，以为听错了，又问了一遍："我们家是要申请荔枝树种植吗？"钟伟源重重地点着头。钟阳春说："爸，我们家怎么成贫困户了？"钟伟源说："村子的山岭是村民集体的，只能分配到贫困户，这不公平。"钟阳春说："爸，我和姐姐长大了，我们要为那些更需要帮助的村民考虑。"钟伟源瞪了钟阳春一眼，心想这到底是喝了墨汁，读了些书，有了文化知识，懂得为别人着想了。他说："我没有说清楚，是长期留守在村子的、有劳动能力、家庭条件允许的村民才可以申请种植荔枝树。当然是贫困户优先。"钟阳春松了一口气，转念一想，又说："廉城是中国红橙之乡，若是可以申请，我们家种植红橙。"钟伟源说："20 世纪90 年代我曾在良洞镇的荔枝园帮人家种过荔枝，对荔枝种植有些经验，还是选择种植荔枝。"钟阳春想想也对，这也是父亲的爱好，从良洞镇的荔枝园回来后，父亲就有个种荔枝的心愿。阿嬷和莫春平坐在旁边，听着钟伟源和钟阳春说话，两人都笑了。

　　莫春平做了满满一桌菜，说是钟阳春高考完了，家人团聚在一起图个高兴。饭桌上，钟伟源喝过一口白酒，说："家里的老屋子要拆掉了，建造二层楼房，再种些荔枝树，我很满意现在的生活水平。"钟阳春说："老爸，这就是从小康奔富裕生活。"钟伟源嘿嘿地笑着。吃过午饭后，钟伟源扛着锄头出了门，遇到迎面走来的钟伟标。钟伟标拿着本子对钟伟源说："现在村子修路筑路，需要人力、财力、物力。"钟伟源二话不说就在本子上写下了自己的名字，阿嬷在他们身后说："把我的名字也写上去，我还能劳动。"钟伟标说："杨培元阿嬷，我们知道你是有这份力量的，不过这个机会还是让给后辈们吧。"阿嬷坚决地说："村长，不是我一个，我全家人都参加修路建设。"钟伟标看着阿嬷，边在本上写着名字边说："多一个人参加多一份力量呀。现在村子里有劳动能力的村民都参加了。张奶奶的儿子张海东在外面工地干活儿，张奶奶也说要他回家参加新农村建设。"这时，钟阳春走过来问候钟伟标，钟伟标看着钟阳春说："阳春小子，高考了，有没有把握考取大学？"钟阳春想了想，说："估计分数还可以，能上一般的大学。"钟伟标笑着说："重点也好非重点也罢，能上大学就不错了。"钟伟源在他们说话时返回屋子，手里拿了些零钱过来交给钟伟标，说："我家阳春还要读书，我尽一点微薄之力。"钟伟标接过，在本上登记了钟伟源的名字，说："积小成多呀。村民们都积极捐款，争取村村都通硬化水泥路。"

酷暑的天气里，桔水村主干道路施工现场机器轰鸣，人头攒动，200多名劳动者顶着烈日，为浇铸路面而忙碌着，人人干得汗流浃背。很多都是60岁以上的老奶奶，老奶奶虽说上了岁数，身体单薄，却精神抖擞，她们运沙、拉浆，干起活儿来劲头十足，忙得不亦乐乎。张奶奶和他

第二十一章　大家都富才是富

209

的儿子张海东在干着活儿，钟伟新也在忙碌着。钟阳春的阿嬷80多岁，一脸沧桑，满头银发，她笑着说："帮助别人，快乐自己，坚持行善，做公益，是开心的事。"钟伟源和莫春平拉着水泥浆，钟阳春负责把水泥浆倒在施工的路上。人群里数钟阳春年轻，大家都笑着说钟阳春是个好青年，是小孩子学习的榜样。钟阳春总是笑笑，默不作声。莫春平一脸自豪，母亲的自豪莫过于自己的孩子争气、有出息。

桔水村主干道路从原来的3米扩宽到10米，然后通到桔水村庄的五个自然村落，五个自然村落里又沿着村外修筑了一条2米宽的硬化水泥路。那些日子里，不下雨、正常开工的情况下，钟阳春都坚持和大家一起修筑村路。

日子一晃就过去了，看着家门前的硬化水泥路，钟阳春开心地大喊起来："村子越来越美丽了。"这时，钟阳春头顶上的阳桃树叶子纷纷落下，落了他一身。他张开双手，叶子落在他的手掌上，黄黄的、轻轻薄薄的，弱不禁风。秋天要来了。

"钟阳春同学在家吗？"钟阳春刚走进屋子，身后就传来陈锡的声音。钟阳春喜出望外，走到陈锡面前迫不及待地说："暑假没看到你人影，到哪旅游去了？"陈锡从一辆电动三轮车上下来，拍拍满身的黄泥土灰尘说："古城西安，刚回来。"钟阳春忙说："你真潇洒，高考前就报了旅游团旅游。"陈锡笑了笑，看着钟阳春说："咱们村进行新农村建设，村子一切都变了。"钟阳春围绕着电动三轮车转了一圈，陈锡说："家里的一块地被征去建学校操场了，这辆三轮车成了交换。"钟阳春恍然大悟，和陈锡进了屋子。陈锡打量着眼前的破旧平顶屋，钟阳春看出陈锡的好奇，说："我们这些读书人帮不上家里什么忙，我读书都是我姐在外面打工挣钱支持的。"陈锡坐在了椅子上，笑着说："我的意思是你家很快就要住上新楼房了。我回家后得知我爸为那块地生气，就说等我工作挣到钱了，搬到村路口的公路边建房。我爸居然笑着同意了。"说完，陈锡哈哈大笑起来。钟阳春给陈锡倒上了一杯茶水，问："考上大学了，你毕业后是回家乡工作还是留在大城市？"陈锡想也没想，很是爽快地说："会留在大城市吧，我志愿填写的是汉中一所大学。你呢，阳春？"钟阳春想到这些天里和村民们辛苦修建村路，说："可能会回来，我的志愿填写的是北京的大学。"陈锡马上接口说："高考分数出来了，从成绩来看，9 月，咱们都有机会上大学。"

"你俩考上大学了，我们这里同时走出两个大学生。"钟伟源边说边走进屋子。陈锡站起身来有礼貌地问候："钟伯伯好。"钟伟源把草帽放好，请陈锡坐下，说："人们长期在外面打工挣钱，但今年很多人都留在村里了。"陈锡和钟阳春异口同声地说："因为桔水村新农村建设。"钟伟源坐在凳子上，抽了一口水烟筒，说："我们有家庭的，哪怕是少挣些生活费，都会选择留在家乡。你们年轻人不一样，年轻人就应该到大城市闯出一番事业，衣锦还乡才有面子。"陈锡边听边点头。钟阳春笑笑，没说话。

9月，钟阳春和陈锡如愿去了各自填报的大学继续深造。钟阳春去读大学了，钟伟源完成了一个心愿，他看到了下一代人的成长成才，觉得身上的担子轻松了许多。

门前的硬化水泥路修好了，家里也修建了二层楼房，钟伟源每天出门时心情都特别舒畅，脸上总是挂着笑容，这些变化不知承载着多少代人的希望！钟伟源坐在家门前跷起腿悠闲地哼着歌，尽管一路走来很辛苦，但在这时候他忽然感到从未有过的轻松。钟伟新匆匆走过他门前，钟伟源立即从椅子上跳起来，喊了一声："伟新。"钟伟新停下来告诉他："听说家里有劳动能力者可以申请荔枝树种植，我这就去村委会问问。"钟伟新走远后，钟伟源带着户口本、身份证也急急赶去村委会。到了村委会发现，一群人聚集在村委会门前，大家都拿着户口本、身份证在登记报名。钟伟源挤到钟伟标面前说："我们家有劳动力，要求承包山岭种荔枝。"梁桂海也不甘示弱，说："论劳动能力，我可是积极分子。我申请的荔枝树种植，什么时候可以办好租赁合同手续？"这时一个女人挺着大肚子牵着一个小女孩来到大家面前，说："我家也想种植荔枝树，不再外出打工了。"旁边有个老人一针见血地说："现在你家里经济负担不是很重，你爱人在外面打工挣钱养家。荔枝树护理得三五年才结果有收入，护理不好，要么不开花，要么开了花不结果，要么结了果实不壮实，倒赔了钱欠了债。"老人这样一说，那女人马上收回了户口本，说："我还是放弃申请种植吧，把机会让给懂荔枝树护理的村民。"钟杰春忙着登记，钟伟标说："现在大部分村民都递交了种植申请，但种植面积有限，大家不要只盯着种植这一块儿，还可以选择搞养殖，比如养鱼。"

村民们根据自身条件做出选择。因为他们都不打算外出打工了，家乡有条件创业就业还是选择在家乡生活，可以照顾家庭和亲人，也能节省来回路上的费用，更重要的是能增进亲人之间的感情。

第二十二章　荔枝培训会

九洲湾在桔水村前的九洲江对岸，分田地承包到户划入桔水村，因为土壤贫瘠，不适合种植农作物，荒凉了半个世纪，终于赶上了利用开发。

周菊俏出生在桔乡镇上，在廉城读书长大，爸妈都是公职人员。当年，周菊俏以全廉城市理科第一名的成绩考取北京一所名牌大学，轰动了廉城市教育界，甚至上了省新闻报道。周菊俏酷爱文学，她写的诗歌、散文频频在校刊露面，因此有了校园"才女"之誉。大学她读的是建筑专业，学有所成，加上天生聪明能干，大学毕业后如愿在一家建筑公司任设计总监，之后凭着真才实干坐上董事长助理的位子。在广东省城市建筑行业，只要一谈到周菊俏，几乎人人都知道，"那个美女啊，不仅建筑设计形美、省料、质量好，而且在工程管理上也是个人才！"周菊俏确实如此。

一天，一队人行走在九洲湾上，周菊俏与戴白边眼镜、年过 40 的杨华宝并肩在前，后边跟着廉城市国土、建设、文化、旅游、水利等部门的领导，还有桔乡镇镇长林宗道、桔乡镇镇委书记文增雄、桔水村村长钟伟标、桔水村村支书钟杰春。周菊俏身着白色紧身衣，白皙的脖子上挂着一条蓝宝石嵌坠白金项链，她边走边不时侧过头与杨华宝对话，一对同样是蓝宝石的耳坠左右摇摆，与那项链遥相呼应，高贵绰约。而杨华宝一件白底灰条纹衬衣，则和那白净文气的长脸、疏松自然的一头黑发辉映出一身干练、亲和、儒雅。两人在前，一个笑靥如花，一个满面春风。他们顺着一条泥土路往前走到一处小岛时停了下来。眼见从远处青黛色的山中缓缓流出一缕溪水，周菊俏指着那"S"形弯处对身旁的杨华宝道："前两天我们请专家论证过，计划从那里引一条 1000 米长的渠，到下面'九洲湾农家乐'正对面，形成一道 88 米高的瀑布。瀑布下面，就是天然浴场，那葱葱郁郁的天然林木一遮，洗浴的人也没了顾虑。因为有了这条滔滔不绝的九洲江，两边抗旱也不需再抽水，就可放水灌溉。"

周菊俏的言谈、思路和她的智商、素质，连举手投足都是与众不同的内在韵致，话一出口就是文化底蕴与观念超前的完美演绎，字字抵千金。

一行人转过弯，来到九洲湾下游一开阔、地势平坦的河边，停下了脚步。大家环顾着周边的地形，一些人在感叹好大一块良田好地，一些人正在豪情满怀地欣赏平平坦坦、舒心养眼的河坝，还有一些人受到周菊俏的启发，正皱着眉思考，如果开发成功，自己应该在这里搞个什么第二职业赚钱，而周菊俏的话一出口，他们就瞠目结舌了。只见周菊俏那戴着颗硕大钻戒的玉手指向两边河道，一脸的自信，正在向杨华宝谈自己的规划："在九洲湾的江边备上几只小木船，可供游客划船赏水，还可用网隔法，投放些鱼苗，吸引游人垂钓，品尝真正河水鱼类的美味，喜欢水上夜景的伴侣，也可租一叶小船或一个船舱在这里度过一个水上之夜……杨副市长，您看如何？"

"规划不错。"杨华宝稍作停顿，发表自己的看法，向身后几位部门负责人招了招手，几个人一见杨华宝招手，立即上前。杨华宝一边指着九洲湾两岸和溪水上下，一边望着周菊俏道："同志们，毕业于建筑专业的高才生就是不一样啊！相信大家和我一样，今天才真正见识了雷州半岛女企业家的风采，知道了什么是建筑专业与旅游专业的完美构想吧？桔乡的旅游怎么上去？桔乡的经济怎么发展？对于桔乡的新农村建设，我们该尽怎样的职责？今天，这就是个好思路嘛。周总的投资，对我们的经济发展来说就是个机遇，我们就该实地办事，为人民服务。"一群人不停点头。杨华宝又转头对周菊俏道："周总，你们把相关手续办完，正式抓有效能源建设。"

杨华宝说完话，和一行人绕着九洲湾转了一圈，回到出发的地方。两百多位村民密密麻麻聚集在几辆小轿车前，怒目盯着他们。钟伟标和钟杰春一时犯难了，村民们因为对乡村旅游开发了解不深，反对对九洲湾进行开发。情急之下，钟伟标走到一边，给老书记钟源祥打了电话，然后走到桔乡镇镇长林宗道身边小声说了几句，林宗道马上向杨华宝做了汇报："老书记钟源祥，他出面能解开眼下的局面。"杨华宝点了点头。

杨华宝一行人和桔水村一群村民僵持着，周菊俏毕竟见过世面，看到气势汹汹的村民，沉着冷静地问杨华宝："我们搞九洲湾开发，没有和村民商量妥当？"杨华宝表情严肃，思索一会儿才说："我们刚到桔水村时，也遇到过障碍。有人认为省领导来扶贫，是要大搞工程建设，与村民没多大关系，坐等着分钱就好。"

老书记坐着一个年轻小伙的摩托车赶到了九洲湾，下了摩托车，村民们就拥挤到他面前，吵闹着要老书记为他们做主。老书记面容慈善，摆摆手说："人才返流到贫困村是很少见的，现在有周菊俏这样的乡贤回来为村里做贡献，是一件好事。村民们要理解，同时要帮助他们。"

有村民说："说得好听，九洲湾开发了，能帮上我们什么，纯粹是闲谈。"

这时，周菊俏站出来，她冷峻的脸呈现在每个人面前，只听她说："天上不会掉馅饼的道理人人懂得，所以，只能靠自己的双手去创造美好的生活。中华人民共和国成立后，九洲湾闲置了50多年，建设九洲湾不是周菊俏一个人的事情，是所有桔水村人的事情，是我们大家共同的事情。九洲湾开发建设成功与否，将关系着所有桔乡人的前程。九洲湾农村生态庄园将提供上千个岗位，可以解决桔水村

人的就业问题，我们选择留在村子，是为了什么？最重要的是有份收入可以养家糊口。"

周菊俏一番至情至理的话让所有人刮目相看，村民们不出声了。老书记向周菊俏投来敬重的目光，这个丫头不简单，女中豪杰。村民散去后，周菊俏握着老书记的手，说："老书记，辛苦您老人家了。"老书记憨厚地说："你们年轻人有担当，你尽管放心开发九洲湾，村民那边我来处理。"周菊俏感激地谢着老书记，杨华宝他们也走过来问候老书记，然后一行人坐着小轿车离开九洲湾。

老书记看着他们乘坐的小轿车渐渐消失在眼前，转过身来望着前面一片荒芜的九洲湾，想着不久的将来，这里将变成一个热闹场所，露出了笑容。

12月，寒冷的天气里，山岭上变了模样，人们在山岭坡地忙碌，村民们开始开荒种荔枝树了。但有些村民承包的果园迟迟不能落实，于是这部分村民聚集在村委会门前，责骂村干部。钟伟标对大家说："桔水村会在现有荔枝树种植的基础上，发展荔枝、红橙种植，让村民不出远门就能就业。曾经承诺过的，我们会一一兑现。"

村民们吵吵嚷嚷，根本听不进去村干部的话，他们中的大部分人自从去年12月就从外地工厂辞职在家等着就业创业，足足等了一年时间。有人喊道："什么时候兑现？总得有个明确的时间，不要让大家蒙在鼓里受屈。"梁桂海更是气愤，他情绪激动地说："啥情况？我家的楼房几年前建造的，不用扶贫款一分钱，就等着承包山岭种红橙，办个扶助手续却从年头拖到年底。"这时钟伟新大声提议："要换了村干部，撤了九洲湾。不换村干部，不撤九洲湾，搞不起扶贫开发，官商勾结不知要贪污多少钱。"人群里立即有人响应："对，换了村干部，撤了九洲湾。"

钟杰春说："你们放心，我们会把你们反映的情况向上级反映，让他们立即派人来清查财务。今天我和钟伟标村长都不走，专门解决桔水村班子问题。到时候，有了结果我们会向你们通报。"

村民散去。

天空中挂着一轮明月，一朵云也没有。桔水村村委会临时搭建的简易棚子里，钟伟标叹了口气，说："这是扶贫以来村民吵得最激烈的一次。"

钟杰春一笑，说："从市里，镇里，到我们桔水村，领导层层把关，扶贫款账目清清楚楚，一目了然。"

一直坐在凳子上的老书记站了起来，他轻咳了一声，说："他们不支持九洲湾开发，是因为看不到未来的经济收入。"

钟杰春听老书记这么一说，马上眼前一亮，说："周菊俏女士在九洲湾说得很到位，村民们也在听着，本以为大家都向着好的方向发展，现在却是这种结果。"

钟伟标说："等下吃完饭，我们商量商量，看看怎样向村民解释才好。"

钟杰春说："这件事是头等大事，我们不解决好，上面责查下来，我们都要担责任。"老书记看了看钟伟标，又看了看钟杰春，沉默了一会儿，说："村长、支书都在这里，我好话说了，希望你们还我个清白。"

门前有脚步声，钟伟源向外望去，见一个人从大门走进来。他按亮了屋门墙上的电灯，大家仔细一看，是钟伟新，他大踏着步子走过来，一下到了前门口。

莫春平和阿嬷在二楼看电视，一楼的客厅里坐着两个人。钟伟新进了屋子，便急急地说："我家就那点宅基地，我给让了出来，现在学校教学楼快建好了，当初没想过要种荔枝树，现在说要种荔枝树，又说当初没有登记。存心是不让我们好过。"钟伟源从不在背后说他人是非，但是这件事非同小可，他没能忍住心里的痛楚，说："那些山岭都让给和村干部有关系的村民种去了，老书记平时和什么人关系好，我们心知肚明。"钟伟新听了就来气了，说："杨华宝和省城来的，姓什么了，菊俏到九洲湾考察，要搞个什么农庄，说是带动种植户的荔枝、红橙经济发展。九洲湾是桔水村的集体使用土地，他们竟不经村民同意，擅自租赁给承包商。"

钟伟源睁大眼睛，喃喃地说："你说的那个开发商，我想一下，想一下，啊，是周菊俏。她父亲当年是桔乡镇镇长。"

钟伟新吐了一口唾沫，当即从裤袋里掏出一叠纸来，展开放在钟伟源面前。那上面写满了名字，还有红红的手印子，原来是告状信。

钟伟新说："我们要联名上告，现在已经有 35 户签名按手印了，我们不能眼睁睁看着官商勾结，欺压老百姓。"

钟伟源看着那封告状信，讪讪地说："这事还有商量余地吗？上面可是层层监督呀？"

"层层监督，还设立扶贫基金会呢，可是落实执行起来就困难了。伟源，你也是老党员了，我们得管啊，不然，山头岭地都让给他们了，我们拿什么就业生存？"钟伟新边说边打开一盒印泥。

在钟伟新的劝说下，钟伟源写上了自己的名字，毫不犹豫地把右手的食指戳进印泥里，愤愤地盖在自己的名字上。

桔水村村民把告状信投到桔乡镇政府的投诉信箱，镇政府办公室主任林国耀是在第二天早上看到告状信的，他把告状信递到镇长办公室，镇长林宗道当天下午就此事召开紧急会议。他问在座的镇纪委书记、桔水村村长和桔水村村支书："昨天我在投诉信箱里看到一封告状信，是关于桔水村民和九洲湾项目开发的。在座的各位，可以想想有没有解决的办法或者提一些好的建议。"

镇纪委书记梁汉华把信交给钟杰春说："这是纪检室昨天收到的，您看看。"信笺只有一篇，事情也只有一件：桔水村社长和九洲湾负责人擅自开发九洲湾，全村村民不能接受。

钟杰春仔细看了一遍，问林宗道："林镇长，这个情况我还是第一次听说，钟源祥同志几十年来的表现，是村民看得到的……"

"我们本着爱护干部的原则，不准备立案。你作为桔水村村支书，有必要调查落实清楚。既要对桔水村的村民负责，又要对钟源祥同志负责。"

钟杰春点了点头。

钟伟标看着告状信，说："钟源祥同志我是比较了解的，工作能力、政治素质都是很过硬的。"

林宗道说："所以你们一定要妥善处理好和群众的关系，发现问题及时商量解决。"

钟杰春说："放心吧，林镇长，我先把情况了解一下，给你一个答复。"

钟杰春、钟伟标逐家逐户做村民们的思想工作，针对人多地少且弃耕土地多的情况，决定采取土地流转的方式，协助贫困户发展农业生产。将一些闲置地给贫困户耕种，这样就扩大了贫困户增收的渠道。钟伟莲是桔水村的贫困户，经过钟杰春等的多方努力，协调部分村民将弃耕的20多亩山岭交给钟伟莲种植荔枝，并为其提供资金、技术支持。留守在村子里的家庭有劳动能力者，通过抽签方式可得10—50亩山岭地种植荔枝树。没选择种植荔枝树的村民，可在山脚下集中的山地养猪、养牛。钟伟源争取到了20多亩山岭种荔枝树，因他多年来一直种水稻，现在接着耕种五亩田地的水稻；钟伟新也得到了 10 多亩山岭种荔枝树；梁桂海种植红橙树、荔枝树，共得到 30 多亩山岭……

在桔水村村委会新建的办公楼前，桔水村男女老少集中在硬化水泥路面的文化广场里。主席台上坐着廉城市扶贫工作队队长杨华宝、桔乡镇镇长林宗道、镇委书记文增雄、纪委书记梁汉华、桔水村村支书钟杰春、村长钟伟标、九洲湾农家乐董事长周菊俏。一场有关桔水村发展的重要会议正在进行着。

钟杰春说："桔水村村民和九洲湾项目共建协议签订'公司＋合作社＋基地＋农户（贫困户）'的发展模式，投资产生的收益，20% 分配给村集体，80% 分配给九洲湾项目。贫困户和其他村民可以获得分红收益、务工收益、土地流转租金收入及自家的荔枝树种殖收入。"

钟伟标说："目前，桔水村 654 户家庭分别选择了外出打工、荔枝树种植、养猪、养鱼等就业创业方式，妥善安置 89 户贫困户，解决了贫困人口 213 人的就业问题。资金三方投入：第一方是扶持单位的自筹资金，第二方是贫困户的财政帮扶资金，第三方是周菊俏董事长的投入。"

杨华宝说："桔乡镇建设荔枝、红橙万亩基地，目前流转土地 2000 亩，已种植优势品种红橙共计 1500 余亩，建成一个 10 千米的引水工程，基地配套高效节水灌溉设施（滴灌），由公司聘请农户进行种植管理、观光采摘和生产型种植，荔枝、红橙产业增加了农民经济收入，保护了区

域生态，满足了市民的休闲需求。该公司拟以 2000 亩荔枝及红橙种植基地为核心，通过引导基地周边农户以土地参股流转形式，集中连片流转 10500 亩土地，其中，种植红橙 8000 亩，半山区域种植杧果、龙眼、荔枝 4000 亩。同时引导参股农户以种植业带动养殖业，为荔枝、红橙种植提供优质有机肥料，形成'农—畜'可循环绿色产业链。通过太阳能光伏抽水、高效节水灌溉等设施建设打造荔枝、红橙标准种植基地，完善游道和绿化，亮化桔水九洲湾大道，打造提升桔水小组乡村旅游接待点，最终建设集农业观光、九洲江休闲、观花摄影、江滩娱乐、餐饮住宿服务于一体的农家庄园，成为度假区农业庄园示范点。"

村民们鼓起掌，村文化广场人声沸腾……

第二十三章　荔枝映得满山红

　　2016年5月10日上午，钟伟标村长、钟杰春支书和村会计姚丽琼来到西莲塘村，大家环顾着村子里的变化。原来坑坑洼洼的泥泞小路已为宽大的水泥公路所取代；公路右边由花边彩石铺就的人行道旁，耸立着一排排整齐划一、两人多高的紫丁香树。公路左边，是碧波荡漾的九洲江，江边人行道早已被那一棵棵婀娜多姿的绿化树所掩映。

　　进入村子，过去的旧茅屋不见了。离村口不远处，耸立着一幢幢花园式的楼房。走进村中娱乐广场，钟伟标他们看到了最为热闹的一幕：村里一群男女老少，将几位忘情拉二胡的大叔、老伯和几位身着各种花色格子衬衫唱歌的大姑娘、大嫂，围了一层又一层。一阵阵清风飘过，将二胡独奏那优美的旋律及甜美的女高音吹了过来……

　　随后，钟伟标他们来到钟伟源家里。钟伟源忙着招呼，钟阳春搬凳子倒茶水。钟杰春紧握着阿嬷的双手说："老

人家有福气，四世同堂。"阿嬷乐呵呵地说："领导辛苦了，因为你们扶贫工作做得好，现在我们桔水村村民过上了幸福的生活。"站在一旁的莫春平脸上的笑容像绽开的花儿一样。大家坐下后，村会计姚丽琼对钟伟源说："桔水村要新建一个门楼，家家户户尽能力捐款，捐款账目明细发在村委公布栏。"钟阳春立即说道："我家捐款5000元，村子里修路、建堤坝时我还在读书，没有钱，现在参加工作了，我要尽自己所能为村子的建设做点贡献。"说完，钟阳春拿出手机，问："姚会计，可以微信捐款吗？"姚丽琼马上说："可以的。"说着便从公文包里取出卡片，卡片上是微信二维码，钟阳春扫描微信二维码，给姚丽琼转了5000元。

接下来，钟伟标把问题转向了荔枝树，他说："明天廉城市政府组织种植户参加荔枝培训会议，桔水村有五位种植户参加，还特别点名要钟伟源作为荔枝种植知识代表发言，请一定做好准备。"钟伟源兴奋地站起来："市里领导还记得我家的果园，真是太幸运了。"说完，他看了一下钟阳春，讷讷地对钟伟标说："村长，你知道的，我这人向来不喜欢热闹的地方，你看，可以让阳春代表我参加吗？"钟阳春犹豫着，钟伟标赶紧说："好，没问题。子承父业，年轻人要有担当和使命感。"钟阳春遵命似的说："钟村长、钟支书、姚会计，谢谢你们，我会完成这次任务的。"

钟杰春说："新时期精准扶贫、精准脱贫攻坚的行动，提升了农村产业发展水平，在各个不同的季节有针对性地对农业主导产业所需的科学技术进行培训，以提高荔枝树种植户综合素质为核心，以农业技术推广应用为切入点，切实加强水果种植技术的培训。通过对种植户的培训教育，使全市种植户科技文化素质得到进一步提高，培养一批有文化、懂技术、会经营、善管理的新型农民。为发展现代农业，促进农民增收，振兴乡村战略提供人才保障和智力支持，实现全市人民共同迈入全面小康社会的目标。由廉城市人民政府、廉城市科协主办，廉城市电子商务协会承办的'荔枝树种植技术培训会'，在廉城市政府三层综合会议室举办。你要为桔水村争光！"

　　早上，钟阳春收拾了一下关于荔枝树种植的书本，做了详细记录，把几本关于荔枝树种植的书本放进行李袋里。钟伟源对钟阳春说："你掌握的荔枝种植技术相当扎实，所以，你要出色地参与这次市里组织的培训会议。"

　　钟阳春第一次参加这样的培训会，没有十足的把握，正犹豫着要不要放弃，钟伟源猜出了他的心思，拍拍他的肩膀说："告诉你呀，你老爸第一次参加时紧张得不行，人家都是专家呀，自己一个普通百姓怎么上台讲课呀？"说到这里，钟伟源故意发出一声笑，接着往下说，"其实大家都是种植户，都是来学知识的，就像小学生去学校上学一样。"

　　钟阳春忍不住放声笑了，心想现在学到荔枝树管理知识，可以给更多的荔枝种植户传授知识，让大家一起走向

共同致富的道路，便一身轻松地说："爸，你放心，你儿子会完成这项任务的。"钟伟源点了点头。

出发前，钟阳春想到一个人。钟伟标说了，桔水村五位种植户都去，梁桂海也在名单上。于是他打了电话给梁桂梅。钟阳春还没说话，梁桂梅接了电话就说："阳春，你去参加市里举办的'荔枝树种植技术培训会'吗？我和你一起去。"

钟阳春挂了电话，驾驶着小车赶往梁桂梅的廉美电商。

一辆三轮车停放在廉美电商前，三轮车上载着满满的快件，一个20岁左右的快递小伙子进进出出，梁桂梅把物品一件件打包，仔细清点数量后交给快递小伙子。

"阿彬，这件物品重且易碎，你要小心哈。"梁桂梅蹲在地上，头也不抬地说。刚走进屋子的钟阳春听了，一声不吭地扛起梁桂梅所说的包裹。阿彬把手中的包裹放在三轮车上，走过来急急地说："钟老师，我是做重活儿的，我来就可以了。"钟阳春边扛着包裹边说："没事，我也可以做体力活儿。"说完，把那件沉重的包裹放在三轮车上。

包裹已经装满了三轮车，看似已经装不下其他包裹了，阿彬还是走过来问梁桂梅还有没有要寄的物件。梁桂梅听闻阿彬叫钟老师时，已从地上站起身来，呆呆地望着钟阳春一动不动。直到阿彬过来问她，她才清醒过来，忙说："三轮车已经装满了，这些没寄出去的等下次再寄吧。"

阿彬回答："好，我尽快赶回来。"梁桂梅叮嘱："不用赶时间，安全第一。"钟阳春拿过绳子和阿彬一起煞着三轮车的包裹，他边扎着绳子边说："阿彬，凡事要记住，不管时间多么紧迫，也不能加速行驶，更不能超载，安全永远要放在第一位。"

阿彬是乌坭坝村人，初中毕业后一直在外面打工。近几年看到家乡的变化，回到村子，被梁桂海介绍给梁桂梅做了一名快递员。他说这份工作虽不分节假日、白天和黑夜，在村子和市里的各个乡镇奔波，但却是最幸福的。因为无论工作多忙，他都在家乡，可以和家人一起享受团圆的日子。

阿彬对于两个年长自己几岁的哥哥姐姐的叮嘱，一个劲儿地点头说："好的，我会注意的。"

看着阿彬骑着三轮车在村路上渐行渐远的背影，钟阳春转过身来，与梁桂梅的目光正好对在一起，他们互相对视着不说话，就那样静静地望着对方。过了一会儿，钟阳春手举着行李袋说："桂梅，我们一起去参加市里举办的'荔枝树种植技术培训会'吧。"

梁桂海接到钟伟标村长的消息时，第一时间就通知梁桂梅去参加。两人都没有想到，他们竟都是托家人的福，才有幸参加这样的培训会。

梁桂梅精心打扮了一下自己，提着挎包和钟阳春一起出了门。

梁桂梅坐在副驾驶座上，一路上，和钟阳春有说有笑。生活中有太多的巧合，也有无意间相遇的缘分，两个人无

拘无束，尽情地说，尽情地笑。一种与生俱来的淋漓自在的感受在他们身上倾泻开来。钟阳春发觉自己在梁桂梅面前是那样的轻松，那样的自由。钟阳春有种特别的气质，有这种气质的人是梁桂梅以前从未遇到过的，在这样一个男孩子面前，她是如此的敞开心怀。

钟阳春和梁桂梅赶到廉城市政府，只见一群人聚集在绿化道上。钟阳春根据掌握的资料，知道共有156人参加培训会，其中全廉城市贫困种植户63户，果园种植户60户，外省新型果园园主27户。钟阳春随手把今天的喜悦发在朋友圈里，还附上一句话：感恩参加市政府组织的种植户培训会。一栋楼门前拉着一条横幅，上面写着：欢迎参加荔枝树种植技术培训会。大家在礼仪小姐的指引下，来到三楼会议室。

会议室主席台上坐着各位领导、专家，从左边起，依次是廉城市扶贫工作队队长杨华宝、廉城市委农村工作委员会办公室主任李安和廉城市农业局副局长黄桂兰。

黄桂兰做了动员讲话："此次培训主要内容是提升参会人员的科学种植意识，为推进廉城市精准扶贫、精准脱贫工作，促进农业安全增效、农民持续增收、农村生态发展，提高农民科技素质、职业技能、经营能力，加快农村经济发展和贫困群众脱贫致富发挥积极作用。"黄桂兰的话刚说完，大家便热烈地鼓掌。

接下来是广州特色网络科技有限公司项目经理梁小红，给大家讲授掌上农博士应用新技术；然后是桔乡荔枝合作社社长朱佩玲，给大家讲授荔枝保花保果及春季荔枝病虫防治等技术；还有廉城市荔枝种植有限公司总经理谭静滔，为农户分享生长地荔枝种植经验和桔乡电商运营合作模式。大家认真地听着，有些人还做起笔记。

接下来工作人员说："现在有请桔水村荔枝园钟阳春同志讲解荔枝树种植并进行技术指导。"听到自己的名字，钟阳春心里一沉，坐在旁边的梁桂梅使劲地鼓掌。钟阳春站起身来走向讲台。看着台下一双双热切期盼的眼睛，钟阳春沉着镇定、声音洪亮地说道："结合粤西地域农业生产环境特点，各种荔枝树进入盛果期后产量达到最高，肥料的需要量也最大，此时期施肥不足，将极大地影响产量及树势。成年结果树的施肥量应根据结果量的多少，补以充足的养分，特别是大量结果后，会从土壤中带走大量养分。因此，这个阶段施肥的主要任务是，尽量长期地维持生长与结果的平衡，如果处理不当，就会破坏这种平衡关系，使衰老时期提前到来……"

会议持续了两个半小时，散会后，钟阳春和桔乡荔枝合作社社长朱佩玲握手问好，梁桂梅和朱佩玲在一边寒暄时，有个中年男子走到钟阳春面前，说："我们互相认识一下，我叫林春悭，在海南种植荔枝，特地从海南赶过来参加这次培训会。"钟阳春说："我姓钟，名字是阳春，非常荣幸认识林春悭老板。"两人互留了联系方式。林春悭说："过几天我准备和几位种植户到你家果园参观，方便吗？"钟阳春忙说："没问题，你们过来就可以了。"

林春悭和钟阳春又握了一下手，说："一言为定。"钟阳春重重地点头。

大家往会议室外走去，钟阳春和梁桂梅并肩走下楼，来到绿化带道路旁。一个打扮时髦的年轻女子捧着娇艳欲滴的百合花走了过来，梁桂梅看到百合花眼前一亮，情不自禁地叫出声来："好漂亮的百合花。"

钟阳春一下子怔住了，停住了脚步。看到庞辉艳，梁桂梅第一反应是这个女孩有种很熟悉的感觉，尽管她们并不认识，也从未见过面。庞辉艳来到钟阳春身边，也不管钟阳春身边的梁桂梅，在她看来，钟阳春没成家之前，她都有机会靠近他，接近他。庞辉艳看着钟阳春，说："很意外吧。看到你把今天的心情发在朋友圈，我高兴得不得了。"庞辉艳说完把百合花举到钟阳春胸前，钟阳春平静地接过百合花，说了声："谢谢。"梁桂梅看着庞辉艳咄咄逼人的气势，觉得眼前的女孩子是她从未接触过的奇女子，于是她落落大方地说："钟老师，不介绍这位漂亮小姐认识一下？"

庞辉艳爽快地开口了："我姓庞，名字是辉艳，请问小姐如何称呼？"

梁桂梅一听就知道她读了不少书，知道好多知识，她不慌不忙地说："我姓梁，名字是桂梅。"

"梁桂梅，好听的名字。"

"过奖了，有空到桔水村参观游玩。"

"啊，桔水村，梁小姐是桔水村人？"

"正是。请问庞小姐在哪家单位工作？"

"廉城实验学校一名普通老师。叫我辉艳亲切些。"

"庞老师。啊，辉艳，辛勤的园丁。"

两个女孩你一言我一语地交谈着，似乎忘记了旁边的钟阳春。呆呆站在一旁的钟阳春听着她们说话，心里想着的是如何结束这种场面，他以为他很快就可以离开了，却听到庞辉艳的盛情邀请："今天相识很有缘分，我们三人一起去餐厅吃饭吧，还请梁小姐赏光。"庞辉艳说得很轻巧，但梁桂梅还是从她的话语里觉察到细节，她很在乎钟阳春，又因为钟阳春身边多了一个女孩子，她还是有醋意的。

梁桂梅虽然当作什么也没发生过，但和最初认识钟阳春时不同的是，心里多了一份牵挂，还有一种很特别的感情。钟阳春紧张得手心直冒冷汗，听到庞辉艳说三人一起去吃饭，他更是无法稳定情绪，脸通红通红的。好在梁桂梅适时说出"可以"来，钟阳春稍稍安定下来。

一直没有听到钟阳春说话，庞辉艳明明带着惊讶的表情，却故作潇洒地问："钟老师似乎不是很乐意啊。"钟阳春稍作镇定，说："我请客，一起走吧。"

他们来到附近的丽波度假村酒店三楼餐厅，三人坐在靠窗的位子上，钟阳春在点菜时征求两个女孩子的意见，两个女孩子都没有点菜，钟阳春就自己点了几道。当服务员拿走单子时，两个女孩子互相转头看着彼此，又把目光转向对面的钟阳春，似乎不敢相信钟阳春能在这么短的时间里就点完了菜。钟阳春看着她们吃惊的表情，嘴角扬起

一丝浅笑，说："等着用餐吧。"

服务员一下子上了两道菜，两个女孩子几乎同时喊："安铺白切鸡、簸箕吹。"都是她们喜欢吃的菜，钟阳春知道得清清楚楚。

钟阳春先拿起筷子，从左边开始，夹了一只鸡腿给庞辉艳，又夹了一只鸡腿给梁桂梅，他给自己夹的是鸡翅。钟阳春的细心温柔，在这顿饭里毫无保留地体现出来。

可以说就在这一瞬间，梁桂梅爱上了钟阳春。梁桂梅没有表露自己的感情，所以钟阳春和庞辉艳没有发觉。这顿饭钟阳春和庞辉艳吃得很开心，而梁桂梅却吃得心不在焉，她一直在观察钟阳春和庞辉艳的表情。钟阳春和庞辉艳相互谈论北京读书时的一些情况，没有注意到旁边的梁桂梅。梁桂梅静静地听着他们说话，感觉自己根本插不上话，就一片片把簸箕吹送进嘴里。钟阳春和庞辉艳说了一会儿，接着把话题转向了梁桂梅，他向梁桂梅讨教红橙树、荔枝树种植技术。梁桂梅清楚钟阳春只是找个借口和她说话，不想冷落她。庞辉艳很是兴奋地说："桔水荔枝，廉城市一个响亮的水果品牌。"

钟阳春和梁桂梅使劲鼓掌，庞辉艳的笑容更加灿烂了……

第二十四章　妃子笑

桔水荔枝果园路边的山脚建造了三间石棉瓦屋子，用来供村民在收购、护理荔枝时歇息、饮食。天刚刚拂晓，张海东便在屋子前忙开了，他先是煮了一大锅稀饭，盛在盆子里，接着又烧开了一大锅水，将茶叶泡了进去。他打扫着石棉瓦屋周围的垃圾，把屋前屋后的每个地方都打扫得很干净。张海东是今年二月初一到钟伟源果园里做长期果园工的。妻子逝世后，他曾经在媒婆介绍下和几个女子见过面，但对方嫌弃他有儿子和老母亲，再加上家庭贫困，一直没有合适的再婚对象。他曾经在外地打工三年没有回家，那些年也没有寄钱回家，家里人一度认为他失踪了。桔水村划入新农村建设，他家被纳入贫困户后，他被老母亲哭着叫回了家。自此，张海东的思想有了很大转变，他安心在家附近做做散工，只要有钱挣，脏活粗活什么都做。在荔枝果园里，张海东除草、施肥、浇水、喷害虫剂。每天总是天不亮就行走在种满荔枝的山岭上，日落西山时依

然看得到他忙碌的身影。

　　天刚蒙蒙亮，九洲江边的桔水村山脚下，路旁一串串红艳艳的荔枝在晨曦照耀下灿若朝霞。在收购点，果农们来回穿梭，忙碌不停，送果、称果、拣果、装卸……一切井然有序。近年来，廉城市大力推进乡村振兴战略，为水果流通营造了和谐的环境，果农种植户积极性高涨。桔乡镇荔枝合作社每年都收购桔水村各果园的荔枝销往世界各地，客户开着大货车到田间地头以当地市场的价格收走。

　　五位中年妇女挑着箩筐来到石棉瓦屋，她们身穿短袖衫，头上戴着草帽，脚上穿着布鞋，一身朴素的果农装扮。听闻她们嘻嘻哈哈的声音，张海东从屋子里走出来，大家打了招呼后一起进餐。

　　昨天晚上，钟阳春回到家里，说今天上午有种植户来参观果园。钟伟源一大早驾驶着三轮车行驶在山岭的小路上，遇到把一箱箱荔枝搬上三轮车的钟伟莲，两人打了招呼，钟伟莲告诉钟伟源，他家今年种的"白糖罂"迎来了大丰收。钟伟源笑着祝贺，继续往山上赶去，来到自家果园的石棉瓦屋前。一群人正围坐在一张长椅上吃早饭。有位年长的大妈说："钟老板，我们准时开工。"钟伟源不习惯大家这样称呼他，就笑着说："还是五叔听起来亲切。"年纪稍比其他几位妇女小的大妈端起饭碗边吃饭边说："我叫了十几年五叔了。"这些大妈是钟伟源聘请的摘荔枝的临时工，每天十小时，包两餐，工钱每天100元。主要负责在果园教游客剪摘荔枝。用过早饭后，钟伟源安排她们在食堂接待好需用餐的散客，同时嘱咐称秤人员在为游客称自采的鲜果时不能缺斤短两。

　　钟阳春开着小轿车驶进园子里。从车上下来，钟阳春扶着阿嬷，莫春平牵着可可的手向钟伟源走过来。大家说了几句话后，钟阳春和父亲赶着去迎接参观果园的种植户。这时，一辆小轿车和一辆面包车分别在果园路边停下，有人从车上下来，走在前头的是林春悭。林春悭带来了一位大腹便便的男子，他向钟阳春介绍："这位是广西水果经销商黄老板，每年收购500吨荔枝销往美国。"钟阳春热情地和黄老板握手，然后向大家介绍说："这位是我父亲，钟伟源，他可是名副其实的种植户。"林春悭看了一下钟伟源，说："有其父必有其子，子承父业。"人群里发出赞叹声。钟伟源呵呵地笑着说："阳春掌握的荔枝种植知识有深度，果园交给他了。"

　　八个人跟随着钟阳春，钟阳春走到挂满荔枝的荔枝树旁边，介绍说："'妃子笑'是精选的荔枝，这些荔枝看上去个大、饱满，颜色对比特别明显，经常是一颗荔枝上红一块绿一块的，别看整体颜色发绿，其实很甜，核很小。果实近圆形或卵圆形，果中大，果皮淡红色。果肉白蜡色，肉厚，质爽脆，多汁，味清甜带香。妃子笑具有粗生、易长、耐肥、喜水、枝粗叶大的特点。妃子笑对土壤缺水也较敏感，秋冬干旱季节土壤缺水严重，会造成阳光灼伤叶片，影响花穗抽生和质量。"

　　钟阳春在忙着给种植户介绍荔枝种植技术时，周菊俏

带着几个人来到了荔枝果园，他们把车子停放在路边，走过来和钟阳春打完招呼后各自忙去了。宣彩银跟在陈锡身边，快乐得像个孩子，一会儿要陈锡给她摘荔枝，一会儿又要陈锡扛着盛放荔枝的竹篮筐。梁桂梅看着宣彩银一脸的幸福笑容，不自觉流露出羡慕的表情。周菊俏看到她的表情变化，笑着打趣："陈锡和宣彩银的婚事在即，什么时候也喝桂梅的喜酒？"梁桂梅眼前突然浮现出钟阳春的笑容，但很快又摇了摇头，告诉周菊俏还不到时候。周菊俏和梁桂梅边说话边走进屋里，两人问候起钟阳春的阿嬷和母亲。当看到可可时，梁桂梅眼睛亮了起来，说："你是可可吗？炼春是你妈妈吧。"可可睁大眼睛，他已经不那么害怕陌生人了，定定地站在莫春平身边，望着梁桂梅说："阿姨好，我妈妈叫钟炼春。"

　　莫春平笑着对可可说："这是桂梅姨姨。"莫春平仔细地看着梁桂梅，想当初自己还亲自喂过奶水给梁桂梅喝呢，那时候村子里和梁桂梅同一年出生的孩子的妈妈都给梁桂梅喂过奶水。梁桂梅感觉到莫春平有话要对她说，但莫春平却没有开口。梁桂梅想到小时候吃过百家奶水的事，虽然那是长大后从村民口中知道的，但她还是庆幸自己出生在祥和的村子里。梁桂梅红着脸说："阳春妈妈，小时候的事，我都没对你们说感谢呢。谢谢你们。"莫春平和阿嬷都笑了。周菊俏默默听着她们说话，通过她们三人之间的谈话，还有脸上自然的表情，周菊俏清楚那是邻居互相帮助、团结友爱的乡村情谊。阿嬷拉过梁桂梅的手，看着这个从出生到现在长成大姑娘的邻家女孩子，喃喃说着：
"你过得好不好？"梁桂梅激动得泪光闪闪，不停地说着
"过得好好的"。

钟阳春讲完荔枝种植技术后，几位大妈忙着送上茶水。
喝过茶水后，钟伟源和几位大妈忙着把十几箱荔枝搬到黄
老板和林春悭的车子旁边。黄老板紧握着钟伟源的手说："很
荣幸认识钟老板，明年我们一起合作销售荔枝。"钟伟源
恳切地说："期待我们的合作。""合作愉快。"林春悭
真诚地送上这句话后，走上了车。

送走了林春悭他们，钟阳春和父亲钟伟源回到石棉瓦
屋前。钟伟源看到梁桂梅先是微沉下脸色，很快又露出了
笑容。梁桂梅叫了一声"钟叔叔"，钟伟源点了下头算是
应了梁桂梅的话。随后钟阳春紧握着周菊俏的手说："难
得周董亲自到果园。"周菊俏说自己是过来体验果园采摘
的乐趣的。钟伟源也和周菊俏握手，说感谢周董投资荔枝
园，今年是桔水荔枝的丰收年，这份成果里有周董的付出。
周菊俏说自己只是做了应该做的。

钟阳春他们向荔枝树走去，周菊俏摘了颗荔枝放进嘴
里，点头说："味道不错。"她在草地上站了一会儿后朝
另一个地方走去。在山岭的路边，一群人在说说笑笑，人
群里有周菊俏熟悉的人。

陈锡和宣彩银也来到一群人面前，大家互相介绍，谈
笑风生，场面甚是热闹。人群里有人对周菊俏说："这是
江南水乡女子——庞辉艳老师。庞辉艳大大方方来到周菊

俏面前，两人握手问候。陈锡觉得眼前的庞辉艳很眼熟，一下子又想不起来在哪儿见过。周菊俏环顾一下四周，只是一下子，她又平静地面对着热闹的人群。就在周菊俏环顾四周的那一瞬间，陈锡大叫了一声："啊。"他身旁的宣彩银莫名其妙地问他："什么事啊，你那表情？"陈锡牵着宣彩银的手向庞辉艳走去，头脑里浮现出钟阳春在九洲湾农家乐时说过的话，那时，钟阳春曾对他说过这里的服务员如此相似，相似得以为是前女友。然后陈锡在钟阳春的朋友圈，看到了他和前女友一起拍的照片，真是漂亮的江南水乡女子，如今真实的庞辉艳竟出现在面前了。陈锡沉住气，在庞辉艳面前自我介绍："我叫陈锡，这位是我未婚妻。"在异地他乡遇到这么多的好朋友、好同事，庞辉艳很是开心，她对陈锡说："认识你们是我的荣幸。"

大家各自忙着摘荔枝去了。一路行走着的钟阳春回头看时，周菊俏不知什么时候离开他的视线了，梁桂梅紧紧跟随着他。梁桂梅伸手去摘荔枝，钟阳春就拿着箩筐等着梁桂梅摘下来一个个荔枝。两人心照不宣地你摘荔枝，我装荔枝。有时梁桂梅不小心把荔枝掉在地上，钟阳春就弯下腰去默默地捡起来。

荔枝园到处是来来往往的人，有游人，有收购的果户，有忙着挑荔枝的果农。庞辉艳走到这边看看，又走到那边看看，一副悠闲自在的神情。她开心时就跑去摘几颗荔枝吃起来，一会儿又站在路边，让着路过的行人。不知不觉来到一处山岭，看着红红的荔枝，她满脸笑容地走过来，在伸手摘荔枝的时候，看到了前面熟悉的身影——她从来没有忘记过的一个人，一直在脑海里的一个人。由于过于心急，庞辉艳伸出去的手没有摘着荔枝，整个人却跌倒在地上，惨叫了一声"哎哟"。

听到旁边熟悉的声音，梁桂梅突然一阵紧张，她"哎哟"一声摔在地上，钟阳春赶紧扶起她。与此同时，他也听到身后传来的"哎哟"声，没有想过是谁，第一时间想着的是去救人。钟阳春扶起梁桂梅，转过身朝后面望去，这一刻，时间似乎凝固了。

对于庞辉艳来说，遇上钟阳春并不意外。廉城市实验学校组织老师到乡村果园游玩、摘果，庞辉艳报名参加了，不仅是体验参观新型果园，最重要的是参观名单上写着是桔水荔枝园，虽然没有确定是否能见到自己想要见的人，但与桔水有关的人和事她都不想错过。很意外的是，庞辉艳他们参观的果园和钟阳春家的果园相邻，位于山岭的分界线。庞辉艳是在山岭的分界线上遇到钟阳春的。

钟阳春有一阵子不知所措，不过，尽管心里乱糟糟的，但还是走了过去。钟阳春伸出手去，庞辉艳也伸出手让钟阳春扶起来。钟阳春扶起庞辉艳，梁桂梅看在眼里，没有说话。

庞辉艳已经很清楚她现在和钟阳春之间微妙的关系，尽管这样，她还是无法忍住对钟阳春的感情，心情激动地看着钟阳春，眼里满是暖暖的爱意。钟阳春担忧地说了句："你没事吧？"

庞辉艳拼命地摇头说:"没事。"

梁桂梅心情复杂地看着眼前发生的一幕,一副不知如何是好的表情。世界很大很大,你在北半球,她在南半球;你在大西洋这边,她在太平洋那边,你在中国南方,她在中国北方。两个看似没有交集的人,在现实中却处处相遇,也许两个人在缘分的磁场下,必定分分合合、兜兜转转又重逢。这样想的时候,梁桂梅脚步开始慢慢向前移动。

梁桂梅调整情绪,带着明朗的笑容对庞辉艳说:"辉艳,桔乡欢迎你。"

不知是因为梁桂梅的宽容和热情还是因为乡情浓郁的气氛,庞辉艳身心一下子舒畅开来,带着开心的笑容说:"这里是有名的荔枝产地,有幸到荔枝园游览,品尝荔枝,真开心!"

看到大家都能轻松地聊天,钟阳春很是平静地说:"果园里到处是荔枝,开心地摘吧。"

庞辉艳故作撒娇地说:"能吃上岭南荔枝真是件开心的事。我准备给家乡的人邮寄些荔枝。"

钟阳春听了,记在心里,叫梁桂梅拿来箩筐,自己动手摘起荔枝来,摘了满满一箩筐的妃子笑荔枝。钟阳春对庞辉艳说:"这些都是供你寄给家乡人的荔枝。"庞辉艳心里乐开了花。

钟阳春挑着装荔枝的箩筐,梁桂梅和庞辉艳跟在他身后。屋子里站满了人,钟伟源和莫春平、阿嬷带着可可、陈锡、宣彩银、周菊俏看着果农们打包着地上的一箱箱荔枝。

莫春平突然说："阳春跑哪儿去了？"

大家开始在人群里寻找，让人意外的是，钟阳春还没进屋，就有人隔着玻璃看到他身后有两个女子。气氛一下子高涨起来，大家欢呼着，陈锡更是鼓起掌，笑着说："今年是个丰收年，阳春挑着满满的妃子笑荔枝，看样子是捎给大家带回家去的。"梁桂梅听了陈锡的话咯咯地笑，他真是猜对了。钟阳春把一箩筐的妃子笑荔枝放在打包装的箱子堆里，对大妈们说："婶婶们，麻烦把这些荔枝打包邮寄到浙江，让江南水乡的人们品尝一下我们岭南的荔枝。"钟阳春说完话，陈锡笑嘻嘻地说："原来这些妃子笑荔枝是送礼的，确实，庞辉艳老师从江南水乡来到桔乡工作，很难得啊！"

大家的目光投到庞辉艳身上，纷纷议论着，庞辉艳微笑着，笑容很迷人。钟伟源在莫春平旁边嘀咕着："庞辉艳老师，来自浙江，江南水乡，是阳春在北京读书时认识的女孩子吗？"

莫春平盯着钟伟源说："当然是了，你看人家姑娘千里迢迢跑过来了。"

莫春平走到庞辉艳面前，上下打量着她，庞辉艳不知道眼前的妇人是钟阳春的母亲，只是微笑地对她说："阿姨，岭南妃子笑荔枝，我今天见识了，好美味。"莫春平静静地看着庞辉艳不说话，庞辉艳露出一副莫名其妙的表情。大家见状，有些人心知肚明没有说话，有些人好奇地问起旁边的人。这时，钟阳春走过来，热情洋溢地介绍：

"这位是我妈妈，这位是庞辉艳老师。"庞辉艳一下子高兴地叫起来："阳春妈妈，听说你很多年了。"莫春平拉起庞辉艳的手，高兴地说："姑娘，大老远地从江南到这边工作不容易，多寄些荔枝回家乡。"庞辉艳感动得眼里泛着泪光。钟阳春走到阿嬷等人身边，对庞辉艳介绍自己的家人，庞辉艳甜甜地说："阿嬷好，伯父好，可可好。"听着庞辉艳一声一声地叫着钟阳春的家人，梁桂梅心里涌起莫名的痛楚，不过没有显露出来，而是镇定地面对着眼前的情景。

大家热闹了一阵子，忙着游果园摘荔枝去了。宣彩银站在一棵荔枝树旁，等着陈锡伸手摘着一串串荔枝。陈锡把满满的荔枝双手递给宣彩银后，宣彩银刚把荔枝放在箩筐里，还没转过身来，陈锡就拿起事先准备好的钻戒，单膝跪在地上对宣彩银深情地说："珊珊，请接受我的爱，嫁给我吧。"因为太突然了，宣彩银呆呆地站着。大家已经高声喊起来："有情人终成眷属。"宣彩银缓过劲儿来，激动地流着泪说："太幸福了，我就要做新娘了。"大家齐声欢呼起来。

第二十五章　三茶六礼

　　婚嫁是一个永不衰老的话题。"男大当婚，女大当嫁"，结婚在中国被视为人生大事，极受重视。在漫漫的历史长河中，形成了一套传统的规例，古代就有所谓的"下茶""合茶""定茶""纳彩""问名""纳吉""纳微""请期""迎亲"等"三茶六礼"形式，每一程序还有具体的名目。雷州半岛人的婚嫁，有着中华民族传统的内容和形式，受地理环境、历史渊源、政治、经济、文化、生活方式的影响，也有本土自身的习俗和特色。

　　"合八字"这一古老的婚姻习俗，在雷州半岛仍普遍盛行。过去"合八字"仪式很隆重，女方将生辰用红纸书写送到男方，叫"送八字"。男方的生辰也同样书写在红纸上，择定吉日，把双方的红纸放在男方的祖宗神台或米缸内，经过三朝没什么事发生，即为"好兆头"，便可"合八字"。男女双方"合八字"后，是择日子。择日子也叫择时辰，即择定结婚的良辰吉日，通过看"通书"（日历）

来定日期，目的是讨个吉祥日子。送聘礼，是男方送聘礼到女方家，俗称"过礼"。

　　精美的结婚请柬摆在桌面上，钟阳春仔细看着，请柬上写着陈锡和宣彩银的名字。回到村子工作后，通过与陈锡频繁交往得知，陈锡和宣彩银从相识相恋到洞房花烛，前后经历了五年时间，五年可以说是个马拉松式的爱情长跑了。两人一起在桔水幼儿园工作，从最初的幼儿园创立阶段到规模扩大，是典型的"夫唱妇随"。钟阳春正在沉思时，陈锡的电话打了过来，钟阳春接了电话，陈锡先是问候了钟阳春，接下来告诉钟阳春，他是父母唯一的儿子，父亲也是陈锡爷爷唯一的儿子，即将举办的婚礼的很多事情得请邻居帮忙。现在需要找个亲密伙伴送聘礼，即男方送聘礼到女方家，这么重要的事情需要钟阳春帮忙。

　　钟阳春知道，远亲不如近邻，平时有什么事情乡里人都会帮忙的。他不假思索地道："没问题，乐意效劳。"钟阳春挨个打电话给平时常联系的朋友，说陈锡结婚要用到车子，他们自然乐意帮忙。然后，钟阳春又从网上找到桔乡镇上一家鲜花礼品店，给店主打电话说："农历四月初八早上，有11辆结婚轿车需要装扮。"店主听了连忙说了三个"好"字。

　　结婚的日子定在农历四月初八，四月初八是个好日子，俗话说八八发发，凡事顺顺利利。也许选择这个日子的长辈们都希望自己的子女一生平平安安、健健康康吧。四月初七那天，陈锡家里已经来了好多亲戚，表大姑还有四个姨都是些远房亲戚，平时从未走访过，只有遇到娶妻生子这样的大事才会提着礼物上门。

送聘礼这天上午风和日丽，钟阳春驾驶着小轿车，车里坐着陈锡的堂大婶和陈锡家请来的媒婆六奶奶，三人前往宣彩银家。在乡下，男女自由恋爱，到了摆酒结婚的时候要请媒婆，据说是为了增添人气旺气。宣彩银家在桔乡镇上，巷子尽头一幢半新的三层居民楼房。巷子里挤满了喧闹的人们，钟阳春他们的车子刚开到宣彩银家的巷子，宣彩银的家人便热情地迎了上去。宣彩银笑意盈盈地对钟阳春三人说："辛苦大家了。"钟阳春笑着祝福宣彩银新婚快乐。大家从车上拿下大包小包的礼品，两只贴着大红纸的箩筐装着田艾粄，雌、雄鸡各一只，猪腿一对，一头百斤重的猪的半边猪肉和糖果饼干。宣彩银家人发了糖果饼干给左邻右舍，大家吃着新姑爷的喜糖，笑着祝福新郎新娘。

宣彩银的家人杀鸡宰鸭，盛情款待钟阳春他们，酒桌上，钟阳春不怎么说话，默默听着他们谈论新郎新娘新婚的事情。宣彩银一脸幸福地靠在母亲身边，看得出她和陈锡情深意长，情投意合。她的母亲在大家面前夸奖陈锡是个有上进心、敢担当的好青年，做父母的放心把女儿嫁给他。宣彩银父亲随意坐在一旁，看得出家里做主的是母亲。堂大婶和六奶奶也是很聪明的，堂大婶喜形于色地说："舍家侄子能娶令家千金是陈家的福气。"六奶奶笑得合不拢嘴，半遮半掩满是皱纹的脸说："一个是郎才，一个是女

貌；一个是金童，一个是玉女，合起来是郎才女貌，金童玉女。""媒婆"确实不枉虚名，六奶奶把"媒婆"这个角色演绎得淋漓尽致。大家听了她的话，忍不住放声笑起来。宣彩银抿住嘴笑眯眯的，她的母亲却是乐得两眼眯成一条缝。钟阳春笑过后，记下了六奶奶的话，虽说生活在乡村，很多老一辈人的见识学识还是值得学习的。

大家把事情商量好后，钟阳春他们启程返回桔水村。宣彩银父母把堂大婶他们带来的两箩筐吃的和一些田艾粄、糖果饼干又送回陈锡家，俗话说，有去有回。钟阳春把车子停在桔水幼儿园门前，因为是星期日，幼儿园很安静。陈锡先走过来，后面紧跟着钟伟新夫妇，大家把车子上的礼物抬回屋子，陈锡母亲把封好的红包分别给钟阳春、堂大婶和六奶奶后，堂大婶和六奶奶把宣彩银父母的话传达给钟伟新夫妇。他们在旁边高声谈话，陈锡忙着给钟阳春敬香烟，钟阳春吸着香烟，烟雾萦绕在眼前。一会儿，钟阳春把香烟灭掉放进垃圾桶，对陈锡说："11辆小轿车准备好了，是兄弟朋友的，大家互相帮忙，到时按我们桔乡农村风俗，封个红包给他们。"陈锡很爽快地回答："红包，那是必须的。"接着，钟阳春又说："鲜花也订好了，来自桔乡镇上一家名为'春盈'的鲜花店。"陈锡握着钟阳春的手，说："阳春，非常感谢你在百忙之中抽时间帮忙，以后你需要帮忙只要说上一声，我陈锡定会去办。"钟阳春听了哈哈大笑起来，他的笑声惊扰了旁边的几位长辈，看到没什么事，长辈们又商量他们的事了。钟阳春停住笑说：

"会有机会帮忙的，我不是还未婚嘛。"陈锡听了钟阳春的话后，忽然想起了什么似的，从桌旁的抽屉拿出来几张请柬，摆在钟阳春面前说："我也请了周菊俏、梁桂梅和庞辉艳。江南水乡女子庞辉艳，对你情有独钟，千里迢迢寻爱而来。"

农历四月初八早上，11辆小轿车停在鲜花店门前，鲜花店主给每辆小车扎上彩绸带后，各车主将小轿车驶回桔水幼儿园院子前，等着吉祥时刻巳时（十点）出发，到桔乡镇迎接新娘宣彩银。

农历四月初七，从中午到晚上，宣彩银只喝开水，未吃粮食，这是乡下的风俗，待嫁的女子前一天是不能吃任何粮食的，只能用开水充饥。宣彩银明天要成为幸福的新娘，成为另一个家庭的成员了，她的心思也没放在食物上，就想着时间慢点过去，好好待在父母身边。夜晚还是来临了，在伴娘陪伴下，宣彩银在房间里忙着化妆穿衣服，她要把自己打扮得漂漂亮亮，然后风风光光地嫁出去。大家在谈天说地，东南西北闲聊着，在半睡半醒中，到了黎明时分。宣彩银穿上了一身白色婚纱，一双白鞋子，从头到脚都是纯白色，纯洁如仙女。两个大婶一前一后走进宣彩银的房间，见宣彩银笑嘻嘻的，有个大婶摆着一副严肃的脸孔对她说："你就要离开桔乡镇了，要哭才对，你竟然还能笑得出来。"宣彩银耸耸肩，完全不把大婶的话装进心里，依然童心未泯、面不改色，乐呵呵地说："大婶呀，结婚是喜事，我高兴才对，我怎么哭得出来呢？"大婶再也沉不住气了，说："丫头，

没有姑娘是笑着走出娘家门的。"

想着离开辛苦了一辈子的父母，想着从此去另一个地方生活，生儿育女过下半辈子。宣彩银的悲伤涌了上来，她开始嘤嘤地抽泣起来。宣彩银在两个大婶的搀扶下慢慢跨过门槛，伴娘们负责给她们撑红色雨伞。她们的身后跟随着一群看热闹的小孩子，闹哄哄地跳呀笑呀。

上午十点十分，吉辰已到，陈锡他们驶着 11 辆小轿车从桔水村出发，一直往桔乡镇的方向驶去，车子缓慢驶进一条小巷子，沿途站了很多人，他们看着陈锡的车子来了，迫不及待地走了过来。陈锡和伴郎们下了车，手捧着一大束娇艳欲滴的玫瑰花，一群看热闹的人瞬间围住了他们。他们在人群里慢慢行走，来到宣彩银的家门前。宣彩银和伴娘们在屋子里等待着陈锡的到来，看到陈锡出现，伴娘们先是向陈锡讨要利是（民间风俗，给了红包，新娘才能离开娘家）。陪同陈锡前来迎亲的一位堂大婶事先已准备好许多个利是袋，里面统一装着 10 元钱。发放了红包，撒了礼花，伴娘们才把身后的宣彩银拉到陈锡面前，宣彩银看着陈锡，陈锡也看着宣彩银，两人含情脉脉，笑容在他们脸上荡漾开来。宣彩银向陈锡伸出纤细白皙的手，陈锡牵过宣彩银的手。新郎新娘拜过新娘父母后，走出家门。摄像师给他们拍婚礼照，紧跟着他们一路前进。11 辆小轿车依次出发，一路上吸引着行人，成为一道亮丽的风景线。

11 辆小轿车停在一幢楼房前，宽敞的大院摆放了 40 张桌子，里里外外都是人。伴娘和伴郎伴着新娘新郎下了车，一群人迎了上来，簇拥着他们，大家争先恐后看着漂亮的新娘。钟伟新挑着两只装着供品的箩筐，带着新郎新娘到祠堂上香拜祖，烟花爆竹声过后，新郎新娘返回楼房里。一群小孩子跟随着新郎新娘，陈锡和宣彩银的脸上一直挂着甜甜的笑容，两人在这大喜的日子里，按着乡村的风俗规矩行礼，他们很高兴。两人接受着人们的祝福，接受着远亲近邻的热情拥抱。乡亲们带来了礼物，带来了他们的心意。如今生活水平提高了，人们赴婚宴的利是款也越来越多，富裕者甚至给四位数、五位数。

雷州人把婚宴称为"饮喜酒"或"摆酒"，是婚礼的重头戏，结婚摆酒几乎成了铁定的惯例，即使有些人搞旅游结婚、集体结婚，仍会在小范围或家族中摆上几台酒席庆贺。钟伟新新建成的楼房一直没办新居酒席，如今儿子结婚一起办酒。新居加新婚自然是喜上加喜，隆重豪华气派的场面很多村民还是第一次遇到。钟伟新请了廉城市有名的厨师在家中操办酒席，还有自家亲朋好友帮忙在厨房里做事。在农村，谁家有点儿事，大家都是这样相互帮衬着，俗话说："远亲不如近邻，街坊不如对门。"如果有谁家准备办酒席，通常相熟的人都会来帮忙，有的刷洗餐具，有的给厨师打打下手。

大家热热闹闹欢聚在桌旁用餐，桌上有廉城有名的婚宴酒席菜式：白切鸡、盘龙白鳝、白灼南贝螺、清蒸鲍鱼、墨鱼炒萝卜干、炸蚝、香焖虾仁、生蚝肉丝炒粉丝、猪肚

墨鱼丸、肉片炒长菌菇、八宝饭、炸榴角、炸腰果拌菠萝、白灼水东芥菜、大骨生蚝干煲白萝卜汤。在乡下办酒席，大鱼大肉类的荤菜多才能显出主人家的富足与待客的诚意。铁锅柴火灶做出的普通家常菜也有着不凡的味道，只有吃过的人才能够真正体会。婚宴上的饭菜丰富，通常主人都会准备好袋子，客人吃不完还可以打包带回去。

陈锡和宣彩银在堂大婶的带领下，从双方父母开始，给每一桌的人们敬酒。当陈锡和宣彩银来到周菊俏他们这桌旁，周菊俏、梁桂梅、钟阳春、庞辉艳和同桌的朋友给新郎新娘送上美好的祝愿："百年好合，早生贵子。"然后，大家干杯饮酒，新郎新娘笑嘻嘻地又走向另一桌。

婚宴气氛热闹隆重，人们都沉浸在欢乐的气氛里，聊天谈话也是其乐融融的。庞辉艳对钟阳春说："感谢你的荔枝，家乡的亲人们都说岭南荔枝好吃，让人回味无穷。"钟阳春说："也感谢你传递岭南荔枝给家乡父老乡亲。"梁桂梅受气氛影响，听到钟阳春和庞辉艳的谈话后，仍然心情很好，整个席间，大家你一言我一语地开心地聊着。

时间过得很快，不知不觉已经是晚上八点钟了，庞辉艳一杯接一杯地喝酒，钟阳春抢过她手里的酒杯不让她喝了。庞辉艳因为太高兴了，没有酒杯，她顺势拿过桌面开启的啤酒瓶大口地猛喝，那阵势倒是吓坏了周菊俏，她忙小心叮嘱庞辉艳注意自己的行为，同时拿过庞辉艳手里的啤酒瓶，放到一边。庞辉艳意识清醒，对周菊俏的好意很是感激，她看着周菊俏说："周姐，你知道真正爱过一个人是什么滋味吗？"庞辉艳这句话一出，钟阳春禁不住身体微微颤抖，他注视着庞辉艳红彤彤的脸，她明显有些醉意了。梁桂梅也喝了些啤酒，不胜酒力的她没再喝下去，大部分时间是静静听着大家聊天。庞辉艳半醉半醒中扑在钟阳春身上，吵着要钟阳春送她回去，钟阳春抱紧了她。看着自己喜欢的人抱着另一个女孩子，梁桂梅愣了一会儿，马上说："辉艳，我送送你。"周菊俏看着他们三人，是想笑的，但想到三人的感情纠葛，她的心又隐隐地痛。梁桂梅是她的好朋友，庞辉艳虽说是刚认识的，但也是她的好朋友，她不希望她们两个受到伤害，只是在爱情的世界里，尤其是当爱情里掺进去三个角色，谁也说不清楚谁不曾受到伤害。

　　钟阳春反应过来，轻声说了一个字："好。"除此之外，他不知道找什么话题说了。庞辉艳听梁桂梅说要送她，一下子清醒了许多，大大方方地说："好啊，谢谢桂梅。"梁桂梅说不清楚自己为什么要送庞辉艳回去，也许是不希望看到钟阳春和她在一起。梁桂梅送庞辉艳去廉城的路上，周菊俏接了个电话就离开了酒席。钟阳春送周菊俏到小轿车旁时，周菊俏看着钟阳春，像是有什么话要说。钟阳春莫名其妙地看着周菊俏，周菊俏想了想，说："阳春，女孩子的心是脆弱的。梁桂梅和庞辉艳都是好女孩。"钟阳春沉重地想着周菊俏的话，目送着周菊俏驾驶着小轿车离开。

　　钟阳春满腹心事地来到楼顶，看着黑夜里的天空和周

围的村庄，思绪万千。眼前一会儿是梁桂梅，一会儿是庞辉艳，但他想得更多的是梁桂梅。梁桂梅一言一语，一笑一颦，深深印在他的头脑里，走进他的心里。

街道里霓虹灯闪烁，高楼大厦一幢幢从眼前闪过，梁桂梅安静地握着方向盘，专注地望着前方的路。一路上，庞辉艳不停地向梁桂梅诉说，说她和钟阳春在大学里相识相爱，那时两人是如此深爱着对方。说到钟阳春要回雷州半岛，两人在深圳分手，庞辉艳忍不住痛苦地哭了。梁桂梅没怎么说话，一直听庞辉艳说话。直到庞辉艳哭出了声音，梁桂梅递给她纸巾，轻轻地说："辉艳，你要保重身体。"

庞辉艳抹着满是泪水的脸，哽咽地说不出话来。直到梁桂梅送她到目的地，庞辉艳下了车，朝梁桂梅挥手，走进廉城实验学校公寓小区。梁桂梅目送庞辉艳的背影消失后才离去……

大家热闹地聊着，到了闹洞房的时候了。成婚之夜，雷州半岛普遍盛行闹洞房的旧俗，又叫"打外茶"。男女青年拥到新房，喝糖茶、吃花生糖果、嬉戏玩闹，出些难题让新婚夫妇演绎，甚至恶作剧，逗得新郎面红耳赤，新娘羞答答，借以取乐。

一群年轻人吵着要陈锡和宣彩银喝交杯酒，陈锡和宣彩银高兴地喝了交杯酒。喝过交杯酒后，他们又闹着要新郎和新娘亲吻，陈锡和宣彩银深情对视，大伙等不及了，伴郎和伴娘推着新郎和新娘拥抱在一起。陈锡和宣彩银忘情地深吻起来，大伙大声叫着，洞房里里外外挤满了人。

　　到处都是喜气洋洋的人们，钟阳春走下楼顶，在一楼的空地上，一群约 20 岁的小伙子围坐在桌子旁饮酒谈话。钟阳春看了他们一会儿，往前走去，身影渐渐消失在夜色里……

第二十六章　不爱就不必痴痴纠缠

　　时间在庞辉艳纠结钟阳春是否还爱着她中过去了半个月。她时不时提醒自己他们分开了，但这种提醒却更加重了她对钟阳春的想念。最终庞辉艳还是没有忍住内心的冲动，她想给钟阳春发短信。想了半天，也不知发什么内容，直到现在庞辉艳才发觉，她和钟阳春之间已到了没有什么话可说的地步。尽管这样，她仍不想放手，钟阳春已深深地占据她心里的某个角落了。这些年来，她已经习惯他的存在了。她想了好久，想起了在那次公开课上，她的公开课讲课稿子给了钟阳春参考，这样她就有理由见到钟阳春了。

　　"阳春，我的公开课讲课稿子还在你那边，请问你什么时候可以送过来给我。"这个短信在庞辉艳手机里停留了很久，时亮时灭地闪烁着，庞辉艳在纠结要不要发。她最后心一横，点了发送。看着短信这么发出去，然后显示发送成功。庞辉艳的心在那一刻狂跳不止。接下来，庞辉艳脑海里充满了无数幻想，她指责自己这么没有骨气放下尊严去找钟阳春，又一遍遍翻看她写的短信有没有透露出多余的温情。她似乎觉得自己的这个短信很高明，既达到了目的，又看不出她是故意这么做的。

　　电话那头的钟阳春在学校备课，现在对于他来说，一分一秒都是那么的珍贵。在学校上课，下课后批改作业、备课，找学生谈心，监督学生学习。除此之外，他还有个重要的任务，出身于荔枝种植户家庭的他，过几天要去参加廉城市举办的水果交流会议。钟阳春把时间安排得满满的，一刻也没让自己停下来。钟阳春感觉裤子口袋里的手机微微振动了一下。他以为是梁桂梅发来的短信，他知道梁桂梅也参加这次的水果交流会议。钟阳春拿出手机，按亮了屏幕，上面显示着"庞辉艳"三个字。他的心猛然跳动了一下，一种莫名的不安袭上心头。他打开了短信，看到了庞辉艳发的短信内容。他心里无助地想着，庞辉艳还是在原地等他，可是她不知道有些人在她转身离开时已经消失了。钟阳春翻着抽屉，找到了庞辉艳的公开课讲课稿子，想起那天庞辉艳公开课讲完，他谦虚地向庞辉艳请教，一向乐于助人的庞辉艳就把公开课讲课稿子送给了他。庞辉艳在深圳的白领工作做得如鱼得水，教师这份工作同样做得优秀，可能因为她是师范大学毕业的学生吧。钟阳春突然就想起他和庞辉艳在大学校园的相遇，现在想来也只是翻动着记忆里的往事了。这时候，他的手机又振动了一下。他看到是梁桂梅的短信，然后他将短信点开。梁桂梅问钟

阳春下午去廉城吗。已收到廉城市举办的水果交流会议的通知，要提前做好准备。钟阳春笑了，他马上回复："好，一会儿见。"短信发出的一瞬间，庞辉艳的电话就打了过来，钟阳春不小心按了接听。他听到庞辉艳小心翼翼地说："阳春……"

"辉艳……"钟阳春没有感情的声音响起。庞辉艳心里咯噔一下。她有太久没有听到这个声音了，但是这个声音似乎变得冷冰冰的，不像以前那样了。庞辉艳顿感心里也那么冷冰冰的，她说："刚发了短信给你。"

"我收到了，找到了公开课讲课稿子。"钟阳春淡淡地说。

庞辉艳突然兴奋起来，这么短时间就找到了公开课讲课稿子，说明他心里还是有她的位置。她轻松地笑了一下，说："你还保留着公开课讲课稿子啊。"

钟阳春感受到了庞辉艳的高兴。他严格要求自己，对待工作一丝不苟，公开课讲课稿子，以及其他与教学有关的东西，他都保存着，有空就拿出来参考。但在庞辉艳看来，这不是一件简单的事，而是对她的尊重，还有对她的重视。钟阳春严肃起来，冷冷地说："辉艳，我们回不去了。"钟阳春的语调一直停留在刚开始的状态，丝毫没有改变。无论庞辉艳如何变化，钟阳春都不回应。庞辉艳觉得心里有什么东西堵得慌，她忍不住了，说："我知道一切都是因为她。"钟阳春沉默了，不言不语。庞辉艳觉得自己把底牌已经掀了，她的自尊被钟阳春彻底击败了。庞辉艳生气地说："明天拿公开课讲课稿子给我，我过去还是你过来？"钟阳春没有理会庞辉艳后面的话，他依旧用之前的语调说："下午给你，再见。"说完就把电话挂了。庞辉艳听到电话没有了声音，浑身像散了架一样瘫坐在椅子上，心里涌起无尽的悲凉。她无声地哭了。

钟阳春走出校门，梁桂梅已经开着车子在等他了。钟阳春和梁桂梅打了招呼，坐在副驾驶座。车子开到桔水村村口时，一群施工队员在忙碌地建筑桔水村新门楼，脚手架支撑着上面的花岗岩石柱，钟阳春透过车窗望着雄伟的建筑，说："新的门楼很快就建好了。"梁桂梅赞同地点着头。车子在廉城公路上飞快地行驶，钟阳春心里出奇地平静，尽管知道自己面临着什么，但他逃避不了，终究这一天还是要来的，只能接受现实，面对事实。梁桂梅不知道钟阳春的心事，只是快乐地边开车边说话，她眼睛望向前方，没有看钟阳春。

钟阳春听着梁桂梅说话，和以往不同的是，这次他居然一句话也没说。梁桂梅突然问："你不舒服吗？或是发生什么事了？"钟阳春转头看着梁桂梅，刚好梁桂梅也转过头来看着他，两人对视了一下，梁桂梅移开视线。钟阳春平静地说："我们要集中精力应对这次的水果交流会议。"钟阳春这句话其实是对自己说的，他现在面对的最重要的事情是集中精力应对廉城市举办的水果交流会议，它关系着桔乡及桔乡果园的荔枝销售。梁桂梅没有多想，这个水果交流会议对她来说也是至关重要的。因为会议的成功，

会对年底红橙的上市起到推动作用。

钟阳春收到好几条信息："什么时候过来？我已在上岛咖啡馆等你。"

钟阳春现在才真正紧张起来，梁桂梅看到钟阳春不愉快的表情，忙问："你有事？"

钟阳春觉得该是说实话的时候了："一会儿把公开课讲课稿子给庞辉艳。"他把庞辉艳已在上岛咖啡馆等他的事说了出来，最后还说，"其实在离开北京那年的6月，我已经和过去告别了，重新开始了生活。"梁桂梅知道钟阳春和庞辉艳的故事，虽然想到庞辉艳心里不安起来，但还是带着笑容对钟阳春说："我送你过去。"

车子停在上岛咖啡馆广场。钟阳春望着梁桂梅，梁桂梅平静地望着钟阳春，此刻她是不舍得让他就这样走到另一个女孩身边的。她镇定地告诉自己："要面对现实，相信自己，他还是会回来的，没人能代替我在他心里的位置。"钟阳春准备打开车门，梁桂梅两手摆放在方向盘上，眼睛望着前方。钟阳春在打开车门的瞬间，突然转过身来，对着梁桂梅的脸亲了一下。毫无防备的梁桂梅就那么被钟阳春突如其来地亲了一口，呆呆地望着他。钟阳春轻轻地说了句"等我"，就走下了车。梁桂梅如梦初醒，静静地看着钟阳春的背影慢慢消失。钟阳春走进上岛咖啡馆大厅时，回头朝坐在车里的梁桂梅看了一下，梁桂梅点了点头，这次她的眼里满是痴痴的神情。

庞辉艳已经坐在座位上等了一会儿了。庞辉艳穿着绿色碎花的连衣裙，绿色的凉鞋，脖子上挂着绿色的桃心玛瑙项链，手上戴着绿色的贝壳手链。好像她刚从海里游出来，头发也刚刚洗过，飘着一股清香。钟阳春看见庞辉艳，心里跳了一下，但是他很快控制住了自己，没有让庞辉艳发觉。倒是庞辉艳看到钟阳春之后，心花怒放，脸上藏不住的笑意很快让钟阳春发现了。钟阳春不由得在心里感叹了一下，她还是老样子，一点也沉不住气，简单得像个孩子。孩子一样的庞辉艳好像也意识到自己的举动有点太过显眼，可是她现在毫不在意，她觉得自己充满了力量，她想留住钟阳春。

庞辉艳笑着说："真谢谢你，大老远给我送一趟。"钟阳春感觉庞辉艳的笑无比真诚，她坦诚地将自己对他的感情暴露了出来，这让钟阳春显得有些不知所措，再那样冷冰冰地拒人于千里之外实在做不到，也不忍心。可是他一旦松懈，可能就又会回到之前的状态。纠缠不清，没完没了是他最害怕的。他不想再继续这段感情，因为这段感情会让他付出太多精力，不但如此，他也无法平衡自己和庞辉艳之间的关系。

钟阳春只是友好地笑了笑，仿佛为刚刚冰冷的面孔道歉，但是他依旧无视庞辉艳的关怀和温情。他说："好了，你赶快回去吧，我要走了。"钟阳春没有再看庞辉艳的脸，转身就往外走。庞辉艳上前一步，猛地拉住了钟阳春。钟阳春没有料到，他停住之后茫然地看着庞辉艳。庞辉艳问："你还爱不爱我？"钟阳春感觉胸口像是有什么东西涌出

来一样，很难受，他说不出话，事实上他不知道怎么说了，便低下头。庞辉艳不依不饶，继续说："我不应该让你一个人回来。那次你离开后，我天天在想着我们在一起的美好，这种美好超越了现实，我没有忍住，便跟着来到这里工作。"

钟阳春缓缓抬起头来，庞辉艳的眼睛里有一滴泪缓缓贴着鼻梁落下，她扭过脸，不希望钟阳春看到。钟阳春深吸了口气，一副无可奈何的表情，说："辉艳，对不起。"

庞辉艳突然瞪大了眼睛，绝望地叫了一声："为什么？"钟阳春觉得无法向庞辉艳解释明白，他也解释不明白。他能说两人有诸多不合适，或许是在分开的那些日子里，他已重新开始一段新的生活，无法回到过去的生活中去？也许这些都不是理由，因为他的心里已经住了另一个人进去，没有人能代替她。可是在这一刻，庞辉艳真诚的情感流露动摇了他，钟阳春压抑了半年的心现在又活了。可是，如果回到过去，两人没有本质的变化，那么结果还是一样，甚至更加糟糕。正当钟阳春心里一团乱麻之时，庞辉艳扑到了钟阳春怀里。

钟阳春轻轻拿开庞辉艳的手，庞辉艳又紧紧地抱住钟阳春，钟阳春不能采取强硬的手段，拿了几次拿不掉庞辉艳的双手后，他放下自己的双手，任由庞辉艳抱着。庞辉艳不想就此放开钟阳春，突然有什么东西在她胃里翻滚，她皱着眉头说："我不舒服，我想回去。"钟阳春看到了庞辉艳的不适，那不是佯装出来的，他心里泛出一丝痛楚，庞辉艳的胃受不了冰冷的食物，她刚才给自己点了沙拉。钟阳春的脸上呈现出不安和歉意，他伸出手握住庞辉艳的双手。庞辉艳觉得，如果她再多待一秒，她的胃液就会喷出来。庞辉艳果断起身，逃一样地飞奔出门，她惊恐地觉得身后的那个人已经不再是人，而是一个植物，类似食人花一样的植物。钟阳春没料到庞辉艳会跑，而且行动如此迅速。他愣了一下，赶忙去追，却被服务员拦了下来。他放下一张卡，然后催促服务员说："麻烦快点。"

等钟阳春追出来时，他看到了最不愿看到的一幕，庞辉艳走出上岛咖啡馆大厅，原本要朝右边走过去打"的士"，突然预感有人朝自己看过来一样，忍不住回头多看了一眼，就那么不经意地一看，竟然让她看到了广场上停放着的一辆红色小轿车。庞辉艳对这辆红色小轿车太熟悉了，她坐过一次，是在陈锡的婚宴上，没想到如今又遇上了。庞辉艳明白了，他们两个人一直在一起。

第二十七章　为成绩喜，为成绩忧

梁桂梅一直坐在车里等待着钟阳春出来，一个小时，两个小时，午后的阳光慢慢转向西边，天边飘起朵朵粉红色的云朵。天气阴凉，但梁桂梅心里是热的，她不知道钟阳春和庞辉艳说了什么，但她清楚钟阳春，他的心里知道外面有个女孩子在等着他，等着和他一起回家。

直到看到从上岛咖啡馆走出来的庞辉艳，梁桂梅倒吸了一口凉气，太突然，她完全想不到会是这样！梁桂梅定定地注视着庞辉艳，眼睛一次也没有离开庞辉艳的身影。也许是受到心灵感应的影响，庞辉艳突然回头朝车里的梁桂梅看过来，梁桂梅一下子不知所措。两个女孩子就这样对视着，庞辉艳一步一步慢慢朝梁桂梅走过来，梁桂梅顿了顿，打开车门，站在车边。

钟阳春看着慢慢走近的两个女孩子，他很害怕，从来没有这样恐惧过，一种不安向他袭来，他不知道后果会如何。钟阳春一刻也没有放松警惕，他静静地望着，脚步开始慢慢朝前移动。

看着庞辉艳一步步靠近，梁桂梅沉着镇定，她想看看庞辉艳会怎么做，而自己又能怎么做呢？也许有些事情大家说清楚了，讲明白了，心事也就了却了。在距离梁桂梅一丈远时，庞辉艳停住了脚步，直视着梁桂梅的双眼冷冷地说："你真的爱阳春吗？"

也许只有深深地爱着一个人，对他有一种透过灵魂、深入骨髓的爱，才会有这种执着。梁桂梅看着庞辉艳，一字一顿地说："是的，我爱他。"

庞辉艳深吸了一口气，时间好像过了一个世纪那么漫长，她语气无比坚定地说："我们在最美的年华里相爱，经历过人生的起起伏伏，没有人比我更爱他。"

梁桂梅感觉自己好像窥探了别人的隐私，她在回忆那天的一幕。掉在地上的荔枝，两个人的对话。庞辉艳的脸一直在她脑海里挥之不去，仿佛庞辉艳的面容，那把伞明晃晃地在她的脑壳里蹦来蹦去。那把伞应该是庞辉艳，又不是庞辉艳。那把伞带着一种鬼魅的爆发的力量，这种力量让梁桂梅透不过气来。

可是她是深爱钟阳春的，尽管她在钟阳春面前从来没有说过感情的事。但事实摆在眼前，她毫无保留地坦白了自己的感情。不管这辈子能不能得到爱的人，至少她说了真话。

梁桂梅没有再说话，钟阳春已经来到她们身后。庞辉艳从梁桂梅的表情里看到了后面的钟阳春，她突然靠近钟

阳春，看着他没有说话。钟阳春一下子无所适从，可是又不能一下子走开，就那样呆呆地站着。

　　他们在大学时就相爱了，相爱了好多年，这是无法逃避的事实。梁桂梅安抚自己纷乱的心绪，一边看着他们一边打开车门。钟阳春情急之中大喊了一声："桂梅。"庞辉艳惊讶地看着钟阳春，梁桂梅在钟阳春喊她时停了一下，她知道钟阳春的感情天平移向了她这边。但即便这样，她还是要离开了。梁桂梅钻进车里，钟阳春又大声地喊了一声："桂梅。"庞辉艳惊讶的表情还没恢复过来，又再次吃惊地看着钟阳春，嘴巴张得大大的。

　　梁桂梅看着面前站着的两个人，庞辉艳定定地盯着钟阳春，钟阳春含情的双眼看向梁桂梅。梁桂梅心里突然很平静，和早上钟阳春坐车时的心情完全不同。钟阳春的心情却是截然相反，他心里乱成一团，头晕脑涨，已经分不清东南西北了。

　　梁桂梅透过玻璃镜看着钟阳春，启动了车子，慢慢倒车。钟阳春又喊了一句："梁桂梅，你说过等我的。"

　　就在钟阳春喊出这句话时，庞辉艳绝望了，眼睛转过来看着车子里的梁桂梅。梁桂梅把车子倒到一个合适的位置停住了。

　　钟阳春立在原地，他原本想立即赶到梁桂梅身边，但脚步不听使唤，他没有移动。说到底是钟阳春不知下一步该怎么走了。

　　时间过去了两分钟，梁桂梅没有看到她所期盼的那一幕，于是使劲地开着车子向前，飞快地在马路上行驶。钟阳春一动不动地望着飞速行驶的梁桂梅，只是眨眼工夫，梁桂梅驾驶的车子便消失在远处了。

庞辉艳的目光一直落在钟阳春身上，她的视线一步也没有移开。直到钟阳春冲着梁桂梅消失的方向大声叫她的名字，庞辉艳的心里犹如一盆冷水泼下，从头到脚都凉了。她到底还是失去了他。庞辉艳转过身，拦了一辆出租车，走进车里时特意回头看了一眼钟阳春，她是在等钟阳春说一句话，即便是一个字，她也会心甘情愿地离开，可是没有，哪怕是一个转身一个眼神。钟阳春呆立在原地，就像被冻僵了般一动不动。庞辉艳尽管万般不情愿不甘心，但她还是要面对，离开或许是为了维护自己仅剩的那一点自尊。

都离去了，剩下枯萎的落叶，在泥土里腐烂发酵，等着又一个植物生命的诞生。自然界是神奇的，植物生生不息，发芽生根，消失死亡，如此循环。我们无法改变生命的轮回，唯有遵从大自然的生命法则。

钟阳春失魂落魄地回到家里，辗转反侧，久不能寐。第二天一早，钟阳春调整好心情，踏着朝阳走在村路上，去了梁桂梅的廉美电商。

恍恍惚惚地过了一个白天和晚上，梁桂梅投入正常的工作中去。她不能把握和别人一起走的人生，但她可以把握自己走着的路。此刻的她坐在电脑前浏览着网页，昨天的一幕总是不经意间跳出脑海，庞辉艳望着钟阳春痴痴的眼神，钟阳春望向车里的她的痴痴的眼神，而她自

己正等待着钟阳春的选择，就像现在等待着有人进入网店选择她的商品一样，想到这里她突然就觉得凄苦起来。电脑进入等待状态，一片空白的界面。一个人的影子出现在电脑界面里，梁桂梅以为是错觉，她回过头，是真的有人走了进来。

梁桂梅本能地要冲出屋子，她觉得心里有火在拼命地往上蹿，压也压不住。直到钟阳春的手拉住了梁桂梅的一只胳膊，梁桂梅才没有继续往前冲。钟阳春说："你要去哪儿？"梁桂梅回头，用一种凶狠的目光盯着钟阳春，那是一种让钟阳春害怕的目光，梁桂梅从来没有用这种目光看过他。钟阳春的手下意识地松开了一些，梁桂梅趁机甩开钟阳春，转身跑向院子里。钟阳春再次抓住梁桂梅，他说："你看你，真像个孩子。"梁桂梅的眼眶里有东西在不停地转啊转，模糊了眼睛，她只能低头，再低头，生怕这一幕让钟阳春看见。她大声朝钟阳春喊："你真过分，真是太过分了。"钟阳春依旧紧跟在梁桂梅旁边，不住地道歉，他说："桂梅，都是我不好，都是我的错，是我太过分了。"然而梁桂梅在那一刻停下了脚步，她清楚地意识到，眼前的这个男人，她还是在乎的。

"桂梅，给我点时间，我们需要坐下来聊聊。"站在梁桂梅背后的钟阳春发出哀求的声音，梁桂梅缓缓转过身，钟阳春看着她，好一会儿才说，"明天下午九洲湾农家乐见。"梁桂梅没有点头答应，也没有拒绝，但是他知道她心里的想法。说完钟阳春朝另一个方向——学校走去。

一摞摞试卷搬进来，阅卷统一在大会议室里，以防止个别老师捣鬼。老师们坐在桌台旁边阅卷，十多位老师像百米赛跑，在自己那块田地里奋力劳作，在试卷上根据标准答案画出鲜红的叉号、对号、半叉号。试卷都是用粗壮的白线密封好了的，谁也不知道手中的试卷是不是自己班里的，于是打分公平，扣分舍得下手。

一边阅卷一边聊天，脱离了课堂的老师们，放下在学生面前的示范感，随意地喧闹着。

"真是马虎，你看这道大题，怎么会这样理解，哈哈，一分不给！"正看解析证明题的老师狠狠地画了个大叉号，"哗"一声将一张试卷掀过去。

"这道题，我临考前在黑板上讲了，认真听的话应该没问题。"

"坏了，这次让你拉大了！做人不能这样，考了第一请客啊！"有同科老师心中立即寒凉，马上想到了各班综合分数算出来后的残酷结果。

"不一定怎么样啊，你们别放烟幕弹，现在憋着装谦虚，到时候排名蹿到头里去，难看的还不一定是谁呢！"刚刚流露出一点小得意的老师也不敢太嚣张，说出给自己找退路的话。

考场如战场，情况瞬息万变。每次考试就是一次煎熬，学生考试只是考几年，老师是考一辈子，纵然麻木了排名，也必须在麻木中奋勇争先。

"考考考，老师的法宝；分分分，学生的命根。这个

说法过时啦，应该是领导的法宝，老师的命根。"阅卷室内吵吵嚷嚷，语文组那边不知谁喊了一声。

"期末考试结束了！"钟阳春一般不参与这些闲聊，他循声望去，原来是五年级的语文老师梁雪贞，"对于语文来说，一篇课文还没理解透彻，积累文段没背上几行，作文没写几篇，又要为考试做临时应对功夫，紧张地死记硬背，唉，这样教学简直是一种痛苦！语文的人文性根本没法落实！"

"嘘！"五(2)班的班主任，语文老师钟国芬及时阻止了这边高强度的负面情绪蔓延。

"半叉！"那边一声得意的吆喝后紧跟着翻卷子的声音。

"梁老师，你怎么看得那么快啊，你可别像某老师似的，先打分后画半叉，哈哈！"旁边的钟怡老师打趣道。

"这不算什么，我听说有的老师看作文只看开头结尾就给了高分，结果学生开头结尾扣题，中间把周杰伦的歌词抄了一遍。"梁雪贞老师为自己找援手。

"还有这样的，连开头结尾也不看，直接在试卷上打分，每个考场的学生名次都差不多嘛，他就几个数字循环，哈哈，我想那老兄对试卷和分数的蔑视是达到极致了！"有人为梁雪贞老师找到了更好的陪衬。

"不想干了是怎么的！"钟国芬在偷着笑过后，再次发出警告。

流水阅卷，一沓沓试卷在各位老师手中游走。

不到两天工夫，各年级各科千百张试卷打分完毕。

"钟阳春老师，你还要算成绩吗？"钟国芬不停地捶着腰。难怪腰疼，从监考到阅卷的这四五天中，他们一直保持着端坐不动的姿势。

"是的，你们回去休息吧，我今晚必须算出来。"

钟阳春手握鼠标，上身前倾，两眼紧盯着电脑，他已经开始操作了。每次期末考试后都像打一场战争，枪声渐稀，胜败如何呢？扛枪奋战的学生想知道，后勤观望的家长想知道，统战布局的领导想知道，关乎"经济命脉"的任课老师更想知道。

电子表格的使用，钟阳春十分娴熟，眼手并用，迅速麻利，只听见鼠标发出清脆的哒哒声，像痴迷于游戏的骨灰级高手在战斗，一个小时后，结果出来了。

钟阳春立即将成绩打印出来，班级成绩、教师个人成绩、学生班级排名、级部排名一目了然。捧着成绩表，他像喝了二斤烈酒一样兴奋。

学校为了促进教学，将每个年级的班级成绩、学生班级排名公布在宣传栏，每次考完试，成绩摆在那里，输赢一目了然。当看点一一揭晓之后，师生们的表现犹如一届世界杯结束，有人展颜有人哭，几家欢乐几家愁。

竞争对手的水平高低一定程度上决定了自己的生存状态。钟阳春本级部班级名次大部分压在对手级部班级的前面，属于全面胜利。

是的，钟阳春有一种从战场上凯旋的兴奋感。这种胜

利不只属于他一个人，还属于五（1）班的全体学生，学生的努力付出是最重要的。钟阳春喜欢挑战困难，不可能战胜的困难，在他手里变成了可能。他是胜利的，从上一年级开始，他就是班里的尖子生，直到大学还保持着班级的前几名。他有想回到家乡当一名人民教师的理想。作为新教师，他像投入激流的一叶小舟，努力把握曾经的理想，将每次考试后分数排名榜上的一切理解成教育教学的付出，也是在这种埋头苦干、脚踏实地的工作心态里，他取得了一次又一次胜利。周敦颐的"出淤泥而不染"是有道理的，在麻木的机械工作中，能够保持着自己强烈的进取心，出淤泥而不染，何其可贵。钟阳春左冲右突，虽没有出淤泥，但他不忘初心，抱着一腔热血继续前行。

由于工作完成得出色，教学成绩突出，也因为一次次努力把诗歌和散文发表在省市级的刊物上，综合各方面才能和能力，他被学校提为年级主任。

钟阳春看着一叠发表过自己创作的诗歌和散文的报纸刊物，脑海里浮现出这些年来走在路上时，在吃饭时，在半夜醒来时挤时间读书写作的情景，这些发表在报纸刊物上的诗歌和散文是他努力得来的成果，他脸上除了喜悦外，更多的是感恩生命给予的精彩绽放。

夜深了，钟阳春伏在书桌旁边看书，桌台的手机振动了一下，钟阳春吓了一跳，看了一眼手机，按下接听键，电话那头的庞辉艳说："恭喜你啊，钟老师。"

钟阳春听到电话那头庞辉艳悦耳的笑声，她似乎已从沉痛的苦楚中挣扎过来，清醒地面对现实。听到她轻松的声音，一种久违的感觉如春风般涌向钟阳春。钟阳春掩饰不住满脸的笑容，说："辉艳，听到你的笑声，我好高兴，你要好好的。"庞辉艳沉吟了一下，爽朗地说："会的，因为我们还是好朋友。"

庞辉艳很头痛她和钟阳春的关系，这种关系放在心里总是让人心神不安。她不知道何时才会结束这种关系带来的困扰，何时才能停止这种思念。她常在半夜里醒来，想着想着就哭了，哭肿的眼睛涩涩的，可是她却慢慢笑了，然后她笑的时候一直比哭的时候多，因为她知道笑总比哭好。

第二十七章　为成绩喜，为成绩忧

第二十八章　感情的世界里没有输赢

　　一阵阵饭香从屋子里飘出来，弥漫在村庄上空。莫春平在厨房里忙碌，她在做一家人的早餐。阿嬷安静地坐在沙发上，她上了年纪，看淡了人世间的变化无常，心境渐渐由动到静，慢慢沉寂下来。现在她还要做些活儿，菜园里的青菜，她天天去看，有时拿着瓢给青菜浇水。对于家门前地上的阳桃叶，她每天早早起来的第一件事就是用扫把把阳桃叶子扫走，让院子保持干净整洁，然后一天的大部分时间都坐在屋子里，一个人静静地坐着，有时候想着遥远的往事，有时候什么都不想。

　　钟阳春从二楼下来，问候阿嬷。阿嬷平时是不太喜欢说话的，看到钟阳春后，她好像有好多话要对他说，叫了声："阳春，你过来。"钟阳春来到阿嬷身边坐下，拉过阿嬷的手，阿嬷喋喋不休地说着："你说说你多大岁数了？回到村子工作也有一年了，工作生活稳定下来，要考虑终身大事了。一个男人，要有事业，更要有个家庭，业大还需家大。"钟阳春默默地听着阿嬷的话，若有所思。这时，莫春平从厨房里走出来，笑呵呵地说："阿嬷，那天在荔枝园，不是遇到好多女孩子吗？这些女孩子呀，有阳春交往的对象。阳春一直不说，我这个当妈的很着急呢。究竟什么时候带回家？"阿嬷看着钟阳春，钟阳春故作平静，面无表情。阿嬷喃喃地说："你要是有对象，阿嬷也不多说了。是哪个？桂梅吗？辉艳吗？"这下，钟阳春无法镇定了，他吃惊地看着阿嬷，嘴巴张得大大的，什么话也说不出来。莫春平忍不住笑了，说："那天在荔枝园，你们离开后，荔枝园的工人都在说你们。还有辉艳，你们之前在大学谈了几年恋爱，说好分手了，现在她来到廉城实验学校工作了。"钟阳春一直循规蹈矩地过着日子，一直以为没人在意他的生活，没想到那么多人关心着他。钟阳春看了看阿嬷，又看了看母亲，淡淡地说："阿嬷，妈妈，我会认真对待自己的终身大事的。"说完，他走过去帮着母亲从厨房端菜到客厅的桌子上。莫春平站在饭桌旁边，边解下身上的围裙边说："桂梅和辉艳都是好女孩，哪个女孩成为我的儿媳妇我都会当成女儿对待。"

钟伟源用三轮车拉着五六箱荔枝回到院子，他刚下了车，可可就走了上来。钟伟源从车上拿了些荔枝给可可吃，可可从外公手里接过荔枝，还说了声："谢谢外公。"钟伟源走进屋子，听到莫春平的话后高兴地问："你们说谁家媳妇？是阳春要娶媳妇了吗？"

莫春平咯咯地笑了起来，阿嬷也一脸笑容，钟阳春没

有笑，表情很是自然，他和父亲打了招呼。钟伟源进到屋子，还没来得及喝茶水，就对钟阳春说："阳春，你要抽时间参加这次廉城市举办的荔枝文化节。你爸没时间过去了。"钟阳春正想问为什么，钟伟源接着又说，"我们果园的荔枝摘卖得不多了，我准备了六箱荔枝，和你妈带着可可一起去深圳看望你姐姐和姐夫。"钟阳春明白过来，父亲已做好了出远门的打算，想想也对，父亲和母亲一直在村子里生活，没有去过很远的地方，现在趁着还年轻是要出去走走。钟阳春说："爸，你的主意好，我们的荔枝果园打理好多年了，今年果实丰收，是要和姐姐姐夫分享喜悦。那阿嬷呢？"阿嬷说："我一个人守在屋子里，哪儿也不去。"可可两手拿着荔枝跑进屋子，可可长高了，和家里人都熟悉了。他甜甜地叫了声："舅舅。"钟阳春立即应着。可可眨着纯真的眼睛说："我和外公外婆就要去见爸爸妈妈了。"钟阳春拉过可可的手说："可可，你长大了，9月要读一年级了。"可可扮着可爱的模样点了点头，大家都笑了。

　　第二天早上，钟阳春驾驶着小车送父母和可可到了桔乡公路，一辆廉城开往深圳的长途卧铺大巴早已停在路边等他们。钟阳春把六箱荔枝放进卧铺大巴的车厢底下，目送父母和可可上了卧铺大巴后，才赶去九洲湾农家乐。

　　梁桂梅将车子开到九洲湾农家乐，在院子里漫无目的地看着那些生长着的灌木丛。她面前走过一对一对的情侣，这让她有点儿羡慕，因为她年纪也不小了，是需要有个男人一起组成家庭了。这样想的时候，有人从对面走过来。周菊俏从她的宝马车上下来，就看到了无精打采、独自行走的梁桂梅。看到周菊俏，梁桂梅先是一愣，随后便爽快地说："终于不怕饿肚子了。"周菊俏笑着说："你怎么就记着吃。"梁桂梅回了一句："我一直都是饿着的啊。"梁桂梅这一句话似乎是说给自己听的，有点自悯自怜的感觉。周菊俏带着梁桂梅走进餐厅，两人坐下来，周菊俏挥了一下手，就有服务生端来一碟小吃，周菊俏说："先让这个饿猫解解馋吧。"梁桂梅忍不住笑了，这时候她的脸色好多了，有种自信的光彩。

周菊俏让梁桂梅点餐，梁桂梅点了两份蒸粉，周菊俏笑着说："有人埋单啊。"梁桂梅看着周菊俏，认真地说："在周姐面前，我从不客气的。来日方长啊。"周菊俏呵呵地笑了。两人聊了一会儿，服务生端上了蒸粉，她们就各吃各的。周菊俏扒了一口蒸粉，用纸巾抹了一下嘴角，说："你现在还不学着做饭，准备以后让你婆婆做饭吗？"梁桂梅对着周菊俏翻了个白眼，说："你个小女人，张口闭口就是婆婆的。我以后要找个没有婆婆的男人。"说完，梁桂梅就哈哈大笑。周菊俏听到这个话后，放下了筷子，她没有笑，而是用似乎有些为难的神情看着梁桂梅，说："你这个思想得改一改。"梁桂梅听了，顿时泄了气。周菊俏深深地看了她一眼，说："你是怎么了啊？"梁桂梅是怎么了，她自己也不知道。周菊俏似乎有些明白，说："桂梅，你可以试着和钟阳春交往，对你对他都没有坏处。"梁桂梅静静地扒着蒸粉，默不作声。周菊俏从梁桂梅变化无常的表情里看出她正在一段痛苦的感情里挣扎，这份感情对她是最重要的，因为重要，所以如此心事重重。周菊俏见解独到地说："两口子争吵拌嘴是家常便饭，在相爱的感情世界里，没有输赢，没有对错，只有好好说话。"

梁桂梅吃惊地抬起头望着周菊俏，周菊俏的话直戳她的心窝呀。周菊俏看着紧张的梁桂梅，一下子坐定在位子上，她试图找些话题安慰梁桂梅，见已经说到她的心坎儿上了，就此打住。周菊俏说："你慢慢坐，我要去参加一个会议。"梁桂梅说："等会儿见。"说完她站起来目送周菊俏离开。梁桂梅在位子上呆呆地望着窗外，静静地等待着钟阳春的到来。

钟阳春推开厚重的玻璃门走进来，一眼就看到梁桂梅，没想到她已经坐在里面了。钟阳春走过去，看见笑容灿烂的梁桂梅，心里起了一丝涟漪，他很少有这样的感觉了。钟阳春说："每次你都比我先到。"梁桂梅说："没有什么，习惯早到。我刚刚点过餐了，一会儿等着吃就好。"钟阳春问："你经常来这里啊。"

梁桂梅停顿了一下说："嗯，啊，也不经常。"钟阳春感觉到梁桂梅的回答里有一丝若有若无的敷衍，似乎是一种隐藏的情绪。想起前几天的不愉快，钟阳春低头去喝杯子里的茶水，没有说下去。梁桂梅也敏感地察觉到钟阳春是个阳光随和的男孩子，不喜欢打听别人的隐私，她微微惊讶地发现，钟阳春的内心世界是如此单纯和质朴。

服务员陆陆续续地将梁桂梅点的菜摆到桌子上，梁桂梅轻轻地说："吃吧，吃吧，别喝水了，一会儿肚子该放不下了。"钟阳春抬起头，对梁桂梅笑了笑。气氛渐渐变得融洽起来，钟阳春说："桂梅，我们第一次见面是在9洲湾农家乐。"梁桂梅搅拌着杯子里的橙汁说："第一次见到你，确实让人意外。"钟阳春看了梁桂梅一会儿，但是梁桂梅却全无反应，他只好把目光转向窗外的风景。梁桂梅抓起手边的杯子，喝了几口。在杯子还没有放到桌子上时，钟阳春又开口了。

"桂梅，我们认识多久了？"钟阳春扭过头问梁桂梅。"半年了。"梁桂梅简单地回答。她没想到，在自己想一吐为快的时候，却被钟阳春抢了上风。钟阳春认真地看着她说："不是，是九个月了，一年前的9月，我们已经认识了。"钟阳春对于两人的相识记得清清楚楚，梁桂梅何尝不是呢？那年的9月，第一次接到钟阳春打来的电话，听到他非常温和的声音，她似乎有种回到现实的感觉。直到挂了电话后，梁桂梅才发现一路走来的岁月里，似乎没有人关心注意过她。在外地打工的日子里，她只知道没完没了地加班挣钱。梁桂梅从往事中回过神来，听到钟阳春往下说："桂梅，我知道，你这段时间对我有很多不满。我有很多地方做得不对，我……"梁桂梅盯着钟阳春一张一合的嘴，他牙齿整齐，舌头暗红。她知道自己是被他重视的，但想到

他们三人之间没完没了的纠缠，她心里就很难受。梁桂梅控制不住自己的感情，"啊"地叫了一声。这一声，让整个餐厅都安静了。钟阳春有些惊慌地看着梁桂梅，问："桂梅，你怎么了？"梁桂梅赶忙去摸自己的脸，然而她的脸上什么都没有，干干的，仿佛出门前抹上去的油也消失了。然后她去翻自己的包，将里面的镜子拿了出来。她看到镜子里面的脸，上面什么也没有。

梁桂梅低下了头，她的胸口在剧烈地抖动，一句话也不想多听。梁桂梅觉得，只要钟阳春一开口，自己就会发疯，彻底疯掉，她不知道自己还要这样忍多久。梁桂梅无助地说："阳春，我们不说这些了，好不好？"钟阳春看着低着头的梁桂梅，内心又惊讶又发凉，这样的场景在情理之中却又在意料之外。钟阳春觉得自己的心突突跳着，仿佛就要跳出来了。他有些激动地说："桂梅，你不要这样，我知道是我让你受委屈了。"梁桂梅还是没有抬头，她觉得自己的头再也不能抬起来看钟阳春那张脸了。

钟阳春一下子急了，忙说："到底要怎么说你才能明白，我是很认真的。"梁桂梅这次抬了头，她想证明给钟阳春看，她也是认真的，于是，她的表情非常严肃，也非常认真。钟阳春看到梁桂梅脸上的泪，不禁吓了一跳，他知道梁桂梅的泪是向里不向外的，他的嘴张大了，说："桂梅，你哭了？"梁桂梅也愣了一下，她感觉到脸上有那么一丝冰凉，茫然地去照手中的镜子，两行清泪跌落到镜子上。梁桂梅惊讶地望着镜中自己的脸，怎么会这样？难道自己是在乎他的，在乎和他的这份感情，却又无法面对现实吗？
周菊俏的话响在她耳边——"两口子争吵拌嘴是家常便饭，
在相爱的感情世界里，没有输赢，没有对错，只有好好说话。"
梁桂梅怅然若失。钟阳春握住了梁桂梅放在桌面上的手，
梁桂梅本能地往回缩，但又停住了，由着钟阳春紧紧地握住。
两人注视着对方，都没有说话。

　　一会儿，钟阳春松开了手，像想起什么事似的突然
问梁桂梅："对了，明天是廉城市荔枝文化节，一起过去？"
钟阳春这么一问，梁桂梅也想起来，她整理了情绪，说：
"桂海哥说家里忙，让我过去。"或许是因为荔枝文化节，
也或许是因为钟阳春的执着细心，梁桂梅忧郁的心情变
得开朗起来，和钟阳春的话题转到了谢鞋山的野生荔枝
林上。

　　这时候，有几个人同时走进餐厅，梁桂梅看了一眼，
对钟阳春说："周姐他们来了。"周菊俏走在前头，陈锡和
宣彩银手挽着手跟在她身后。钟阳春和他们打招呼。看到
梁桂梅和钟阳春一起，陈锡笑着打趣："原来两人约好了
在餐厅浪漫。"钟阳春和梁桂梅互相看了对方一眼，笑了笑。
陈锡刚坐下，就迫不及待地告诉大家一个好消息，他说："明
天廉城市在谢鞋山风景区举办第二届荔枝文化节，机会难
得，大家不要错过精彩的文化活动。"宣彩银和梁桂梅同
时鼓掌，异口同声地说："好啊，我们要参加。"周菊俏说："每
年荔枝上市的季节，廉城市都在谢鞋山风景区举办岭南（廉
城）荔枝文化交流会暨农业生态游，游客们远道而来，体验

廉城的荔枝文化、乡村美食以及生态自然风光。我们要把握时机。"

　　大家兴奋地谈话，所有话题都围绕着荔枝文化节展开，兴趣浓厚时，大家决定明天一起去谢鞋山风景区。

第二十九章　争奇斗艳荔枝节

朝霞映红了东边，太阳慢慢升起来了。三辆小轿车在桔水村的主干道路上缓慢行驶着，大家坐在车里，沿途是荔枝树葱绿的山岭，周围的环境都在绒绒地泛着绿意，把风也染绿了，因为树木的净化作用，空气变得清新，吸一口气，都是凉飕飕的。驶在前面的车里坐着钟阳春和梁桂梅。钟阳春两手握着方向盘，眼睛注视着前方；坐在副驾的是梁桂梅，她不停地和钟阳春说话。第二辆车子里坐着周菊俏及她的朋友们，陈锡和宣彩银的车子紧跟在后面。他们的目的地是距廉城东南 5000 米的谢鞋山风景区。

谢鞋山脚下的文化广场人山人海。广场四周的桌子上摆放着廉城市各地方种植的荔枝，主办方工作人员站在桌前迎接着每一位游客。桌上的荔枝品种有妃子笑、白糖罂、桂味、黑叶、白腊、鸡嘴荔、怀枝、糯米糍等，其中，妃子笑占所有荔枝品种的大半部分。每一品种的荔枝味道都不同，颜色也各不相同，但它们有一个共同的特点，就是味道香甜。有些游客一下子买了十多箱荔枝，有些游客津津有味地品尝着刚买来的新鲜荔枝。广场中央摆放着排列整齐的桌椅，广场上空布满彩色的绸带，主席台上一片红色装扮：红色的地毯、红色的布绸、红色的墙幕，墙幕横幅上的字是：岭南（廉城）荔枝文化交流会暨农业生态游。

把车子停好后，钟阳春一行人向文化广场走去。大家感叹着今天游客如织，荔枝文化气氛浓郁。钟阳春对大家说，很多游客来自广西、海南和雷州半岛周边的县市区。到了文化广场，周菊俏和她的朋友们到别处参观去了。宣彩银和梁桂梅拿着手机兴奋地对着文化广场的美景拍照，两个女子一会儿合照，一会儿自拍，笑着走着。陈锡看着宣彩银快乐的样子，唤了一声要她帮忙拍照，然后走到钟阳春身边，和他背靠背，两个女子对着他们不停地按下拍照键。宣彩银边拍照边说："桂梅，阳春，你俩的喜事也快了吧，现在来张合照吧。"气氛像变了味一样，瞬间凝固了。梁桂梅突然一阵紧张，手里的手机差点掉落在地上，她赶紧接住手机。笑容一下子在钟阳春脸上僵住了，很快他稳定情绪，微笑着说："好呀，桂梅，我们来一张合照。"听了钟阳春的话后，梁桂梅轻松地走过来，站在钟阳春身旁等着宣彩银给他俩拍照。陈锡看着两人中间空了个位置，风趣地说："你俩紧挨着在一起，才有夫妻的样子嘛。"钟阳春主动靠近了梁桂梅，梁桂梅摆出胜利的手势。两人虽然都没有向对方表白，但能感觉到对方的想法，他走进了她的心里，她也走进了他的心里。

这时候，周菊俏回到他们身边，大家有说有笑。钟阳春焦急地向人群望去，大家感觉到钟阳春在找人，果然不出所料，几个衣着不同的人向他们走来。

钟阳春笑着跟他们挨个握手，并寒暄了一阵。钟阳春向大家介绍：广西水果经销商黄老板、海南荔枝种植户林春悭。黄老板和林春悭各自带着一群朋友。

"九洲湾农家乐主人周菊俏，省城建筑规划师。"钟阳春刚说到这里，黄老板和林春悭就和周菊俏握手，林春悭热情洋溢："久闻大名，如雷贯耳。传说中的九洲湾农家乐周董事长，今日得见，三生有幸。"没想到林春悭很会恭维女人。周菊俏嘴上说着"过奖了"，脸上却洋溢着自豪的神情，她说："感谢大家对九洲湾农家乐的关注，九洲湾农家乐欢迎你们。"林春悭常在海南和雷州半岛走来走去，见多识广，说起话来都有着诗一般的风范，他说："廉城风景秀丽，新型农庄休闲旅游层出不穷，九洲湾农家乐、鹤地银湖、荔枝果园、红橙果园，还有今天的荔枝文化节，让人大开眼界。"

气氛高涨起来，他们正对荔枝文化节津津乐道。听着远道而来的宾客对岭南荔枝的赞颂，还有对岭南独特风景的欣赏，钟阳春眼前一亮，愉快地说："各位来廉城，是我们廉城人的荣幸，今天我们做东，请各位参观廉城的鹤地银湖、桔水的乡村和荔枝果园。"话音刚落，人群里就发出欢呼的声音，大家交头接耳。周菊俏嗅到了商机，马

上补充道："欢迎各位到九洲湾农家乐住宿，我给大家打折。"周菊俏的话一出，人群里一阵骚动，大家你看看我，我看看你。陈锡拍手称赞说："周董事长是热心的慈善家，大家尽情参观游览廉城市的景点，我们会选优秀的导游全程陪同。"陈锡把手放在钟阳春肩膀上，接着说，"钟阳春，是荔枝果园的荔枝树知识培训师，他的文笔好，常撰写关于廉城市特色文化的文章，熟悉廉城和桔乡的风景，他会给大家当导游。"

"太好了。"大家鼓掌叫好。

大家规划出具体方案后，落实好参观游览的人数。周菊俏说这些天有其他工作，明后天的活动不能参加了，请大家谅解。梁桂梅和宣彩银对本地景点都很熟悉，所以就不随同客人一起游览了。钟阳春数了数，共有18个客人，加上他和陈锡总共是20人。钟阳春和客人交换了意见，最后大家一致通过的景点是：第一站，谢鞋山及鹤地银湖；第二站，桔水村及桔水荔枝果园。规划好这一切，20个人把手放在一起，齐声喊出了"旅游愉快"的口号。

大家说着笑着，紧挨着坐在广场中央的位置。湛江东盟农商品买卖博览会分会场——岭南（廉城）荔枝文化交流会暨农业生态游开幕仪式正式开始。

廉城市委市政府的有关领导及嘉宾坐在主席台上，从各位领导的发言里，钟阳春知道了如下信息：

雷州半岛东盟农商品买卖博览会是区域性、国际性的农业经贸会议活动，为表现对廉城市农业及生态旅游业的注重，特在该市设立分会场，举行岭南（廉城）荔枝文化交流会暨农业生态游活动，本次盛会以"休闲农业"为主题，展现廉城荔枝文明、村庄旅行、特色农庄、特色风味、村庄美食等，助力廉城"三片一带"农业生态旅行的对外推介、推行以及招商引资，让廉城的荔枝文化以及农业生态旅游业凭借湛江东盟农商品买卖博览会这个国际化平台，迈出廉城，走向世界。

廉城是"中国红橙之乡""百果之乡"。这些年，市委市政府大手笔描绘"三片一带"现代农业版，竭尽全力打造"三片一带"农业生态旅游参观带。"三片一带"是指：一片红，发展10万亩红橙，以地域象征商品为引领，以龙头公司为依托，扶持和引导专业户、农人专业合作社，建设规模化红橙生产基地；一片绿，推广绿色蔬菜，以品牌为龙头，建造3000亩高标准蔬菜生产基地；一片活，发展现代饲养业，强调饲养与加工并进，以优质品牌带动，使用山地资本，开展肉牛、三黄鸡、黑山羊饲养，全力创建全国优质食物供给基地。以农业为依托，创造一个参观带，扶持和引导农业公司、农人合作社、家庭农场在原有工业基地的基础上，充分使用资本，开发农业新功能，建造红橙文明园、茶文明园、荔枝文明园、红阳桃文明园和荷叶欣赏园等，创建一批休闲农业参观园区，形成一个具有廉城特征的现代农业参观带，推进农业生态旅游大发展。

廉城是中国面向北部湾开放条件最优、路线最短、辐射人口最多、效益最佳的通道，廉城市的热带水果远销国

内外市场，有很好的市场前景。为进一步推动经济社会的发展，实现保山经济的新跨越，市委市政府将着力打造路网、航空网、能源保障网、水网、互联网五大基础设施网络，重推工业发展，在打好发展基础的同时，助推六大产业发展。其中，排在第一位的就是农特产品加工，廉城将实现农特产品加工与第二、三产业的融合，把农特产品加工真正做强做大。另外，廉城市还将重点打造 10 个土地流转上万亩的规模农业示范区，一个龙头企业带动一项产业，致富一方群众，努力推动农业发展的规模化、工业化、集约化、品牌化、生态化。而农业是发展的基础，热带水果是廉城发展的重点，廉城市热烈欢迎各界客商来投资兴业，共同把水果产业做大做强，实现优势互补、互利共赢。在推进国家现代农业示范区建设的同时，依托独特的气候和地理条件，突出发展红橙、荔枝、绿色蔬菜、现代养殖，因地制宜建设一批休闲农业观光园，推动农业生态旅游发展，带动当地农民群众增收致富。

开幕仪式后，钟阳春开始带领大家参观廉城的美景。第一站谢鞋山及鹤地银湖。谢鞋山由两座山峰构成，占地 1300 亩。谢鞋山既是生态保护区，又是旅游区。满山的野生荔枝树高大遮阴，游人走在山路上，阵阵清风吹来，倍感凉爽。有些古老的荔枝树树龄为 600 多年，苍老古朴，层层树皮就像剥了一层又一层，千疮百孔，但树枝依然苍翠葱郁，尖冠奇绝。山中游人络绎不绝，山里不时传来婉转的鸟鸣声，钟阳春告诉大家，发出这叫声的是山斑鸠，它们形态美丽、身体细长、飞行速度快、警惕性甚高，常栖息在山地、山麓或平原的林区，巢筑在距地面3~7米高的树上。大家听着钟阳春的讲解，在路边停了下来。山路上摆放着一个个箩筐，里面装满了山荔枝，游人可以随手拿起来品尝。钟阳春把一个山荔枝放进嘴里尝了一口，酸酸甜甜的。

大家品尝了山荔枝后，纷纷说道："不一样的山荔枝，不一样的味道。"这时，陈锡笑着说："还有不一样的故事。"人群里有个洪亮的声音传过来："谢鞋山的动人故事。"众人欢呼起来。钟阳春来到大家面前，在大家期盼的目光里，他深情地讲述谢鞋山的故事。

"公元1424年，雷州半岛北部罗州城的甲辰科进士杨钦被御任为翰林编修。当年他便离开家乡去京城上任。春去秋来，时间如白驹过隙，离开家乡雷州半岛在都城工作几十载，杨钦日夜思念出生长大的罗州城，遂辞官还乡。杨钦在朝任职时，立下了不少功劳，皇帝为了表彰杨钦，钦赐一袋种子，对杨钦说，这是荔枝种子，果红枝旺，砍一发十，千年不败。杨钦大喜，心想在家乡的山岭种上荔枝，可以造福子孙万代啊。杨钦承蒙皇帝恩惠，拜辞了皇帝，带着一家老少从京城出发，一路上风餐露宿，走了100多天，回到了雷州半岛北部的罗州城。杨钦把荔枝种子种在家门前的大山里。不久，大山上便长满了荔枝树。杨钦又在大山脚下建了一座书社，雷州半岛的学子们慕名前来求学，杨钦孜孜不倦地教导他们。为了感谢皇帝的恩德，杨钦把

种荔枝的那座大山称为'谢鞋山'。谢鞋山荔枝长势好，结果也多。别的地方的荔枝树砍掉后，树根大都不能发芽，而谢鞋山上的荔枝树砍掉后，它的树根又会发出芽来，真是'砍一发十，千年不败'。"

钟阳春讲完故事，大家好像从梦中回到现实中来，变得热情而激动，不约而同鼓起了掌。

第三十章　鹤地银湖的传说

　　鹤地银湖地处雷州半岛北部，距廉城市区西北 14 千米，处于九洲江中游。鹤地银湖工程主要有副坝 37 座 （ 长 7.9 千米）和溢洪道、输水闸等大型配套建筑，最大水面积 122 平方千米，蓄水量 11.44 亿立方米。鹤地水库灌区渠系从北至南贯穿大半个雷州半岛。总干渠名为"雷州半岛青年运河主河"，全长 76 千米，设计最大过水能力 120 立方米／秒。大干渠有东海河、西海河、东运河、西运河、四联干渠 5 条，共长 195 千米；干渠 155 条，长 1164 千米；支渠 1467 条，长 4041 千米。在运河中段建有一座西涌节制闸，用来调节上下游水位和流量，并设有船闸一座，可通航 40 吨以下船只。

　　清澈的甘泉流进千年沉睡的雷州大地，雷州半岛周边县区几百万亩农田得到了灌溉保证，粮食生产连年丰收。雷州半岛的人民了不起，是自力更生、艰苦创业的典范，不仅给后人留下了可以浇灌几百万亩田园的水利工程，更

重要的是留下了宝贵的青年运河精神。这不仅是雷州半岛的、广东的精神财富，也是我们国家、民族的精神财富。鹤地水库已成为民族精神的一个组成部分，如今的鹤地水库仍然发扬"自力更生，艰苦创业"的精神，建立了鹤地银湖影视网，发展旅游观光、避暑、休闲度假经济，并继续宣传鹤地水库文化，希望能将这个文化发扬光大；"团结协作，无私奉献"，激励了一代又一代人，并在当代鹤地水库人心中广为流传。

　　鹤地银湖已经在人们的视线里了，八辆小轿车停在路边，他们下了车。天空下起了小雨，大家都说7月的天气说变就变，小雨停停下下。有些人撑起雨伞，有些人直接漫步在雨中。他们沿着一条宽阔干净的水泥路走去，顺着水泥路斜坡上去，走进渠首大院道路，远远就能看到松柏树下的石墙，石墙上是邓小平的亲笔题词：雷州青年运河。石墙后面是两棵苍翠松柏，就像士兵一样保卫着石墙。他们缓缓走过石墙，渠首大院道路的两边高耸着两棵树，走近一看，其实是两棵不同的树木。左边是柏树，右边是杉树。两棵树用小块大理石各标有三个字"元帅柏""元帅杉"。钟阳春说："这是陈毅元帅与夫人张茜亲手合种的树。"

　　"啊！"一行人发出赞叹声，仔细看着，互相拍照留念。穿过水库的长桥走廊，顿时有一股气息飘了过来。不知是从翠绿的松树里溢出的，还是自水库的水中传来的，一股浅浅的似有若无的墨香，稍不留神就会沾上衣物，浸入筋骨，让你的姿势也一点一点地灵动起来，有韵味起来，从简单的观瞻变成了深刻的欣赏，并且在不知不觉中入了画，成了景！

一座小山耸立在水库边上，大家沿着山中幽径向上，石阶两旁是绿荫如伞的松柏树，他们登上石阶来到一个亭子里。偌大的亭子独成一体，造型酷似船舱，飞檐翘角、宽敞高雅。亭子周围用青瓦铺成的地面如同层层水波，红木圆柱上的亭廊高高悬嵌着"青年亭"的匾额，钟阳春对大家说："这是郭沫若的亲笔题词。""啊！"大家又是一阵赞叹声。站在亭上极目远眺，可看到横卧延伸的长堤巨坝，碧波荡漾的浩瀚水面，叠岭群山连绵起伏。

钟阳春边给大家讲解，边沿着湖边走去。钟阳春说："鹤地银湖四周是一二十米宽的人工湿地，湖中有 100 多个由山丘变成的小岛。"这时，他们停在湖边观望着，只见水鸟在水面飞翔，迎面而来的湖水气息透心清爽。湖岸边有几十条小船，有些游客租了小船，在湖中环游，绕过一座座翠绿的原生态小岛，一边欣赏着湖边的美景一边发出悦耳的笑声，阵阵欢笑声荡漾在碧波和绿荫之间。

接着，大家来到一座名为"护生园"的岛上，地面上铺着乳白色的瓷砖，走过宽阔的广场，一座典雅古朴的门楼高高耸立，门楼两旁是由洪三泰等文化名人共同撰写的一副对联："放者生生者放生生放放，生者放放者生放放生生。"护生园右侧是"放生台"，放生台顾名思义是供人放生的地方，每年 3 月，人们总会在鹤地银湖里放生青、草、鲢、鳙等鱼类，消耗水体中的氨氮及过剩的藻类和其

他浮游生物，对于降低水体中的氮、磷含量，改善和净化水质，保障水域生态平衡等具有重要意义。现在是炎热的夏季，有些小孩正在大人的看护下来湖边游泳，有些人还带着救生圈在湖边游来游去。护生园左侧是"观生台"，人们在湖边观光、垂钓，呼吸着清新自然的空气，顿感身心舒畅。在明朗清爽的天气里，他们走着观看着。穿过护生园，进门左手边是临水的长廊，站在长廊里，可以看见水库的大部分景观。坐在栏凳上，凉风习习，一眼望不到头的风景湖格外壮观。浓浓的绿意随即扑面而来：和顺树、中叶富贵子、五味子、南国红豆郁郁葱葱，草坪如绿色的地毯。这里的绿，绿得成片成景成形，湖边小径尽显曲径通幽的韵味，打造出鹤地银湖独具一格的绿化空间。

钟阳春笑着对大家说："我对鹤地情有独钟，在参观鹤地前，已拟好了一首诗歌，题目是《鹤湖之春》。"钟阳春停顿了一下，又说，"今天和大家见面，献丑了。"大伙欢呼起来："我们迫不及待想要听听《鹤湖之春》了。"钟阳春平稳情绪，吟诵起来："早春，我沿着家乡鹤湖边悠长的围堤／穿行风景如画的鹤地水库／想起鹤湖的传说——很久很久以前的夏天／一群从北方飞来的丹顶鹤／飞越南国上空时／望着雷州半岛寸草不生／半岛百姓缺水饥渴／丹顶鹤心生怜悯／冒死接力飞越天庭／乞求玉帝润泽雷州大地／王母流泪玉帝哀叹／四海龙王随即布云施雨／那九天九夜不停的雨水／流淌半岛的河流小溪／滋润着辽阔的雷州大地／在半岛北边铸成了储水的大湖泊／当地百姓称它为'吉祥鹤湖'／来到水库博物馆／我慢慢领略到鹤地水库的传奇——在那个热火朝天的夏季／30万父辈用手推车肩担土石／用满腔热情和辛劳汗水铸造／在那个冬季将鹤湖扩建为全省最大的人工湖／他们从半岛各地汇集鹤湖／带着父老乡亲的殷切期望／怀着对新生活的追求与探索／用一双双布满老茧的手／挖出一条连贯半岛的青年运河／涓涓清泉载着如梦的希冀／滔滔不竭浇灌半岛大地／造就了半岛人民的幸福生活／远古的传说／今天的故事／在这个春风吹拂的季节／都像那荡漾的湖水一样／在人们心中激起层层清波／也许在这细碎的涟漪里／你会看见丹顶鹤的身影／它也窥见人定胜天的岁月／那一代无私奉献的先辈们／战天斗地扩湖筑库的心情／道不明的苦累和数不清的快乐／春天的鹤地水库／储存着四季不变的颜色／缓缓淌入半岛深山森林／润泽着山间田地农作物／滋养了荔枝、龙眼、红橙果实／我窥到甘甜的味道已流进家乡年轻人心里／激励他们像父辈般掀起生命的春潮／从这充满生机的春节出发／掠过渠首青年亭放生台水库乐／踏着邓小平、朱德等伟人的足迹／让青春在奋斗的倾泻中化成彩虹／在这片红土地里不停地开拓／谱写出新时代更有滋味的鹤湖之歌。"

　　钟阳春吟诵完，大家热烈地鼓掌。林春悭边鼓掌边说："看过关于鹤地的大大小小的文章，听说过鹤地多多少少的故事，却没有真实地看过鹤地的银湖。如今来到了鹤地的土地里，欣赏鹤地迷人的风景，还聆听到了有关鹤地的

诗。"陈锡脸上堆满笑容，说："鹤地的风景很美，鹤地的传奇故事同样动人啊。"陈锡刚说完，有个小伙子忙说："我们这代人离鹤地的故事很遥远了。"有个年长的老者看了小伙子一眼，语重心长地说："现在国家富强，你们年轻人赶上了好时代，我们那代人吃了不少苦。"小伙子惭愧地低下头去，不说话了。钟阳春把目光从远处的鹤地银湖收回来，看着大家说："老一辈是我们学习的榜样，我祖父曾是当年修建鹤地水库的劳动者，我小时候常常听祖父讲鹤地的故事。"听了钟阳春的话后，刚才那个小伙子抬起头来，眼里泛着光芒，立即叫起来："钟老师，给我们讲讲鹤地传奇的故事吧？"大家附和着小伙子的话，迫不及待想要听鹤地传奇的故事。钟阳春喜上眉梢，大家在钟阳春的娓娓诉说里，知道了一段关于鹤地的传奇故事。

第三十一章　人民创造鹤地传奇

　　"这段历史，我是从我祖父口中知道的。"钟阳春喝了一口茶后，开始讲述鹤地传奇故事。

　　雷州半岛，历史上是较为干旱的地区，1958 年 5 月 15 日，中共湛江地委颁布了《关于兴建雷州青年运河的决定》，同时成立该工程建设委员会，得到省里的积极支持。这是雷州半岛子民们世代的美好愿望，人们奔走相告。

　　这年夏天的一个上午，茅草房旁边，一个刚学会走路的小男孩拾起地上的阳桃，放进嘴里开心地吃起来。小男孩旁边是一棵大人手臂粗的阳桃树，阳桃树上结满了果实。小男孩蹦跳着，一不小心摔倒在地，哇哇大哭。有个穿着补丁衣服的女人赶紧从茅草房里走出来，边抱起小男孩边说："不哭，不哭，阿妈心疼孩子。"年轻母亲抱着孩子站在阳桃树下望着远方，前面是一望无际的田野，九洲江清晰地映在她眼前。这时，有个中年大婶赶过来急急地对年轻母亲说："源祥嫂，还在家里啊，河唇那边要建鹤地

水库，鹤地附近的村民要迁居到我们桔水村对面的九洲江边。"源祥嫂是个朴素的农家妇女，外面的世界好像与她无关，她自持一份快乐的心情过着日子。听了中年大婶的话，源祥嫂也只是笑了笑。中年大婶也不管源祥嫂爱听不爱听，又继续叨叨："现在梁社长整个桔水村跑，那些健壮的中青年要去修筑鹤地水库。"源祥嫂听了，终于说出了一句："啊，源祥今早去公社报名了。"

桔水村公社泥土路门前，翠色欲滴的荔枝树下聚满了人，有穿着尼龙补丁衣服的小伙子，有光着胳膊只穿了条短裤的中年人，有头发凌乱的妇女，还有些年轻妈妈背着几个月大的宝宝，十多个七八岁的小孩子在人群中穿梭嬉闹。

他们聚在一起，偶尔脸上漾出一丝笑容，更多的时候是四处张望，表情严肃，有些人发出兴奋的叫声，那场面好像去工厂上班一样。源祥嫂抱着孩子在人群中寻找钟源祥，好不容易挤到了前面，看见黑色的牌上写着：响应国家政策，河唇鹤地修建水库，桔水村健壮的中青年自动报名。

有些体格健壮的妇女冲到桔水村公社，歇斯底里地叫喊："为什么都是男人，我们女人也可以干体力活。"然后不管三七二十一，争吵着报名。桔水村公社干部把主动报名参加的人员都登记在本子上。一会儿，一位二十几岁的小伙子挤过来，他的脸棱角分明，浓眉大眼，浑身上下有种血气方刚的气魄，他热血沸腾地振臂高呼："桔水村的中青年纷纷踊跃报名，全村大部分人都参加了修筑鹤地水库，包括 20 岁以上的妇女、15 岁以上的小孩子。现在留守在桔水村庄的是老人、小孩子，还有需要照顾孩子的妇女。"

"社长说得好，说得好。"人群里发出振奋人心的声音。源祥嫂抱着孩子东张西望，她看到的是人人张大嘴巴高呼的样子。梁社长交代好鹤地水库的事情后，走向后台，钟源祥跟了上去，叫了声："梁社长。"梁社长转过身来，问："有事吗，源祥哥？"钟源祥摆了摆手，说："终于找了点事情做了，工分工钱那些都不重要。"梁社长拍拍钟源祥的肩，语气沉重地说："源祥哥，你是好榜样。你知道吗？鹤地周边的村民献出了家园和土地，南迁他乡。在政府安置下，村民们移居到了距鹤地水库十多公里外的周边生活。我们桔水村村民，有钱出钱，无钱出力，其实都是为了给国家贡献一点点力量。"钟源祥连连点头。两人正说着话，源祥嫂抱着孩子满头大汗地跑过来，喘着气说："找到你了，孩子他爹。"钟源祥抱过孩子看了又看，梁社长看着小孩子说："孩子名叫伟源，对吗？"钟源祥连忙回应："是啊，他叫钟伟源。"

梁社长看着钟源祥抱着孩子和源祥嫂离开的背影，快步往前走去，公社屋子里已经站满了前去鹤地水库劳动的村民。梁社长读过几年书斋，带领十几名共产党员打过几年游击战争，中华人民共和国成立后，他被村民们选举为社长。

　　钟源祥第一次出远门，出发前，源祥嫂把家里老母鸡下的几个蛋，地窖里仅存的几个番薯，还有几件破烂的衣服，全部塞进破旧的布袋子，对钟源祥说："家里没什么，就这几个鸡蛋和番薯，你到了鹤地水库，要听从党的指挥，认真工作。"钟源祥把孩子放下又抱起，抱起又放下，他不停地说："伟源呀，爸爸要去鹤地水库劳动了，你和妈妈在家等着爸爸回来。"说完，他把孩子交给源祥嫂，背着两只大畚箕，拿了布袋子就出门了。

　　桔水村公社前已聚集了一群参加鹤地水库建设的劳动者，大家自带工具、自带粮食、自带铺盖、自筹资金，在桔水村公社社长干部带领下，推着手推车、挑着箩筐浩浩荡荡地向十多千米外的鹤地水库出发。他们走了一段路，有一群其他村子参加鹤地水库建设的劳动者也走在路上，两支队伍加起来有几百号人。大家都很兴奋，一起赶去鹤地水库。他们到了县城，街道上、马路上挤满了鹤地水库的建设者。县委书记带头，带领村民们奔赴鹤地水库。走了一个多小时，到了河唇鹤地，钟源祥发现，草地上、河边上、坡岭上到处站着密密麻麻的人。钟源祥听他们说，明天鹤地水库就要正式开工了。

　　那是1958年6月10日，在鹤地举行鹤地水库开工典礼，来自雷州半岛周边7个县市的人由县委书记带队，16万民工奔赴工地。之后他们参加修筑青年运河主河道及以下各级渠道，此时民工人数高达33万。他们垒筑大坝，开掘运河，鹤地开始连接着雷州半岛人的命运和希望。

在那个粮食和物资匮乏的年代,人们竭尽所能、无私奉献,这个村的村民送来木材、茅草,邻村也不甘落后,把自家的耕牛也送来了。雷州半岛各地甚至无偿献出粮食。各县县委第一书记带队,他们日食工地,夜住山岗,风吹只当摇羽扇,雨淋免了洗衣装,荒野当床草当席,拿天当蚊帐。群众和领导的心、血、泪、汗凝聚在一起。

凌晨四点钟,钟源祥起床了,为了激发人们的劳动热情,人人喊着口号去修筑水库的堤坝。钟源祥带来的麻布衣服穿破了,就光着膀子挑泥。他们埋头苦干,默默把泥挑到高高的大坝上去。天明时,他们坐在沙地里打着瞌睡。休息一会儿,接着又去干活儿,干一阵子,他们可以歇下来吃早饭了,早饭吃的是番薯干和粥,匆匆吃完再接着干。中午时,太阳暴晒,钟源祥满头大汗,也顾不上擦掉,他认真地干活儿,挑着河滩上的泥土到河堤上去,泥土稀烂如浆,挖出来,挑上堤,又倒下来,只是为了给大堤加高一点,添厚一点,以确保堤坝的牢固。傍晚,山岗边上搭的简陋露天棚有几十个灶台,炊事员烧着柴火,把大铁锅里的番薯干和粥煮熟。民工们收工了,排着长长的队伍,拿着打好的番薯干和粥就地蹲着喝起来。钟源祥喝过粥后,睡在山岗地上,这才发现全身痛彻心扉,脚都肿了,脚踝骨那个地方还有些血肿,全身的痛感让他难以入眠,翻来覆去到半夜三更才睡着,睡着后稍微一动就会疼醒。这种情况一直持续了三四天,但钟源祥坚持天天到工地干活儿,没喊过一声累,也没偷过一次懒,任劳任怨。到第五天早

晨醒来时，钟源祥发现全身没有那么痛了，脚上也消肿了，脚踝骨的血肿结疤了，他完全适应了这份苦累活儿，晚上收工后躺下去就睡着了。

一个晴朗的午后，来了一个18岁的小伙子，两只大畚箕装着满满的土石，压在他稚嫩的双肩上，他咬紧牙关，慢慢移动脚步，硬是将土石挑到堤坝上。钟源祥看着他心里就疼，但这是责任，是工作，为了千家万户的家园，再苦再累也得坚持干活儿。

晚上睡在山岗的草地堆里，白天干了一整天的小伙子居然没有喊苦喊累。钟源祥睡在一边，也睡不着，眼前总是浮现源祥嫂和儿子的笑脸。小伙子睡了一阵凑近了钟源祥，睁着大大的眼睛问他："大哥，你家在哪儿？"钟源祥望着天上的星星，闷闷地说："在桔水村，去年成家，家里有老婆和一岁的儿子。小伙子，你是哪里人？"小伙子听了，叹了一声说："我们原来是住在鹤地的村民，因为鹤地建水库，在政府的安置下，村民们移居到了距廉城百里外的地方。那儿山地多，没有河流，我们刚到了那里不习惯，我几次跑回鹤地偷偷地哭，我好想祖祖辈辈留在鹤地。现在鹤地要变成运河了，我们只能适应迁居的生活了。"

钟源祥也不知道如何安慰小伙子，想着再过个把小时，他们得起床干活儿，便说："小伙子，睡会儿觉，休息好才有精神干活儿。"小伙子闭上双眼，许是疲倦劳累，很快睡过去了。

一转眼，夏天过去了，秋天来了又过去了，寒冷的冬天到了。一天，北风呼啸，寒流逼人，穿着单薄麻布的钟源祥跟着梁社长走回桔水村。这是他离家最久的一次了，数起来四个月有余。梁社长在桔水村和鹤地来来回回，步行一次得花上五个小时。梁社长说："劳动建设者辛苦了，我们现在辛苦拼搏、流汗流血，是为了我们子孙后代的幸福生活。将来他们看到鹤地水库变得越来越美了，不会忘记我们老一辈人的。"钟源祥默默听着梁社长说话，他在鹤地水库干活儿没想过回家，想念家人也只是在晚上。到了家门前，一个女人带着孩子剥着刚从地里挖出来的木薯，木薯上沾满了黄泥土。小孩子天天在妈妈身边，突然看到有人出现，吓得赶紧躲在妈妈身后。源祥嫂站起身来，骨瘦如柴、一身破烂衣服的钟源祥确实吓了她一跳，她轻声地问："你回来了，怎变得这样了？辛苦吧？"钟源祥没有说工地的辛苦，只是淡淡说了句："没事，我挺得住，还得干到鹤地工地完工呢。"源祥嫂毫无表情，讷讷问："那得多少年呀？""听说三年，五年，直到鹤地工程结束，到那时我们家伟源也长大了。"

1960 年 5 月 14 日，主要运河干渠基本完工，欢快的运河水潺潺地流到后岭，灌进干硬的坡地。民工们追逐着流水，手捧清水不停地喝着。顺流而下的鲤鱼、大头鱼第一次在荒岭上欢奔腾跳。这一年，历史上干裂的坡岭里水稻获得大丰收。

钟阳春讲着讲着，泪水从他的眼睛里涌出来，俗话说："男儿有泪不轻弹，只是未到伤心处。"大家难过地低头沉思着，老者沉重地说："这就是那个年代鹤地水库建设劳动者的真实生活。"钟阳春振作精神，放松心情，带着轻松的语气说："明天到桔水村，大家可以看到阿嬷了。"顿时，气氛活跃起来。

天还未完全黑，太阳还在用它微弱的光普照大地，很多人行走在九洲江边，吹着江风，看着江边的风情，感觉无比惬意。他们驾车去往九洲湾农家乐。

周菊俏已在九洲湾农家乐大厅迎接客人们了。客人们下了车，周菊俏走上去，向他们问好。客人们来到九洲湾农家乐，有种宾至如归的感觉。钟阳春他们在大厅前台办手续，前台小姐接过他们的身份证后，彬彬有礼地说："周董吩咐过了，各位宾客全部半折优惠。"陈锡看着大家说："现在是暑假旅游旺季，酒店价格普遍提高，九洲湾农家乐能给我们优惠，谢谢周董。"大家有礼貌地点着头。在服务生的带领下，宾客们走进豪华气派的房间，躺在舒适的床上，他们一天的疲劳瞬间消失了。

回到房间里，钟阳春和陈锡累得精疲力尽，坐在沙发上就不想起来。钟阳春翻看手机，有几个未接来电和几条未读信息，名字显示梁桂梅和庞辉艳。钟阳春闭上眼睛，想要让自己冷静下来，思绪却乱糟糟的。陈锡和宣彩银通了电话，说了一大堆关心爱你的话后，端过茶水喝起来。看着无精打采、把头靠在沙发上的钟阳春，陈锡放下茶杯，说："怎么，为情所困了？你要高兴才对。"钟阳春睁开眼睛，看了一眼陈锡，又闭上眼睛，有气无力地说："兄弟，你告诉我怎么做?"陈锡起了身,来到了床上,靠在床头说:"结婚是找个爱你的人,恋爱是找个你爱的人。"钟阳春一下子睁开了双眼,从沙发上起来,看着陈锡说:"旁观者的眼睛是雪亮的。""其实你心里都有数了。"陈锡说完拉过被子躺在床上。钟阳春躺在另一张床上,分别给梁桂梅和庞辉艳发了明天做导游任务的信息后,关掉台灯。

　　第二天早上,钟阳春他们在九洲湾农家乐餐厅用餐。住宿的客人第二天可以免费吃早餐,大家可以端着盘子随心所欲挑选自己喜欢的早餐。九洲湾农家乐的早餐特别丰富,有粥、萝卜干、鸡蛋、粽子、豆浆、油条、黑豆粥、韭菜包子。客人们很是满意。用过早餐后,钟阳春他们步行出发,目的地是桔水村庄,他知道那漫山遍野红红的荔枝在等着大家,等着大家采摘,等着大家品尝,等着运往全国各地……

后　记

　　我怀着一种难以言喻的心情，将长篇小说《荔枝红了》（原名《村色岁月》）交付中国文联出版社出版。在我看来，这虽是一本分量很轻且略显稚嫩的小说，但却充满了我对家乡雷州半岛的深情。

　　2016年夏天那场来得凶猛的台风将我困在家里两天，在室内踱步的我萌生出写一部反映家乡变化、风土人情的长篇小说的念头，从清晨踱到深夜，踱到眼皮接吻、头昏欲睡时，踱出了小说的大概章节目录。此后近两年时间，我开始了艰难的创作历程。由于分管的工作较多，白天（节假日除外）几乎无时间动笔，只能挑灯夜战，每天都坚持写两个小时左右。有时太累，便伸伸懒腰，支起身子，离开案台，踱到阳台，面县背岭吼歌，直到有灵感袭来再返回书房挥笔撰文。夫人梁桂妹有时见我太累，便陪我下楼到迎宾停车场散步，让思绪随意奔驰，直到疲

　　劳感无踪无影，方返回家里继续战斗。秋去冬来，春

至夏走，2018 年秋天，19 多万字的长篇小说《荔枝红了》终于完稿。创作完毕那个秋夜，我的心情实在难以用这拙劣的笔头形容，便和几个好友聚到一起，大口吃肉大杯喝酒，直到醉了方休。

十分荣幸，中共廉江市委常委、宣传部长关维荣先生在繁忙的工作之余，抽出时间为本书写了序言；北京人文在线谢秋慧编辑，廉江作家协会主席董坚、文友周庆玲也为本书顺利出版提供了许多具体的帮助。本书创作过程中得到夫人梁桂妹和儿子钟荣轩及广东龙健高科技产业园陈逸先生、湛江喜红电器有限公司阮汝翅先生、廉江永福御景城广场郑龙珠先生、廉江廉美电器王盛先生的大力支持。小说出版前得到文增雄、韩凤章、林家道、彭冲、梁如章、谭静滔等人的帮助，使小说能够顺利出版。在此对以上领导、亲友、文友的支持和帮助一并致以深深的谢意！

钟伟东

2019 年 3 月

后
记